U0152344

道旁兒

鄧正健評論集

序：我不殺馬兒，馬兒因我而死

殺君馬者，路旁兒也。語云長吏食重祿，芻槁豐養，馬肥，希出，路旁小兒觀之，卻驚致死。——漢・應劭：《風俗通》

道

這段文字原出東漢人應劭所撰的《風俗通義》，又稱《風俗通》，原書部份失傳，今人知道這段文字多來自唐代歐陽詢編的《藝文類聚》，以及北宋李昉編的《太平御覽》。內容大意是說，有個官員將家裡馬匹養得精壯雄健，他將馬匹帶到街上，給路邊的小孩見了，卻驚嚇至死。

故事乍聽神怪無稽，不明就裡還以為馬兒是撞上到了電影《凶兆》（*The Omen*）裡那魔鬼孩子的邪。幸好後文還有案語：「長吏馬肥，觀者快馬之走驟也，騎者驅馳不足，至於瘠死。」另有註：「長吏馬肥，觀者快之，乘者喜其言，馳驅不已，至於死。」原來原文不盡不實，故事裡其實還有一個騎馬者，因為聽到路邊小孩為馬兒的神駿而喝彩，心下一喜，腎上腺素上昇，立時快馬加鞭，不斷鞭策馬兒，馬兒不禁驚恐狂奔。這樣就將馬兒活活累死了。

「殺君馬者，路旁兒也」，今有寫成「殺君馬者道旁兒」，通常是指控站在一旁喝彩的無知小兒，不分青紅皂白亂叫亂嚷，結果壞了大事，錯害好人。

我初聽這個典故，就覺得這道旁孩子很無辜，明明是策馬的人抵不住掌聽的誘惑，衝昏頭腦，才不理馬兒死活，瘋狂加鞭。但一句「殺君馬者道旁兒」，便將箇中曲折委婉的因果關係置之不理，將策馬人的道德責任推得一乾二淨。

童言無忌，小孩乍見馬之神駿，拍手喝彩正是真情流露，沒什麼大不了。問題是小孩當時不在自己家裡，而是在路旁，在街上，流行的說法是「公共領域」。小孩的一言一行，一舉一動，無不在路上每一個人的視線範圍內。他必須清楚瞭解，自己發一粒聲，拍一下手，都可能對路上旁人造成影響。影響或許微不足道，但當蝴蝶效應發生作用，你便有可能無端捲入風波，變成罪魁禍首。

誰會想到拍幾下手都可以累死一匹駿馬？這是這個典故的教訓。

我初寫評論時，時有前輩提醒我，別謬讚，別誇獎，不要過份溢美。這很容易會誤傷一個人，一件事，甚至一個群體。我當時就想：也太誇獎我了吧，我不過說說個人感想而已，就得負起這麼大的倫理責任？如果我只是躲在房寫私密日記，當然不會，可是我第一篇還能追溯到的正式評論文章——應該是一篇戲劇評論吧——恰恰是發表在一個流量很高的網上討論區，文章讀者人數不下數百。若我所說的不是言之成理，而是感情用事，我的鄙俗無知就會由此發酵擴散，我就得冒上背負「殺馬」罪名的風險。

就這樣，我就成了道上人物。

旁

「旁」者，不在其中，邊界外側也。道旁兒的「旁」是兩種狀態，一是用眼睛觀看著事情的發生，二是以所站的位置，說明自己不打算參與其事。在當代政治倫理的話語裡，「旁」是原罪，它代表了：袖手旁觀、離地、拒絕參與、冷漠、沉默。但於我而言，「旁」並非那麼被動，那麼缺乏能動性，除了上述一大堆被一般政治話語污名化了很久的表述之外，我倒想用別的表述去說「旁」，像逃亡、置身事外、對立於公共的私密，等等。一個「旁」字，代表著一種別於主流、別於大眾、也別於政治正確的政治想像，在「殺君馬者道旁兒」的典故中，我們已約定俗成地將罪名推到道旁兒身上，卻全然忽略騎馬者才是馬兒死於非命的始作俑者。大概自古以來，責難旁觀者的思維一直根深柢固。

德國神學家尼莫拉（Martin Niemöller）寫過一首很出名的詩，叫〈起初他們〉。詩的句式結構沒什麼出色之處，但勝在意簡言賅：

> 起初他們抓了所有的共產黨人；／我沒有出聲，／因為我不是共產黨人。（……）最後他們來抓我；／到那時候，／已經沒有剩下能出聲講話的人了。

詩裡說的是沉默的政治代價，跟道旁兒的搖旗吶喊境況不一，但其中的對「旁」的嚴厲指責卻是一致的。關鍵在於，我們有時會將「發聲」視為一種有效的政治行動，但有時卻認為「光說不做」比「沉默不語」更加有違政治倫理。在尼莫拉的詩裡，因為「我」的沉默，當權者的氣焰才與日俱增；但在道旁兒的典故裡，孩兒因為胡亂發聲，才弄死馬兒。兩者分別恰恰在於：尼莫拉似乎暗示了「我」只要任何一個骨節眼上發聲，就能從「沉默地旁觀」的原罪中走出來，成為一個勇於承擔的政治行動者；而道旁兒卻是用上一個錯誤的發聲方法，反而耽誤了事情。

這是一個關於沉默和發聲的兩難。有些時候，我們應該發聲，像尼莫拉的處境；但在另一些時候，沉默反而是一個更符合政治倫理的選擇，尤其是當你身處道旁兒的位置，並不知道若你拿捏不好正確的發聲方法時，貿然發聲會有怎樣的反效果。

本書裡有兩篇文章，其中一篇提及一個僻詞「逋逃藪」，意指人們為逃避社會體制而前往聚居的山澤，另一篇則是分析中國小說家莫言，怎樣在政治上龜縮後退的同時，在文學上保持個人真誠的聲音。由此我也同時想到我寫文章的筆，在說還是不說、踏前地說還是退後的說之間，摸索一個既合個人本性，也對得起天地良心的評論位置。我想像，如果那道旁小兒不是在旁叫喊，而是勇敢地衝出馬路，肯定給那匹壯馬踏個稀巴爛。

兒

關於道旁兒還有何深意，這裡另有故事：

蔡元培在五四運動後請辭北大校長一職，就留下了「殺君馬者道旁兒」這一句話。據說蔡元培同情學生，但同時亦擔心學生的過激行動會將他推向險牆之下，若學生稍一不慎，行事失去節制，整個運動就會變質，他身為校長自然難辭其疚。最終他選擇掛冠求去，就是要避免捲入這風眼之中。日後，不少人就以此話此典作警剔，切莫在推動變革的社會運動上，犯上被熱情沖昏頭腦的錯誤。

誰才是道旁兒呢？當然不是學生，學生不過是策馬的人。道旁兒其實是指一群站在一旁指指點點的人，他們的罪名不是袖手旁觀，而是說了蠢話。於我而言，「殺君馬者道旁兒」的深意，是要提醒握有話語權的人，在使用你的說話權力時，要放得聰明些，別一味說些沒有營養的話。

很多年前，我參加一個徵文比賽。作品雖得了獎，但評語讚中夾彈，其中就有一句「底氣不足」。那是我寫評論的原初場景之一，至今仍念念不忘。直至許多年後，每當我要下筆闡述我的觀點和分析時，「底氣不足」四隻大字就會在閃現眼前，叫我不得不在追逐交稿死線的同時，仍在反覆啄磨我寫的任何一隻字，會否顯得我太愚昧無知。我向來不擔心自己寫得不夠真誠，我只憂慮自己寫得不夠聰明，筆下文字沒有看頭，而淪為污染輿論的觀點垃圾。

多年下來，我沒停止過寫這樣一種被稱為「評論」的奇怪文章，而且一直寫得很謹慎，很節制，有時更有點龜縮，不輕放厥詞，也鮮爭朝夕。有幾篇政論時論，我本打算收入本書裡，到最後還是紅著臉抽起了。美其名是時效已過，實情是自覺文章的道旁叫聲太過響亮，當時累壞過一些馬兒，犯不著再鬧一次。

現在剩下來的文字，有些結巴，有些呢喃，有些沉吟，總之不是大呼小叫。書中有篇文章談法國哲學家德勒兹（Gilles Deleuze）的口吃哲學，正好是道旁兒話語的反調。我用此文作為開篇之作，算是我給自己的一點心意。

書中文章大都發表過，在我編過的《字花》，在給我不少空間的《明報》，也在好些跟我結過字緣的文字平台。除了錯字和不通文句，文章改動很少，反而文章題目，好些都被改得面目全非。我習慣先寫文章，再起題，起題向非我所擅，也常遭編輯朋友投籃重擬。可見我的結巴，也在「起題」一事之上。

寫字的事，見自己，見天地，見眾生。但次序不可亂。我既未見天地，怎敢輕言見眾生？出版這本書，不過是為自己留點血脈罷了。

2017.1

目錄

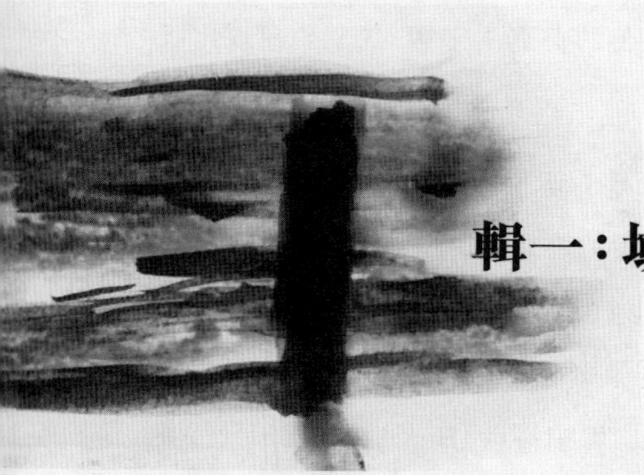

輯一：域外的上代人

德勒茲：哲學家為何口吃？

一、哲學家的口吃狀態

據說，德勒茲（Gilles Deleuze）的口齒並不伶俐，每逢演說講課，當說到骨節眼處，他便會開始口吃。可是，僅僅用「不善辭令」並不足以說明這一件奇異的「哲學事件」，面對著廣大聽眾的演說者德勒茲，根本從不感覺困窘，否則我們又如何解釋，在他的書寫文字裡，居然也呈現出這樣一種的口吃狀態？

「口吃」（stutter）是一個哲學問題，也是一個哲學問題的答案。在德勒茲畢生的書寫之中，一直充斥著偉大哲學家之名，像斯賓諾沙（Baruch Spinoza），像萊布尼茨（Gottfried Leibniz），像康德（Immanuel Kant），像尼采（Friedrich Nietzsche），像柏格森（Henri Bergson）。哲學的傳統工作是破譯哲學徵兆，但對德勒茲來說，哲學不是破譯，哲學需要開放到哲學的外部去。我們可以如此想像：如果傳統形而上學家是一群躲在哲學禁室裡的實驗者，那麼德勒茲就是一個打開密室大門的違規者，讓外面的新鮮空氣直撲密室，也把哲學實驗釋放出來，使哲學也發生在外部世界。

相對於對「同一性」的追求，德勒茲更偏愛「生成」（becoming）。在他看來，當哲學家要改造任何哲學場域的時候，反對聲音都會隨之增多，而每一種偉大哲學都必須在這些反對聲音的共振中，方能茁壯長成。為著「同一性」的理由，偉大哲學總會創造出一個可怕的「多數」，以正義之名，肆意進襲敢於挑戰他們的「少數」。德勒茲把這「少數」視為「口吃者」，他相信只有藉著哲學家的口吃，才能把偉大哲學的生成路線重新測繪出來。

在《對話錄》（*Dialogues*, 1977）一書裡，德勒茲鮮活地展示出他對哲學史裡的口吃現象是如何偏愛的。他解讀他的哲學前輩，並不是要破譯當中的隱秘，他喜歡從中間落墨，以「加速」或「減速」的技巧在論點和論點之間來回推動。正如我們說話太快會吃纓絲，說話太慢會說不著邊際一樣，藉著這種速度的調控，德勒茲彷彿控制著一部生產機器，說著同一種哲學話語，卻利用口吃，為未來的哲學產生永動之力。

所以在某種意義上，德勒茲是一位「口吃哲學家」。他口吃，為的是生產的動力，所以對於從口吃中所呈現出來的語言罅隙，他也是格外重視的。這便是德勒茲文學觀的全部內容。

二、批評與受虐狂

德勒茲曾經認真鑽研過精神分析理論，他的研究伙伴伽塔里（Félix Guattari）更是一位正式的精神分析師。不過對德勒茲來說，精神分析意義下的「臨床」，並不是為了「治癒疾病」，而是為了「閱讀徵兆」，即一種嚴格意義下的「批評」。在1988年的一個訪談中，他曾認真談及過要進行一個稱為「批評與臨床」(critical and clinical) 的寫作計劃，這最終亦成為了他壓卷之作的內容。不過，原來在早於1967年出版的《受虐狂：冷酷與殘忍詮釋》(*Masochism: An Interpretation of Coldness and Cruelty*) 中，這個關於「批評與臨床」的主題研究，其實已見端倪。

「批評」是一個文學上的概念，而「臨床」則是一個醫學問題。德勒茲把批評與臨床捆綁在一起，就是要用文學來醫治「文明病」。德勒茲不愧是尼采的再傳弟子，他認真地進入了尼采對「權力意志」(will to power) 的思考，並以此點出我們應當把「批評」看成是一種徵兆學 (symptomatology)。在尼采那裡，批評可分為「詮釋」和「評價」兩個層次，「詮釋」只是識別批評關係中的「意義」，卻無法梳理不同批評力量之間的產生關係，而「評價」則是不同批評力量之間的關係網，藉著「評價」，力量之間的價值對壘將被生產出來。這不同力量之間的價值對壘，就是尼采意義下的「權力意志」。德勒茲提醒我們，在批評力量的關係中，權力意志只表現為「肯定」和「主動」，而不是「支配他者」，因為權力意志是一種感染力 (affectivity)，它是來源於藝術家的感性，藝術家通過創造和形塑，生產出具主動性的強大意志，同時揭露了人類文明中普遍存在的「被動性」。在德勒茲眼裡，文明病的徵兆正在於此。因此，批評家必然也是醫生、藝術家和立法者，透過批評，哲學家能正確判斷文明病中的徵兆，並透過重組徵兆中的符號，解消先前連結的徵兆，然後把不相關的徵兆再行連上。可見「批評」不是病源學，而是對文明的形塑和再創造，也就是說，批評即創造。

《受虐狂》一書所談的主要是馬佐赫（Leopold Sacher-Masoch）的作品，德勒茲率先將馬佐赫視為真正的批評家，甚至比薩德（Marquis de Sade）走得更遠。很多評論家都會將薩德的虐待狂跟馬佐赫的受虐狂視為鏡像，但德勒茲卻不這麼想，他認為薩德所呈現的是一個純粹錯亂殘酷的暴力世界，馬佐赫則展示出受虐式的奇幻（phantasy）風情。在馬佐赫的作品中經常出現一些女性的施虐者形象，如母親、妓女等，通過遭受女性施虐者的虐待，一種「夫人——奴隸」（mistress-slave）的契約便會生效，並低禦著理性世界對奇幻的入侵。同時，受虐者藉著自身的經驗誇大「夫人」的權力，並使「主人——奴隸」（master-slave）的法律變得荒誕不經。

德勒茲相信，文學的任務不是再現世界，而是再現世界的複本（double）。精神錯亂者以間接、無組織的方式説話，而如馬佐赫的藝術風格則借用了受虐狂的奇幻結構，揭露出一個病態的世界複本。這個世界複本並非虛擬，它是對「真實」的重新形塑構作，打亂正常秩序然後再行組合，這就恍如精神錯亂者把語言結構打亂，再以奇幻的方式再造語言一樣。在這種意義上，馬佐赫也是一位口吃者，他既評價，他也創造，用的正是一種奇幻的情態，也就是文明中的口吃現象。

三、口吃的路線

到了《批評與臨床》（*Essays Critical and Clinical*, 1993）一書，德勒茲的口吃似乎日趨嚴重，也日漸成熟。從臨床的角度看，他相信文學就是健康，文學創作讓我們在語言中開發新語言，把我們的生活拋向世界外部。德勒茲思想中有所謂逃逸路線（line of flight），正正就是寫作所能發揮的最大功能，寫作是逃匿、背叛、生成，可以製造真實、創造生命，而逃逸路線則是匯聚在消失點上的線，把我們引向地平線上的彼端。而口吃，即是這樣一條文學的逃逸路線。

德勒茲所畫的「路線」，彷彿就是尼采「權力意志」的路線圖。尼采描述了「權力意志」的力量形態，德勒茲則測繪出力量的流動方向和走勢。在《千座高原》（*A Thousand Plateaus*, 1980）一書裡，德勒茲和伽塔里繪畫出三種形態的「路線」。第一種是「新造故事」（nouvelle），相對於一般故事會問：「接下來會發生什麼事？」，「新造故事」反而會問：「發生了什麼事？」「新造故事」不僅指向過去，更指向秘密，將我們跟不可知和不可感的事物相連繫。第二種是「分子路線」（lines of molecular），這是相對於「克分子路線」（lines of molar）而言的。「克分子」象徵社會規範中的的傳統符碼，在符碼的分配中，事物被收編到固定的身份裡，而「分子」則是一種脫韁式的量子，無法被收編，流動性強大。最後一種則就是逃逸路線，相對於前兩種路線，逃逸路線是靈光乍現，甚至能抹掉秘密，製作出一條蛻變詭異的抽象路線，勢難觸摸。德勒茲相信，這三種路線既是寫作路線，也是生活路線，每一條都各具特徵，也內在於其餘的路線之中。但只有逃逸路線，才是「批評家式藝術家」所走的創作道路。

德勒茲把批評直接連繫到文學創作之上，並從文學的逃逸路線裡，找到了「口吃」的意義。而他對語言中「聲響」的分析，亦正好為他的「口吃」提供了精彩的註腳。在《批評與臨床》的序文〈文學與生活〉（*"Literature and Life"*）裡，德勒茲稱文學的本質乃是「少數文學」（minor literature）。「少數文學」的概念曾見於《卡夫卡：邁向少數文學》（*Kafka: Toward a Minor Literature*, 1975）一書，但《卡夫卡》裡所描述的「少數文學」具有強烈的政治性，指出「少數文學」具有解疆域性（deterritorization）和集體價值等面向，而到了《批評與臨床》，德勒茲顯然希望將文學回歸到生活之中，他特別強調「少數文學」中的四大特徵：蛻化、人民的創造、母語中的口吃，以及景象與聲響。其中關於「影象」和「聲響」的分析，更緊實地貫穿著《批評與臨床》多篇文章的主題。德勒茲說過，《批評與臨床》一書是環繞著幾個主題來寫的，而最終所要點出的，乃是景象與聽覺在語言中的終極價值。景象與聽覺需以語言來表達，然而它們本身卻屬「非語言」，因此語言的界限是由「非語言」的景象與聲響所造就，但語言本身則使它們成為可能。

在〈他結結巴巴〉（*"He Stuttered"*）一文中，德勒茲指出語言的情感強度可以直接影響語音與句法，並導致語言上的口吃。因此我們不應把口吃視為一種語言上的錯誤，反而在口吃之中，我們能夠讀出在語言表達時所背靠的情感氛圍。口吃必然由聲響所構成，因此它也勢必成為一種聲響的風格，並妨礙著傳統語言的表達。當口吃變本加厲，最終甚至力足擊敗傳統語言，讓聲響創造出一種「語言上的寧靜」。德勒茲相信，這種「語言上的寧靜」能夠質疑詞彙中「聲響等同於實際音效」的假設，並大幅度地擴大了語言中聲音面向的複雜性。

德勒茲曾在書中分析了多位文學家的作品，其中貝克特（Samuel Beckett）更成為了他「口吃理論」的偉大驗證者。在〈筋疲力竭〉（*"The Exhausted"*）一文裡，德勒茲指出一般作家所面臨的最大挑選往往在於，語言的表層遠較聲響更難撕破。詞彙充滿指向性，也深刻地銘刻在個人記憶和生活習性之中，因此為了撕破語言，德勒茲格外推崇貝克特所用的「耗盡可能性」（exhausting the possible）之法，也就是一種對語言的刪除法。貝克特首先創造出一種後設語言（metalanguage），取消語言中的命題表述，並僅以列舉的方式，將字詞的關係改造成恍如事物之間的關係一般，最終創造出一種「名詞的語言」。然後，貝克特試圖連字詞也取消，並把聲音終止。在這裡，德勒茲把貝克特所要取消的「名詞」視作文學路線中的「分子」，透過重新配置語言「分子」，終止語言中的聲音，並敘述化作故事之流，肆意流動。最後，當語言不再與列舉的事物相關，也不再與迸發的聲音相符，而是變成不斷移位和斷裂的內在極限時，語言就能化成了無所處和無法被配置，逸入其背景空間之中，隨處飄逸生成。

虛無得好像神秘主義一般的分析，但德勒茲從不相信虛無，他力圖要排除可供生產聲響的語言空間，鼓動繁衍創造，使非主體性、非有機性及非指涉性的生產成為可能。又或者說，德勒茲的口吃，或他口中筆下所解拆的「口吃」，全都不是為口吃而口吃。口吃者不為語言、不為文學空間而奮鬥，他們的眼睛總是凝望著「大寫的外部」(Outside)，心中思量著朝向彼方的逃逸路線，這樣說起話來，才會顯得結結巴巴。

2008.6

參考資料：

1. Gilles Deleuze, *Essays Critical and Clinical*, Daniel W. Smith and Michael A. Greco. trans., Minneapolis: University of Minnesota Press, 1997.

2. Ronald Bogue, *Deleuze on Literature*, New York: Routledge, 2003.

洪席耶:解放是每一個文藝人的事

「弒父」不只是精神分析學概念,也是重複發生的哲學事件。在1968年5月的巴黎學運之後,當時仍是青年學者的洪席耶(Jacques Rancière)跟他的老師阿圖塞(Louis Althusser)公開決裂,原因似乎並不僅止於學運立場不同,更牽繫到哲學信仰上的反叛。七年之後,洪席耶出版他的首部專著《阿圖塞的教訓》(*La Leçon d'Althusser*, 1975),書中宣判了阿圖塞的精英主義之罪。洪席耶認為,阿圖塞的理論主要是以科學方法揭露意識形態的幻象,但其背後卻預設了被支配者的無知,而1968年的巴黎學運亦僅只是一場學生騷動而已,他們對階級鬥爭根本一無所知。洪席耶對這種說法嗤之以鼻,後來更公開宣稱跟馬克思主義正式決裂,原因正正是他不甘於阿圖塞這種精英主義式的哲學解讀。他相信,解放本來就是每一個人的事,而不是只有理論精英才懂思考的問題。

今天,洪席耶已是當代法國理論家的名家,但人們通常只會記得他是一位藝術理論大師,其藝術理論更幾是近年學術潮流中無法繞過的參考點。而其實,他在1990年代以後才開始其藝術美學的思想轉向,至於追源溯流,這場思想轉向原來也可以上溯至他年輕時這場弒父式哲學事件上。

從《阿圖塞的教訓》出版以後的好一段時間裡,洪席耶始終集中於對各種政治論述進行系譜學式研究，尤其在《哲學家及其貧乏》（*Le Philosophe et ses pauvres*, 1983）一書裡，他特別關注諸如「意識形態」、「無產階級」等的概念和論述，到底是如何進入知識和教育系統之中的。他曾經深入歷史檔案室，大量閱讀不同時期的工人檔案。令他大為震驚的是，原來過去一直支持工人階級運動的，並不是無產者對其自身的階級認同，而是他們對自我身份有所質疑的這種心態。

在《無產者之夜》（*La Nuit des prolétaires*, 1981）一書中，他指出過去很多馬克思主義理論家總是一廂情願地以為，在工人階級的思想文化中，工人只能對自己原有身份進行想像和再現，而無法直接認識他們被剝削的存在本質，但實情卻是，工人早就對自身處境相當了解，只是他們根本不相信自己有能力擺脫被剝削的本質，去過另一種生活。因此洪席耶相信，所謂解放，並非純然是對意識形態幻象的揭露，而是要對被支配者提供一種全新的存在和感受生活方式。這並非知識性的，而是美學性的。

跟諸如齊澤克（Slavoj Žižek）、巴迪烏（Alain Badiou）等當今最具影響力的左翼理論家相比，洪耶席的理論氣質似乎更加秀氣，更加文藝。在談論「政治」的時候，即使他仍然會紮實地挖掘工人階級的歷史脈絡，但最後卻回到一種「政治的美學」的觀點中作結。他發明了一個全新的概念：「感受性配置」（le partage du sensible），以描述被支配者的政治美學結構。在法語中,「配置」(partage)一詞包含了「分配」和「共享」之義,對洪耶席來說,支配者的主體性是來自源於感受性的共享與衝突,這也是「政治」的起源之處。

1995年,洪席耶出版了他的哲學奠基之作《歧義》(*La Mésentente*),當中清楚說明了他的政治哲學觀點。在洪席耶的論述之下,「治安」(la police)和「政治」(la politique)這兩個概念被他從一般意義下「政治」這一概念區分出來。一般所謂「政治」,是指在一共同體內,人們透過理性溝通而達成共識,並對權力進行各種形式的分配,但對洪席耶來說,這其實只是一個有話語權、具名和可見者之間透過共識而達成的合法操作系統,即「治安」(la police)。他心目中的「政治」(la politique)並不是在任何平等民主的原則之下能夠顯現,正好相反,「政治」乃是始於無話語權、不具名和不可見者無法在共同體獲得分配權力而產生的。治安系統中總是假設我們必能找到保證有效溝通的理性依據,但實際上,有話語權和無話語權者之間的異質性所導致的衝突,才是真正的「政治」。這種政治上的衝突是美學性和感受性的,無話語權者透過重置體制中的感受性,以展開其主體化的過程,這是現代政治一個重要程序。例如在諸如階級、性別和種族的衝突,真正的矛盾有時並非物質性,也非認知性的,而是一種純然的美學判斷。因此,洪席耶才會這樣說:「政治就是美學」。

必須注意的是，洪席耶以「美學」描述「政治」，並不是一個庸俗的修辭，而是嚴格的哲學指稱。在政治的範疇裡，總必會牽涉到主體化的程序，而對洪席耶來說，美學也是一個主體化的問題。所以他的美學轉向，仍然是建基於由「感受性配置」所衍生的政治性問題上。在《感受性配置》（*Le partage du sensible*, 2000）一書中，他指出藝術，尤其是前衛藝術，在問題意識上是十分模糊的，其中最大問題是沒有釐清「普遍意義下的藝術」（l'art en général）跟「藝術體制」（régimes）之間的落差和關係，因而難以深化討論藝術政治性的問題。

洪席耶區分了三種藝術體制，第一是以柏拉圖哲學為基礎的「影像倫理體制」（la régime éthique des images），其中認為藝術並不自足，重點是在於認識生產藝術的技術和知識，究竟是如何顯現群體中生活方式和習慣中的差異和分佈；第二是以阿里士多德詩學為基礎的「藝術再現體制」（la régime représentatif de l'art），其中將藝術視作對現實世界的臨摹或再生產，但這種臨摹或再生產卻是服從於一套藝術形式的分類系統運作，人們對藝術的認知主要是在這個系統之中來進行的；第三是「藝術美學體制」（la régime esthétique de l'art），其中藝術乃是透過其所屬的感受性模式而被辨認，而藝術的力量則是來自感受性模式的異質性，它迫使藝術跟各種既定的再現系統和實用原則脫勾，進而為主體形塑出另一種存在形式。顯然易見，洪席耶最看重第三種體制，它使藝術能夠成為民主化的美學實踐，製造畸變和衝突，重新配置感受性的模式，以彰顯藝術作為某種政治主體化的可能性。

由此，我們可以清楚看到洪席耶美學理論的魅力所在：他的思路是從考察何謂「政治」開始，而最終轉入以藝術和美學作為政治主體化和被支配者解放的必然手段這一結論中，而不是如過去很多左翼藝術家一般，總是囿於考量藝術作品何以成為抵抗工具，卻忘記了藝術跟純粹政治抵抗的根本差異。感受性配置是一個共同體之中最日常生活化的秩序，卻又是一般政治抵抗所經常忽視的潛藏一環。感受性必須由藝術所擾亂和挑撥，而「美學作為解放」之所以是可能，正是在於其作為抵抗手段的必然性，只要我們能認清這點的話。

2011.8

沙特：在永恆與偶然之間談哲學式愛情

一

據說沙特（Jean-Paul Sartre）並不怎麼相信精神分析學說，他曾經語帶戲謔地說：「父親早死是好事還是壞事？我不知道。但我十分贊同一位傑出的精神分析學家對我的判斷：我沒有超我。」這位法國大哲人或許只注意到，父親的缺席如何造就他追求自由的堅執，卻似乎未有發現他的愛情生涯早已應驗了精神分析學說中的另一「詛咒」：沙特戀慕他那漂亮幽雅的母親，致使他一生只喜歡跟女性相處。

沙特的愛情生活起源於一次霧水性愛：一個三十歲的大學校醫妻子，勾引十八歲的青年沙特上床。他努力按照這位年長情婦的要求幹好那椿事，但在半個世紀後，當他回憶起這段經歷時，卻說這件事對他影響甚微。成年後的沙特一直在愛情生活中如魚得水，但鮮少再有這種一夕之歡。他不是不喜歡性愛，而是認為一男一女必須先有感情交流，才可以進一步發展肉體交合。他甚至覺得，性愛不是兩人關係的終點，在更多時候，他在女人身上所希望得到的是一種「感受性」，這是擅於理性思維的男性所缺乏的。沙特重視跟女伴的感受交流，他喜歡跟女人一起賴在床上，裸露著身子，給對方擁抱、撫摸和吻遍全身。他覺得這才是真正的歡愉。他絲毫不需要性交中的那種插入快感。

就是這種略帶性倒錯意味的愛情觀，構成了沙特的精神徵兆。他早年喪父，從小就在母親、外祖父和一群年輕女性的過度寵愛中成長，但真正影響他對女性的態度的，卻是繼父的一句評語：「你真是個女人堆中的男人！」精神分析師會說，沙特的繼父是搶奪其母親的大他者。沙特自然不吃這一套，還對這番話打了個譬喻：這就像有人走進森林，隨便扔掉一根未熄的煙蒂，把整個森林都燒毀了。這宗森林大火的後果是：沙特花掉一生的時間來對女人甜言蜜語，在人生不同階段都在追逐不同的伴侶，甚至在同一時間裡多於一個，卻未必都是性伴侶。

二

對於這種愛情狀態，沙特有一個說法，叫作：「偶然愛情」。1929年，沙特遇上了他後來的終生伴侶波娃（Simone de Beauvoir）。波娃不但年輕美麗，也有跟沙特匹配的智力水平。對沙特來說，他一生中只能遇上一個可以真正交談的對象，那就是波娃。她不僅能完全明白他的哲學思想，還居然能同時接受他離經叛道的愛情觀念。

就在相識之初，沙特便對波娃明言：「我們之間的愛情是一種真正的愛，但這不妨礙我們有時體驗一下其他的偶然愛情。」沙特毫不諱言內心中的濫情傾向，難得波娃居然也相當接受。在往後超過半個世紀的共同生活裡，兩人徹底奉行了這種「永恆之愛」與「偶然愛情」並行不悖的契約，沙特果真在波娃面前不斷跟年輕而具靈氣的年輕女人發生偶然愛情。而波娃也不甘示弱，亦曾跟美國作家艾格林（Nelson Algren）打得火熱。

當然，那絕對不是一種庸俗的open relationship。像沙特這樣一位具有超乎常人思考能力的哲人，他很輕易便為這本來是一種精神創傷徵兆的愛情觀，提供了一個存在主義式的哲學根據。在可能是沙特最重要的一本哲學著作《存在與虛無》（*L'Être et le Néant*）裡，他為愛情下了一個定義：「愛情是衝突」。在他看來，愛情是對自我可能性之籌劃，但恰恰由於愛情必須通過他人來完成，我雖然在愛情之中得到肯定，但在他人的注視之下，我的自由也會備受威脅。因此，沙特必須在愛情之中找到自由的可能性，他既要承認跟波娃的愛情是真摯永恆，同時又絕不容許波娃變成了他自由的羈絆。

在這重衝突之間，他發現了一種愛情的可能性：就是偶然愛情。愛情的存在先於它的本質，完全符合了他的存在主義式思維。

三

在愛情路上，沙特肯定十分聰明，但更加可以肯定的是，他絕不如那些膚淺評論者所認定的，是一個愛情騙子。他把《存在與虛無》這本哲學巨著獻給了「海狸」——那是他對波娃的暱稱——似乎也説明了波娃完全理解他，而他也完全對她坦蕩。早年的精神創傷似乎再未能再在沙特身上發生效用，終其一生，他一直以其愛情哲學掩蓋他的精神創傷徵兆，甚至把愛情視作讓自己坦然面對自我的手段。

在很早的時候，沙特就已經跟波娃訂立了一個看似簡單、但其實不是常人能履行的愛情協議：他們承諾廝守一生，又同時承諾要互相坦白，甚至對一切偶然愛情，都要毫無保留地向對方袒露。協議的重點是：既向對方忠誠，又各自維持戀愛的自由。在孩童時代，早慧的小沙特就已經注意到，只要在長輩面前表現出順從，就會得到長輩的寵愛。後來他在《存在與虛無》裡，便透徹地分析了這種在最親密人際關係中的虛偽欺瞞，其實是一種中「自欺」行為。男女情愛之間的欺瞞行徑往往是不自覺的，這正是沙特最心惡欲絕的事。他終生追求要對自己忠誠、對愛人坦蕩，即使他的情人眾多，而他卻仍可能是愛情生活中最坦白的人。這一點，波娃是清楚不過的。

四

沙特比波娃幸福，並非只因為他比她早逝六年。就在協議定下之後四年，沙特有了第一次偶然愛情。他在柏林搭上了一個朋友之妻，這個女子夢幻般的氣質讓他神暈顛倒，他把她喚作「月亮女人」。對於跟「月亮女人」的事，沙特信守了承諾，向身在巴黎的波娃和盤托出。可是波娃卻沒有如想像般坦蕩，她特意請了半個月假來到柏林去見「月亮女人」，見面後她才放下心頭大石：她發覺這女人根本不會對自己構成威脅，自此她亦深信，偶然愛情也絕不會取代她跟沙特的永恆之愛。

在往後的日子裡，波娃都不會對這種愛情協議產生懷疑。波娃有一位名叫奧爾加（Olga Kosakiewicz）的學生，是一位年輕的金髮姑娘，由於沙特也經常跟波娃一起指導她學習哲學，漸漸地，沙特便給她的美貌和聰慧深深吸引住了。奧爾加也很喜歡沙特，可她卻不想成為他的情人，原因簡單不過：她認定了波娃才是沙特的伴侶。但與此同時，波娃似乎對奧爾加和沙特的曖昧關係，卻又滿不在乎。奧爾加有時會向沙特大送秋波，但當沙特發動攻勢時，奧爾加卻又會感到煩厭。這種若即若離的大約持續了兩年，一切都看在波娃眼裡，卻從來不置可否。後來沙特是如此回憶這段三角關係的：「那時我們——海狸和我——陶醉於這種直接裸露的意識之中，感受到的僅僅是強烈和純粹。我把海狸放在那樣高的位置，在我的一生中，我第一次在他人面前感到謙卑，感到被解除了武裝，感到需要學習。所有這些都是對我有益的。」

可是，對波娃來說，並不是每一場沙特的偶然愛情都是那麼容易承受。1945年沙特出訪美國，期間他對一位接待他的法裔女郎一見鍾情。這位名叫多洛麗絲（Dolores

Vanetti）的女子，對沙特的吸引力是前所未有的，回國後，他如常跟波娃詳述這段關係，出奇的是，這次坦白卻為波娃帶來前所未有的震撼和恐懼。她問沙特：「坦白地說，我和多洛麗絲誰對你更重要？」聽到這充滿醋意的問題，沙特坦然回答：「多洛麗絲對我十分十分重要，但我要跟你一起。」波娃對這個答案顯然不滿意，一時間，她感到好像突然被抽空似的。沙特這時才進一步說：「我們一向都重視行動而不重視說話，所以我才沒有跟你多說。我不過是說了最簡單也最真實的事。儘管她對我十分重要，但我跟你仍然是不可分開的。」

波娃終於平伏下來。可是在這件事上，沙特終於無法實踐他對自己和愛人都必須坦蕩的承諾：他沒有告訴波娃的是，多洛麗絲跟波娃根本是兩種女人。波娃無疑是沙特最佳的精神伴侶，沙特終生跟男性朋友關係都不長久，很大程度是因為波娃能取代所有男性，跟沙特進行最高層次的精神交流。但或許正是由於波娃在這層面上太像「男人」了，沙特更加需要那份偶然愛情的滋潤，以期在別的女人身上經驗到那種女人的敏感。

2010.8

桑塔格：讓自己成為一件藝術品

一

即使以五十年前的西方審美標準，蘇珊·桑塔格(Susan Sontag)的樣貌也不算十分標緻。髮色過黑，臉型略方而稜角太多，嘴巴也略嫌稍大。從某個角度看，她的樣子甚至有點男性化，也有點侵略性。可幸的是，桑塔格不是什麼以溫柔妖媚為生的荷里活女星，或經常要展示親切笑容的女政客。她最常被冠以的稱號是：「當代最重要的公共知識份子」、「美國的良心」或「偉大的作家和思想家」之類。但即使是在這些稱號之前加上「女性」這一前綴，對不少傾慕於桑塔格文字和思想的讀者來說，她的女性特質仍未免過於淡薄。

當然，事情總是有兩面的。在桑塔格於紐約文壇迅速冒起的二十世紀六十年代，人們對她的認識並非來自她辛辣、深刻而富原創性的文章，而是她的硬照形象。以寫作為志業的人，多不喜歡拋頭露面，總怕別人只著重自己的外表，而忘記閱讀其筆下文章。可是在桑塔格的著作中，讀者首先注意到的，往往是她在封面上的照片。從剛出道到多年以後的晚暮之年，她的硬照形象也沒有太大改變：一身黑色或深色的衣裳，臉上很少掛著笑容，更多是一臉沉思。但她的眼神卻往往流露出對攝影機的敏感，即使她不是經常看著鏡頭，從她的表情和身體姿態，我們很容易感覺到，她的照片形象都是刻意經營出來的。尤其是後來在她患癌之後，由於要接受化療，她那標誌性的一頭濃密黑髮漸漸脫落，她開始戴上一個帶有一綹白髮的黑色假髮。後來她在一次訪談中承認，失去原來的一頭烏黑，她就好像失去了自我一般，但那綹白髮一直伴隨著她，成為她更突出的標誌。

在〈關於「坎普」的札記〉（*"Notes on 'Camp'"*）這篇驚世駭俗的文章中，桑塔格曾經引述王爾德（Oscar Wilde）的名言：「一個人應該要麼成為一件藝術品，要麼就穿戴一件藝術品。」而貫穿整篇文章，都是一些沒有連貫性的短章片語，恍若重複著王爾德的金句系統一樣。生活於十九世紀末的王爾德，最後因其同性戀者身份而聲名狼藉，桑塔格則看中了他的性傾向跟美學觀之間的完全契合，將他捧為坎普美學的典範。她認為，坎普是一種兼具兩性特徵的風格，混合誇張和奇異，卻不矯揉造作。王爾德要讓自己成為一件藝術品，正彰顯了這份誇張奇異，同時亦不落俗套。

所以，當桑塔格因這篇文章而聲名鵲起之後，她已不再是一個純粹的美學評論家了。她本身就是一件自我指涉的藝術品，她以前衛的論述姿態衝擊六十年代保守的文化界氛圍，不以道德倫理為藝術的目的，轉而吹捧以感官神經和個人欲望先行的美學經驗。但這種由她一手開發的「新感受性」（new sensibility）所指向的最佳對象，正是桑塔格本人：長期以來，她既是美國公共知識份子的典範，但同時又是紐約文化界的集體性幻想對象，多年來跟她傳過緋聞的文化界中人多不勝數，其中有男有女，而且女比男多。桑塔格的雙性戀者身份早已是公開的秘密，可她卻從未為此「出櫃」。在二十世紀六、七十年代，女性主義和性解放風潮在左翼文化界相當盛行，桑塔格身為女性，思想亦左傾，卻居然對自己的性傾向一直保持沉默，著實令少部份激進女性主義份子恨得牙癢。

二

桑塔格有種內在矛盾：本來，她並不特別希望成為公眾焦點，她只想成為一名作家。她是典型的早慧女孩，從小酷愛閱讀，不願跟平庸的伙伴為伍，對於母親和繼父希望她成為賢妻良母的願望，她沒有正面反抗，而是置之不理，還暗自鄙視著長輩們對她的所謂「期望」。除了童年時曾因崇拜居里夫人（Maria Skłodowska-Curie）而一度想過做科學家之外，桑塔格很早就建立了她的自我期望：做一名作家。她喜歡寫作，可她完全明白「當作家」跟「寫作」並非一碼子事，她要求自己必須「被視為作家」：「我真的想過發表的事。事實上，我當時真的認為作家就是要發表作品。」

當作家的理想跟愛情本來並沒有本質上的矛盾，但對於充滿著知性美的桑塔格來說，少女時代的愛情差點成為她理想的絆腳石。眾所周知的是，桑塔格曾經有一段婚姻，還育有一子。多年來外界一直盛傳她是同性戀者，因此很多人都懷疑，這段婚姻不過是她掩飾其同性戀者身份的手段。然而實情卻是，桑塔格跟其丈夫菲利普·里夫（Philip Rieff）結婚時，她只是一個剛進芝加哥大學的十七歲少女，如此陰謀論，未免機關算盡了。

這段婚姻為桑塔格保留下了一份平庸的溫婉綺麗，那是日後在她身上再難找到的。1950年冬天的一個上午，桑塔格去聽里夫在芝加哥大學主持的課，但她卻遲到了。她剛進課室，便引起正在講得興高采烈的里夫注意。下課時，里夫在課室門前把桑塔格攔住，然後問她叫什麼名字。桑塔格感到有點難為情，便連聲道歉，説自己只是來旁聽的。這時里夫正色地道：「不，我是問你叫什麼名字？你願意跟我一起吃午飯嗎？」在他們共進午餐之後的第十天，他們結婚了。這一年，里夫也不過是二十八歲。

一見鍾情並不保證天長地久，這是一個老掉牙得不行的愛情定律。桑塔格跟里夫的婚姻終究失敗，卻不盡是這條愛情定律發生作用，而更可能是桑塔格的命格使然。她後來承認，之所以如此年輕便嫁給里夫，是因為她喜歡他勁頭十足：「我是以我倆孩子的名義向蘇珊求婚的。」這是里夫的婚姻承諾。然而她不久便發現，里夫不過是一個二十世紀五十年代美國保守家庭觀念的代表，這對她的畢生宏願——成為作家——正隱隱產生著負面影響。

1952年，桑塔格的兒子大衛·里夫（David Rieff）出生。到了1957年，她終於忍受不了為人妻子的身份，拋下了丈夫和兒子，隻身到牛津和巴黎遊學。這時候，她才真正領略這段婚姻對她的意義。很久以後，她這如此回憶的：「我真的想過我要有幾種不同的生活，但有一個丈夫卻要過幾種生活真是談何容易。但我十分幸運，年紀輕輕就結婚生子。我結婚生子了，現在不用再做這些事情。」終於，在遊學之後，桑塔格帶回了從法國前衛藝術中得到啟迪的坎普美學觀，也帶回了要跟里夫離婚的決定。那一年，她二十六歲。

三

如果把桑塔格對婚姻的態度視為一種女性主義的抗爭，就未免太過俗氣了。毫無疑問，桑塔格骨子裡是徹底的坎普，一種崇尚張揚誇飾的自我快感，而絕非那些僵化的「政治正確」教條。她沒把自己不從夫姓視作是什麼父權思想的反抗，而僅僅是因為她從不在意這些。這就好像她從不在意她的性傾向一樣。

在認識里夫以前，桑塔格早已清楚知道自己這種不拘一格的性傾向，她在少女時期的一個理想，就是要成為巴黎雙性戀世界的一份子。有趣的是，在成名以後，她身上所散發的坎普氣質很快便讓她成為紐約文化界的雙性欲望對象，她對男人和女人似乎都有著異乎尋常的吸引力，一方面她十分樂於在男性主導的世界裡飾演花瓶角色，另一方面她卻又善於利用這種花瓶魅力來表現她那份足以和任何男性競爭的才華。據說，發掘桑塔格的出版商羅杰·斯特勞斯（Roger W. Straus, Jr.）對她十分著迷，一心要把初出茅廬的桑塔格打造成文壇新女王。但斯特勞斯並非單單視桑塔格為男性世界的花瓶，他似乎更為桑塔格的女同性戀者的「角色」而著迷。

1960年代是桑塔格征服紐約文壇的時代，曾經拜倒她石榴裙下的男男女女多不勝數，其中不同性戀或雙性戀者。她是同性戀世界的寵兒，也飾演著同性戀世界的femme fatale：不少曾經跟桑塔格有過親密關係的男性和女性，甚至男同性戀者，都曾經擔心桑塔格會勾引他們的情人，同時搶奪他們在文壇的地位。有人甚至將她比作蛇髮女妖美杜莎（Medusa）：兼具欲望和死亡。

可是，桑塔格到底不是傳統意義下的femme fatale。情人們都為她爭風呷醋，而桑塔格則一心在她的寫作、生活和個人形象鑄造中實踐其坎普哲學。當年風流倜儻的王爾德最終弄得身敗名烈，而魅力四射的桑塔格則在主流社會價值觀中如魚得水，這正正因為，她沒有重蹈這位把坎普精神遺留給她的前輩的覆轍：絕不自爆私生活，去逼迫觀眾對她進行道德審判。她清楚明白，如果有像她這樣的名人敢於「出櫃」，絕對是對當年性解放運動的極大鼓舞，但如此一來，只會把她推向一個極不安全的位置。但如果她一直保持沉默，只讓事情當作文化界圈內的流言蜚語，反而令她更有魅力。這就如那綹假的白髮一樣，足以使桑塔格顯得更像桑塔格。

2010.10

卡爾維諾：一群螞蟻已夠魔幻

我是從近年內地出版的卡爾維諾作品系列中，知道〈阿根廷螞蟻〉這個短篇小説的。一個頗為約定俗成的文學印象：卡爾維諾是後現代，也是魔幻寫實，可惜對他跟拉美文學傳統的關係，我把握得不大理想，將這部短篇歸入魔幻寫實一類，乍聽起來也算理所當然。這就好像有一大群繁衍於波赫士和科塔薩爾故鄉的小螞蟻，以牠們緩慢而堅毅的路線，越洋闖進這位意大利作家的文學花園一樣。

實情卻是：小説跟「阿根廷」這個國家毫無關係。而更重要的是，小説原來充斥著現實主義的色彩，初讀之下，似乎跟魔幻寫實沾不上邊。故事鉅細無遺地描述了一對年輕夫婦在搬到一個新城鎮居住後，如何面對一場不大不小的蟻禍。這種在小説中被稱為「阿根廷螞蟻」的細小蟻族，並沒有如荷里活式災難片一樣，為年輕夫婦帶來滅頂之災，而僅僅是成群結隊出現在生活的某處，造成的滋擾雖然不算嚴重，卻偏又難以忽略。螞蟻會在屋中牆角冒出來，在家具走出一條條黑線；又會在廚房裡浮游在牛奶之上，叫他們必須把牛奶通通倒掉；然後螞蟻會爬到襁褓嬰孩身上，咬得嬰孩皮膚紅腫。年輕夫婦試過用手指捏死這些煩人的小傢伙，卻染得一手濃烈的酸臭味。他們束手無策，只好嘗試向鄰居求助，才發現鎮上的居民早已用上了千百種方法跟螞蟻縛鬥，依然無功而還。

奇怪的是，城鎮上的居民有一個習慣，就是總把事情誇大，甚至將世界說成是動盪不安、危機四伏，但對這場蟻禍卻總是輕描淡寫帶過便算。他們對家中的蟻禍的嚴重性往往絕口不提，而只默默地忍受著這種生活中久治不癒的痕癢。故事發展下去，始終沒有荷里活式的暴烈結局，到了最後，螞蟻依然橫行，而年輕夫婦窮盡了一切治蟻的辦法，也突然放鬆下來，然後繼續如常地生活。當然，這生活也不會過得怎麼愜意了。

卡爾維諾在1952年發表這個短篇，然後在1958年收入他的《短篇小說集》中。很久以後，他是這樣回顧這部作品：「〈阿根廷螞蟻〉並非如所有批評者一直說的那樣，是一部卡夫卡式夢幻小說。它是我一生之中寫過最現實主義的小說；我以絕對的精確性描寫了在我童年的時候，也就是二十和三十年代，阿根廷螞蟻入侵聖雷莫和利古里亞西海岸很大一片地區的耕地時所遇到的情形。」讀到這裡，我才突然明白：「阿根廷螞蟻」本來並不是什麼隱喻，而是一種真實存在的螞蟻品種。

原來這種黑色的小螞蟻，向來只生活在南美洲。在二十世紀初的某一天，當一艘載滿南美洲植物的貨船越洋來到歐洲大陸，第一群阿根廷螞蟻也一起登陸了。阿根廷螞蟻體積細小，但攻擊力卻極強，更重要的是牠們具有比其他蟻種更為優秀的團結能力，牠們能輕而易具地適應任何新環境，並瞬間消滅其他競爭對手。在二十世紀的二、三十年代，也就是〈阿根廷螞蟻〉所描述的時代，正值現實的阿根廷螞蟻肆虐南歐海岸之時。

把〈阿根廷螞蟻〉錯認作魔幻寫實，對我來說可能只是一種無知。可是跟卡爾維諾同代的批評家們，居然也有著同樣的錯認，那就未免使他把小說以「現實主義」命名這一舉動，變得懸念重重了。更弔詭的是，在1959年所發表的一篇名為〈我沒有寫過的短篇小說〉的文章中，卡爾維諾以十分堅定的語氣，直指「現實主義」是一種「對過去的偏愛」，是保守而且反動的。他最感興趣的，是如何以文學呈現歷史邏輯中的荒謬機制，這亦促使他的文學路向轉向童話和寓言。

至此，我亦有充份理由維持原判了：〈阿根廷螞蟻〉不是一部純粹的現實主義小說。而「阿根廷螞蟻」，正是其魔幻之所在。

我對小說最感興趣的是：如何解釋年輕夫婦和鄰居們的犬儒態度？生物學史上所記載的阿根廷螞蟻，是一場人類對抗自然的偉大戰爭，生物學家花了很長時間深入分析了阿根廷螞蟻的身體結構之後，以生物技術改變牠們互相溝通的器官構造，破壞牠們團結一致的機制，最終促使牠們自相殘殺，而蟻禍亦得到有效控制。卡爾維諾雖然說，自己僅是精確地描述了一個關於螞蟻的童年經歷，但這雙觀看螞蟻的童年眼睛卻是不容輕視的。他看不見生物學中的阿根廷螞蟻，也沒有注意到螞蟻在人類的「偉大文明歷史」中如何被人類視作「他者」，他所看到的，只是一大群在人們日常生活中游盪的小小「禍害」，這「禍害」不搔不癢、神出鬼沒，卻總是揮之不去，它突然使日常生活中的其他煩惱，都變得微不足道了。而人們的犬儒，與其說是因無力治蟻而產生的虛無感，倒不如說是他們樂於把蟻禍當成是日常生活中的頭等大事，同時又裝作視而不見、若無其事。他們跟童年的卡爾維諾一樣，對螞蟻的身體結構毫無認識，也不曾理解過螞蟻的生存習性，但「螞蟻」的陰霾卻從未離開過他們。

於是，「阿根廷螞蟻」作為一個隱喻符號，正好為人們提供了一個延遲解決眼前困境、不去改變現狀的藉口：他們可以把一切問題的責任，通通都推卸給一個他們永遠沒法真正認識的「禍害」之上，然後安然地在這個不大理想的現實裡，苟且地生活下去。而在小說中，當這重隱喻的意義，被具體地寫成了「阿根廷螞蟻」時，其魔幻寫實的氣質也呼之欲出。那是因為，故事中所描述「阿根廷螞蟻」，顯然跟我們面對一般螞蟻時的日常經驗，有著相當微妙的差異，這種差異所製造出來的不安感，逼使我們無法在感官上區分清楚，這「阿根廷螞蟻」到底是真實的，還是虛構的。而批評家誤讀了這部小說，正正是小說之所以為魔幻的徵兆所在。

卡爾維諾説過：「如果不是想像的，諷刺的，烏托邦的文學，就不可能是真正的革命文學。」他筆下的〈阿根廷螞蟻〉肯定是革命而不是保守，並非由於他精確地描繪了這曾經肆虐南歐的螞蟻品種，而是卡爾維諾抱持著一份隱性的人類中心主義，不去呈現「阿根廷螞蟻」作為一種昆蟲和一種動物的主體性，而將之看成是捕捉人性秘密的小刺針。

當然，即使純粹作為一種昆蟲品種，「阿根廷螞蟻」這一大自然的奇蹟，也已經夠魔幻了。

2012.1

艾可：一條風趣幽默的衣魚

在司湯達的名著《紅與黑》裡，主角于連向跟他有姦情的市長夫人開了兩槍。一槍沒有打中，到第二槍才打傷她。對於某些沉迷小說細節的讀者，安伯托·艾可（Umberto Eco）不留情面地嘲笑過他們：如果居然有人為這沒打中的一槍而納悶，苦思它到底射到哪裡去，這種人根本不懂享受小說。

但當讀者針對的是艾可本人，他便沒那麼輕鬆了。在艾可的第二本小說《傅科擺》裡，有個名叫卡紹邦的角色，他在1984年6月23日午夜時份，一個人走過巴黎的某幾條街。小說鉅細無遺地描述街名、路線和一切街上可見的事物。小說出版後，艾可接到一名讀者來信，信裡說這名讀者到過圖書館翻查舊報紙，發現當晚這幾條街附近曾經發生過一場大火災。這名讀者問艾可：為何卡紹邦沒注意到？艾可一怔，才好整以暇的回答：「卡紹邦可能目睹這場火災，但因為某個連我也不知道的神秘理由，他略去沒提。」

機智的回答，而暗藏推諉。我是在《悠遊小說林》一書中讀到這則故事，它亦成為了身兼小說家和符號學家的艾可用作談論虛構性的真實案例。按艾可的說法，是他先將故事寫得太過真實，才誤導了這讀者。然而，這個解釋其實尚未窮盡，後來台灣小說家張大春在《小說稗類》中作出猜測，這火災亦有可能是該讀者偽造的，目的是要調侃艾可的現實主義寫法。不對，艾可不可能那麼容易就著了讀者的道兒，我倒寧可相信，或者連讀者投書這件事，也是艾可精心偽造出來的。

近日艾可過世，此事的真偽就如《紅與黑》裡那子彈的去向一樣，已「無可稽考」了。我們熟知的艾可，是個揹著整部百科全書的頑童，出口旁徵博引，卻嬉皮笑臉，筆觸盡是善意的模仿和戲弄。在文集《誤讀》和《帶著鮭魚去旅行》裡所收錄的，就是這類令人莞爾的小品文，艾可稱之為仿諷體（pastiches）。初讀至今，這些「艾可體」文字仍是我的心頭好，我甚至一度以為，他是專寫幽默小品的散文家。

後來我當然知道，艾可的本行是正經八百的符號學教授，早年研究中世紀經院神學出身，後來趕上二戰後的結構主義火車，追看法國大師羅蘭·巴特跟李維史陀的理論背影。但個人氣質決定命運，艾可注定接受不了結構主義者的頑固偏執，因此遠在開始書寫仿諷散文和小說之前，他便以《符號學理論》和《開放的作品》等批判結構主義的符號學著作享譽學術界。經典結構主義以李維史陀為圭臬，而艾可對其最大挑戰，是質疑所謂「結構」，究竟是指「世界本來的樣子」，還是指「認知世界的方法」？艾可相信，符號學是一套關於謊言的理論，一切文本皆為無數意義不定的符號所構成，透過詮釋，意義才被固定下來。然而這些都是暫時的，因為文本永遠在等待別的詮釋。文本本來是封閉的，但只要有讀者存在，就有被重新詮釋而再度敞開的可能。

我對《誤讀》裡一篇名叫〈很遺憾，退還你的……〉的文章很感興趣。文章由多篇編輯退稿信組成，這點並不稀奇，奇就奇在這些投來的稿子，居然全是人類史上經典中的經典，像《聖經》、《荷馬史詩》、《神曲》等等。偏偏這審稿編輯卻渾似不識，還以小讚大彈的口吻逐一點評，例如他說《聖經》體裁混亂，作家眾多，要索取版權很麻煩；又如說《神曲》太過自我沉溺，段落粗製濫造，欠周詳市場考慮，等等。除了上帝，還有誰能配此大口氣呢？

當然，我知道這篇非小說的虛構文章只是文字遊戲，也無法跟那些經典文本比肩，然而它的而且確，確而且的，是有趣的。其趣味在於：它意義不定，曖昧。文章調侃味濃，但它究竟是嘲笑那有眼無珠的編輯呢，還是奉《聖經》為經典的我們呢，似又指向不明。

艾可說過，這種曖昧和意在言外的嘲諷，是有益的文本策略。我所理解的「有益」，是指文本帶給讀者的爽快感覺。跟羅蘭·巴特的「文本歡愉」不同，艾可倒沒巴特那麼零度，那麼潔癖，他的文本爽意總是來自於曖昧，在真實與虛構之間猶豫不明。當代文學理論有時會叫這種曖昧性做「後設」，但這說法太呆板了。而我就會說：這就好像讀一本沒寫完的推理小說一樣，在疑幻疑真之間追尋到最後，結果還是半信半疑。

很多人都說艾可是個百科全書型作家，說到他好像是達文西一類「文藝復興人」(Renaissance man)。對此我無法全部苟。沒錯，艾可博聞強記，順手一筆就是冷僻的知識，可是我始終疑心，按照他的思路，知識跟文本一樣，原來都是符號。他有本叫《無盡的名單》的書，書中羅列了古今文本中的著名名單，全都具備無限延伸的傾向，像特洛伊戰爭中的士兵名單，天主教的天使名單，或是民間收藏家的品藏名單等。細讀名單，我清楚聽到波赫士的回音。

我們必定記得，波赫士在小說〈巴別塔圖書館〉裡就描述過，只要用二十多個字母，就能組合出接近無限的知識。但在現實中，知識的數量是很有限的，因為絕大部份字母組合都沒有意義，或者說是其意義有待被創造。可以想像一下：在任何一本百科全書裡，知識的可能性遠沒窮盡，藉著把條目和字母進行再重組，再分類，結構可以不斷改變，變化出更豐饒的知識大海。

艾可就是為此深深著迷。

中年以後，艾可似乎不再寫正規的學術著作了，反而經常去做演講，或用演講系列的形式去寫書。《悠遊小說林》是著名的「諾頓講座」的講稿，其他如《美的歷史》、《醜的歷史》和《無盡的名單》等，系列味濃，深入淺出之餘，亦見他對重組其博物知識的莫大興趣。我想起網上流傳過一幅知識圖，大意是說如果人類的全部知識是一個大圓，那麼現代學院裡的學者博士們所創造的，只是大圓周上一些幾不可見的小突觸。艾可肯定不是這種學院裡俯拾皆是的專業學者，他該是一條風趣幽默的衣魚，在百科全書條目之間吐出蛛絲，編織出一個又一個前所未見的知識之網。

我是明白的，知識美好之處，並不在百科全書上冰冷肅穆的個別條目上，而是條目與條目之間的億萬種組合。而所謂「書本」，就是一個組裝知識的結果。網絡時代徒有條目而欠知識結構，別再跟我說什麼「網絡可以消滅書」的鬼話了，沒有書的話，知識沒有結構，無法變形，就只淪為一堆幽靈般在森林遊蕩的符號、符號，和符號。

艾可說：「別想擺脱書。」呵呵，這大概是對於當代知識狀況最深刻的評論。

「我是哲學家，我在周末才寫小說。」艾可又說。他喜歡虛構，迷戀誤讀，但又對「書本」這種「植物的記憶」充滿敬意。哲學（Philosophy）一詞源意是「熱愛（philos）智慧（sophia）」，而在艾可眼裡，偽作、虛構並不排斥知識，所以當他在四十八歲寫成《玫瑰的名字》，一時洛陽紙貴之後，寫小說的筆就停不下來。他告白過：自己曾經帶著柏拉圖式的傲慢，認為創作小說是一種謊言組成的囚室。後來他才明白，知識跟文學創作一樣，歸根結砥都是敘事。一切都是敘事，而敘事，則是「宇宙等級的事」。

然後，艾可死了，有關他的一切也要被逼蓋棺了。我實在不想去哀悼他，R.I.P.他，以免死亡寫成符號化的條目。或我只好劣拙地臨摹他的仿調風格，說：OK，為艾可的死乾杯吧！

2016.2

附錄·書評

文學的編織能力

當我們談到一位作者甲影響著另一位作者乙的時候，我們會遇到兩種情形：一、甲和乙身處同一個時代；二、甲的時代比乙早。一般的理解是，在第一個情形裡，甲和乙可能具有相互影響的關係，而在第二個情形裡，則只有甲影響乙。但艾可認為，不論我們談的是哪一種情況，我們都必須預設有丙：一種潛在的文化影響力。於是，不論是否身處相同時代，甲和乙的影響關係，都可以細分成三類：一、乙在甲的作品中發現一些東西，但他並不知道那是來自丙；二、乙在甲的作品中發現一些東西，並上溯至丙；三、乙直接參照丙，但事後卻又發覺相當的東西也在甲的作品裡出現。這種甲、乙和丙之間的關係便構成了一個互文性的三角形。

在《艾可論文學》一篇談及波赫士的文章中，艾可就描述了這樣一個關於「影響的焦慮」的三角形。簡單易明的一個說法，卻鮮活地呈現出這位符號學大師的文學觀念：文學的開放性和複雜性。在這部結集當中，艾可談及很多不同時代的文學家，像但丁、拉伯、喬伊斯等，不過，談得最多的好像還是波赫士。波赫士那種百科全書式的文學情態，的確吸引著一個多世紀以來眾多的文學作者和讀者，而在艾可那幾部趣味盎然但艱澀難懂的作品，諸如

《玫瑰的名字》和《傅科擺》等裡，我們似乎亦隱隱讀出一個又一個波赫士的幽靈。

然而，艾可的神采其實不只如此。在那些曾在他的評論筆下出現過的文學大師之中，都有一個共通點：他們都具有一種大格局的文學情態。例如但丁的《神曲》上天下地、氣魄恢宏，形構出一個完整的時代世界觀之餘，也奠基了現代意大利文學；又例如拉伯雷的作品看似鄙俗不堪，實際上卻是集中世紀民間故事的精華，著名文學評論家巴赫金也對他推崇備至。

艾可熱愛的不是宏大史詩，而是文學裡的世界結構。現代文學的發展日益趨向專業化，大部份作者似乎都只熱衷於書寫屬於自己的東西，這些東西可以是一種文體、一種風格、一種主題或一種內容。結果文學漸漸變得封閉，成為了只服務個人生活或意識形態的工具，再不能有效地把這個紛陳雜亂的世界呈現出來。艾可的文學前輩卡爾維諾 (Italo Calvino) 曾仔細談論過文學中的「繁」之妙用，卡爾維諾認為，透過文學的呈現，我們可以連繫各類世界知識，羅織各種生活密碼，從而把事物與事物之間的關係網絡展示出來，這就是文學裡的世界結構。現代既是一個資訊全面爆發的時代，也是一個資訊高速流徙的世界。在世界現代裡，可用作文學的故事材料愈來愈多，但懂得把這些故事材料好好編織的人卻愈來愈少。人們都不再喜愛文學之「繁」，而一本包攬世界所有知識，同時又能將知識構築成世界結構的百科全書，亦已不再有人願意讀了。像艾可這樣一位百科全書式的文學創作者和評論家，大家對他的博學感到驚訝，對他的神秘筆觸嘖嘖稱奇。至於他所念念不忘的世界結構，以及推崇繁雜的文學情態，心領神會的人竟少之又少。

要讀懂一位作家的作品十分容易，但要讀出三角形中的那個丙，卻顯然不是現代人所擅長的。正如我們很容易會把艾可的小說讀成如《達文西密碼》一般的偵探小說，艾可文學情態中的丙，既存於他對中世紀藝術的熟悉，亦在於他對文學歷史脈絡的種種評論和聯想。這也是《艾可論文學》中十八篇文章將要編織出來的東西，能否讀通，就要看讀者的文學編織能力了。 2008.4

安伯托·艾可（Umberto Eco），《艾可談文學》，翁德明譯。台北：皇冠，2008。

昆德拉：到最後還是一個玩笑

我以為米蘭·昆德拉早就封筆，冷不提防他年過八十之齡，竟又寫了一部新小說。《慶祝無意義》（*Le fête de l'insignifiance*）首先在去年底出版意大利譯本，到今年初才出版法語原文版，隨即亦有了內地中譯本。小說家的晚期風格難以逆料，少數愈寫愈勇，到晚年仍交出沉厚凝煉的集大成之作，但更多是從高峰滑落，江郎才盡，勉強為之，只徒增讀者遺憾。對於昆德拉仍有新作，我不覺興奮，反而有點替他擔心。他的創作盛年都在上世紀八十年代，以其母語寫成的《生活在他方》、《笑忘書》、《生命中不能承受的輕》等，部部力作，風靡幾代文藝青年。直至《緩慢》他改用法文寫作之後，味道已大不如前了。近十年他沒有新作面世，來到這晚極之齡，竟還不忍擱筆，我真想知道，他將會用什麼方式總結自己的小說生命呢？

新書很薄，疏落的中文字只排成百來頁，靜靜地坐著讀，兩小時便讀完了。這部小說的敘事結構稍為複雜，完全是典型昆德拉式的對位法風格，但他這次寫得很節制，文句十分精煉。他早說過厭惡傳統小說技巧，像介紹一個角色，描述一個場景，或將情節行動帶入歷史背景，他都必須審慎為之，不花多餘筆墨。相比起早年部頭較大的作品，此書刪減大量不必要情節和描寫，所有細節便如歌曲音符一般，準確，清晰。

全書共七章，這個章節總數反複在他的小説裡出現。首章名為「主角出場」，以電影般的快速剪帶出幾個主要角色，接著故事發展卻出奇地簡單，四個生活在巴黎的好友：阿蘭、拉蒙、夏爾和凱列班，一同參加一個生日會，而生日會的主角則是謊稱身患癌症的朋友達德洛。最後，生日會結束，彷彿什麼事都沒有發生。

昆德拉擅寫散文化的哲理文字，更長於把剔透的思辯鑲嵌在小説敘事裡，這次也不例外。小説大部份篇幅是由四個好友之間的對話構成，但亦時有岔開一筆的變奏。例如夏爾經常想像跟拋棄他的母親對話、阿蘭看到街頭美女露出肚臍而引發思考、還有凱列班只跟別人説自己杜撰的巴基斯坦語等，全都沒有脱離書名開宗名義的主題：「無意義」，即生命的虛無感。當然昆德拉不是虛無主義者，他仍是昆德拉，斷不會把虛無寫得媚俗。於是他還是召來了他的老把戲：玩笑，一個永遠跟他的小説同在的基本元素。

書中不斷提到一個據説是記載在赫魯曉夫回憶錄裡的典故，是貫穿全書最波譎雲詭的一個變奏。據説斯大林跟他的同志説過一個自己的小故事：一天，他到十三公里外的森山打獵，在一棵樹看見幾隻鷓鴣，一數，共二十四隻，可是獵槍裡只有十二發子彈。他開槍，一口氣打死了十二隻鷓鴣，然後走十三公里返回家裡拿子彈，再走十三公里回來。他回來時看見另外十二隻鷓鴣還在樹上，便把牠們都打死了。席間赫魯曉夫認為這個故事很不合理，那十二隻鷓鴣怎會還在樹上？但他跟同志們都默不作聲，後來當斯大林離開，他們躲在浴室裡洗手時，赫魯曉夫才口吐唾沫，不屑地叫道：「他說謊！」

昆德拉出身於共產主義時代的捷克，他在西方聲名鵲起亦有賴於其「難民」身份。但他對極權的曖昧態度卻常遭非議，其中最著名的莫過於在《生命中不能承受的輕》裡，流亡者托馬斯拒絕在支持捷克異見人士聲明中簽名的一幕，這更一度被視為昆德拉個人的政治取態。但這誤解未免大了，如果我們讀過昆德拉的處女作《玩笑》，就知道他更關心的，其實是政治如何消滅人的幽默感。這個斯大林的故事原來是說：赫魯曉夫沒有幽默感，斯大林根本是說笑，但政治卻使人失去辨認玩笑的能力。

這個政治笑話還有另一層次。書中四個好友都不太認識斯大林和赫魯曉夫，只有較年長的拉蒙「不幸地」生於斯大林去世之前。在拉蒙祖父的年代，斯大林代表進步，隨著人一代一代的出生和死去，斯大林也漸漸被視作罪人了。拉蒙和他的朋友都覺得，這些政治爭吵沒有意義，因為人會死亡，而死人亦會漸漸變成死了很久的人，他們會終會被遺忘。即使有人認仍然記得他們，但已再無真實的見證人了，所有死人最終都變成木偶。

昆德拉似乎要藉此提出一個觀點：歷史容不得你放下，即使你不願遺忘，時間的巨輪亦會要你永遠失去見證歷史的能力。正如斯大林儘管惡貫滿盈，書中角色仍輕易拿他來開歷史。唯一條件是：我們必須承認，人生是無意義的。

在小說結尾，拉蒙跟身患癌症的朋友達德洛說：「無意義，我的朋友，這是生存的本質。它到處、永遠跟我們形影不離。甚至出現在無人可以看見它的地方：在恐怖時，在血腥鬥爭時，在大苦大難時。這經常需要勇氣在慘烈的條件下把它認出來，直呼其名。然而不但要把它認出來，還應該愛它——這個意義，應該學習去愛它。」誰不知昆德拉在小說甫開始時已告訴讀者：達德洛根本沒有癌症。達德洛自己也說不上為何要撒這個謊，他只覺得，想像自己得了絕症會教他高興。到了這裡，我們又再一次聽到昆德拉的複調回響：他跟斯大林一樣，把謊言看成是玩笑。而拉蒙對患病友人語重深長的發言，也變得無聊可笑了。

晚期的昆德拉依舊如針一般銳利，他清楚描述了一種跟流行於當代的正向思考截然相反的觀念：擁抱虛無，為無意義乾杯。這是不是昆德拉自己的想法？還是他只是借小說去嘲笑它？我不肯定，其實也沒必要非找出結論不可。「小說關心的應該是人的存在，而不是真理」，昆德拉不是一直跟我們這樣說嗎？到了最後一個玩笑，他還是要說這些。

2014.8

米蘭·昆德拉（Milán Kundera），《慶祝無意義》，馬振騁譯。上海：上海譯文出版社，2014。

雅歌塔：說敵語的劇作家

雅歌塔最初發表劇作時，曾用筆名薩伊克（Zaik），因為她不想別人將她誤認為另一位著名作家克里絲蒂（Agatha Christie）。然而，即使很久以後，她用回所謂的「真名」雅歌塔·克里斯多夫（Agota Kristof）來發表作品，但其實那仍然是一個「假」的名字。按雅歌塔祖家匈牙利的傳統，人們名姓氏在前，名字在後，雅歌塔的真名應該是克里斯多夫·雅歌塔（Kristóf Ágota），當中包含帶有尖音符的匈牙利文字母。甫開始，雅歌塔的作家身份便給法語化了，而她用作寫出《惡童日記》這部經典作品的法語，在她看來，是一種敵語。

雅歌塔的童年只有匈牙利語。很長時間，小雅歌塔以為世界只有一種語言。九歲那年，她的父母舉家搬到一個超過四分一人說德語的邊境城市，德語讓她的家人想起了過去奧地利人對匈牙利的統治。一年以後，一支外國軍隊來到她的國家，她也被逼開始學起俄語來。德語和俄語，或者說是任何不是匈牙利語的外語，對雅歌塔而言，都是敵人的語言。她總是用「敵語」來形容這些語言，即使後來她離開了祖國，來到一個說法語的城市，然後花上畢生精力來征服這種語言，法語依然是敵語。而她自己呢，則是一個文盲。

文盲的書寫是不可思議的，而法語則像敵軍一樣衝著她而來。在雅歌塔二十歲那年，匈牙利發生十月事件，學生運動遭到蘇聯坦克鎮壓，雅歌塔跟丈夫和襁褓中的女兒乘夜穿過匈牙利和奧地利的邊界，輾轉來到說法語的瑞士國土上。她把所有的日記和詩作全都留在祖國，然後跟這個國家和民族斷絕了關係，這彷彿也象徵了她跟母語必須徹底割裂。流亡的日子如斯艱苦，定居瑞士的日也絕不好過，她必須一邊照顧女兒，一邊在工廠裡工作，然後偷偷地在工廠裡用自己已漸漸遺忘的匈牙利語寫詩，同時跟女兒一起學習法文。

雅歌塔開始寫劇本，遠早於她開始寫最廣為人知的《惡童日記》，卻遠晚於她打算跟母語關係破裂之時。劇本用法語寫成，而且是用一些淺白得近乎冷酷的法語寫成。雅歌塔覺得，寫劇本是迎接法語最容易的方法，劇本裡沒有什麼仔細描述，只是在一些人物名字下面加上對白，而對白不過是模仿她平日所聽所說的日常法語而已。這樣的書寫運作很理想，後來她的劇作開始在一些業餘劇場上演，也在電台中廣播。雅歌塔終於實現了她年少時的作家理想，可是，自此以後，她再也不以母語寫作了。

一生下來，雅歌塔便有著一頭深褐色的髮，和一雙深褐色的眼珠。馬札兒人（Magyar）在匈牙利是多數族裔，卻長期被統領東歐絕大部份地區的亞利安人（Aryan）所包圍，因此在匈牙利的民族因子裡，早就種下一份深沉的歷史苦難感，這並不是在蘇俄鐵幕之下才出現的。雅歌塔離開祖國，也背叛了自己的母語，卻始終無法擺脱埋藏在個人記憶裡的童年，以及深陷在民族潛意識中的悲情。很多人視《惡童日記》為雅歌塔的自傳，這點她從未承認過，她很早就打消了寫自傳的念頭。她僅是以很輕巧的筆觸寫了一本薄薄的自傳體散文集《文盲》。而在她的多部創作裡，即使讀者能讀到很多恍如個人經驗的線索，但其實全都不是她的生活和回憶，而只是在民族苦難意識中折射出來個人塑像。

作家不是一日煉成的，尤其是像雅歌塔這樣一位書寫外語的文盲。如果說「惡童三部曲」是雅歌塔將自己的個人經歷、民族的苦難意識，以及她對法語的陌生感所融匯而成的文學精華，那麼，她在二十世紀七十年代所寫的多部劇作，則成為了她的「惡童文學」的未醒前夜。

六、七十年代的法國戲劇是荒誕派的天下，雅歌塔身處法語文學的邊緣，也應隱隱嗅到這樣一份時代氣息。「定義荒誕」這行為本身就是荒誕的，不過如果按照戲劇理論家的意見，追源溯流，荒誕本意是指一種與理性邏輯相悖的不和諧狀態，它不僅存在於人類生活中，有時亦被某些思想者高舉為人類存在的本質。而戲劇家的書寫，不是要對荒誕進行任何思考，而是把它呈現出來。

就如她對法語的陌生感一樣，荒誕劇作為一種屬於時代的美學形式，對雅歌塔來說，跟外語是一樣的。她是荒誕劇的文盲，她是荒誕劇的局外者，當經典荒誕劇劇作家以徹底貶抑語言的劇場手段來呈現荒誕，雅歌塔卻是迎向一種潔淨的戲劇語言品味，輕描淡寫地寫出了一份潔淨的戲劇性和荒誕感。對荒誕劇劇作家來說，戲劇是在幽默和嬉笑中展示荒誕，在荒誕不諧中呈現孤寂與殘酷，但雅歌塔並不關心荒誕性的存在，她甚至不熱忱於對人類悲苦和現實殘酷的坦露，她的戲劇文字精煉而不帶感情，作為一個文盲，她關注的僅是如何迎向外語，如何迎向一種如同敵語的時代精神。她書寫，她發表，不帶任何內在情感。這並不表示她的內心沒有一絲漣漪，而是她選擇不去感性，改以冷峻思路來觀照她的陌生世界。

在雅歌塔那些不太成熟的劇作裡，有著一份不太成熟的荒誕感。這表示特立獨行的她與一批當時得令的荒誕派戲劇大師的根本差異：她的思想方式是清晰而閉合的，她對詮釋世界和歷史都沒興趣，也沒有任何使命感；劇中她會描寫一些典型化的角色和情節，卻有意無意間對其定性加以扭曲，使其戲劇世界自成一套特殊邏輯，而不像一般荒誕劇裡要戳力呈現真實世界的邏輯矛盾。在她的第一個劇作《約翰與喬》（*John et Joe*, 1972）裡，有兩個在不知名酒館中相遇的人，他們不著邊際地對話，一時說誰騙了誰的錢，一時在問誰是否認識哪個不知是否存在的朋友，一時又在爭論應點什麼食物和酒，還有由誰請客等等。夾纏不清的語言角力，乍看有點《等待果陀》的味道，卻顯然少了對荒誕性的過度斧鑿，而多了一份簡潔明快。

《怪物》（*Le Monstre*, 1974）一劇是關於一個長期遭到怪物威脅的原始部落，可是族人偏偏對怪物身上的香氣令人迷醉，於是在恐懼怪物和迷戀香氣的情感互相疊加之下，族人對怪物亦一直奉若神明。後來族中英雄殺死了怪物，他卻因此變成另一隻怪物，他為了拯救部族，一個接一個殺死族人，直至一個不剩。乍一看，這似是典型的悲劇結構，但族人迷戀怪物跟英雄過份殺戳的情節，卻扭歪了劇中的悲劇性，加重了象徵意味。

《傳染病》（*L'epidemie*, 1974）可能是芸芸劇作中，最能充份發揮雅歌塔戲劇書寫風格的作品。故事發生在一個傳染病肆虐的時空裡，傳染病患會不由自主地自殺。這種以傳染病作為戲劇誘因的設定十分常見，但此劇最有趣的是，傳染病所引發的並非一如所料是人類存在的荒誕境況，而是一個邏輯特異的戲劇世界。在這個世界中，角色都很典型，如自殺者、救命恩人、醫生、說客、消防員等等，但這些典型角色的戲劇動機和行為卻又很不典型，難以正常邏輯理解。例如拯救自殺者的醫生走去跳樓；救人的消防員槍擊負責說服自殺者的說客，然後拿炸彈炸毀酒吧；說客不去救人，反而見醫生未死便槍殺她，原因僅僅是大家不再需要她了，等等。角色的行為動機全都無法合符邏輯地解釋，但情節發展卻步步推展，彷彿是順著某種邏輯而行，最終推向高潮。劇終時救命恩人舉槍自殺，然後抱著他曾拯救過的自殺女孩，而說客則同時大聲叫喊：「是推土機來了！停下來！停下來！」最後自殺女孩輕柔地說：「晚安，活著的人！」至此，全劇依著其特殊邏輯發展，終以一種雅歌塔式的冷峻和局外感，穿透了生存和死亡。

直至很多年以後，雅歌塔背負著小說家的盛名離開了人世。而讀者全都讀過她的「惡童三部曲」，卻總是忘記了，在惡童的前夜裡，她曾經有過一段跟敵國語言和戲劇語言搏鬥的文盲生涯。

2011.9

雅歌塔·克里斯多夫（Agota Kristof），《傳染病》。台北，小知堂，1997。

雅歌塔·克里斯多夫（Agota Kristof），《怪物》。台北，小知堂，1998。

波赫士：在我耳邊吹一口氣

波赫士名字極響，但認真讀過他的人不多。很久前我就聽過一個說法：波赫士是拉美魔幻現實主義的鼻祖。那時我正沉醉在《百年孤寂》那絢爛的歷史迷霧裡，自忖不知何時才能再次讀到另一部如此震撼的巨著，然後有人跟我說，讀波赫士吧，你會發現另一種魔幻感，並隨即奉上兩個由他發明的著名意象。其一是「巴別塔圖書館」，一個藏書量是無限的宇宙型圖書館；其二是「阿萊夫」，一個包含了整個世界的點。啊！兩個意象有如兩口氣一般吹進我的耳窩裡，我打了兩下寒顫，便彷彿被吸進那個構造巧妙的小宇宙裡。於是，我記下波赫士的名字，等待終有一天會在書海裡重遇他。

後來我才知道，波赫士不寫長篇。那兩個意象原來分別來自兩個不到十頁的短篇。他的小說不好讀，甚至不像小說，反而像一個套一個的文字迷宮，讀不到兩三段，便失去方向。據說他一生寫了近百個短篇小說，我曾花過整整一個星期的時間，才讀了一半，都是他早期作品，其中就包括了《虛構集》（*Ficciones*）。有人說波赫士因為眼疾，所以只寫短篇。他們未免太不了解他了，正如把他硬說成魔幻現實的先驅一樣。

實情是，波赫士的創作是不可複製，也是無法繼承的，如果現代小說要處理現實，他的小說所要處理的，卻是書寫。他有時會隨手拈來一些野史軼聞，再扭曲捏造成另一個似真似假的版本；他有時又會創造一些關於時間和空間的意象，再用一個短篇的篇幅把意象盡行放大。

說他後設，是貶低了他，也簡化了他，他的文字迷宮，不像後來很多所謂「後設小說」那樣匠氣十足，反而是一揮而就，絲毫不見鑿痕。我甚至覺得，把那些短篇稱「小說」也太規限他了，應該稱之為「虛構書寫」，會更準確。

所以我特別偏愛《虛構集》，巴別塔圖書館即寄生其中。此書結集出版時他視力還在，所以短寫絕非權宜之計，而是有意為之。集子裡我最喜歡兩篇文字，一篇叫〈巴比倫彩票〉，又是一篇把意象高速膨脹的傑作。裡面說巴比倫人有一個抽彩票的制度，彩票能贏能輸，可讓人當上總督，淪為奴隸，然後又再次抽彩票，毋須輪迴他生。於是人類歷史就平添很多不可預知的偶然性，歷史學家也束手無策。另一篇則叫〈小徑分岔的花園〉，一個間諜故事，但波赫士卻大玩時空和敘事分岔，每項情節發展都似乎蘊含著它的必然性和偶然性，於是短短十頁的故事便衍生出連綿不斷的岔口，恍若一部綿密深博的大部頭長篇，卻被他濃縮成如一個阿萊夫的點。

波赫士的文字太像迷宮了，因此至今我仍無法用迷戀《百年孤寂》的方式去迷戀他。可每次讀他，他都會悄悄在我耳邊吹一口氣，然後帶著詭笑地說：想像總比小說重要啊。而我只得相信，他不寫長篇，是因為他並不需要。

2013.8

略薩：文學與愛情

一、文學像條條蟲

1

七十四歲的秘魯作家略薩 (Mario Vargas Llosa) 終於摘下2010年諾貝爾文學獎，是一個頗冷的熱門賽果。在近年的賽果預測中，略薩即使上榜，也不會排名很高。在結果揭曉前，熱門人選曾經傳過肯雅作家恩古吉 (Ngugi wa Thiong'o)、美國作家品欽 (Thomas Pynchon) 和麥卡錫 (Cormac McCarthy)，還有村上春樹等，最後通通都失諸交臂。評論總是說這是遲來的獎項，卻是實至名歸，畢竟略薩跟馬奎斯 (Gabriel García Márquez) 齊名已久，馬奎斯早於1982年已摘桂冠，略薩遲他足足二十八年。正如略薩在Twitter自言，現在，他倆算是扯平了。

近年諾貝爾文學獎多頒予歐洲作家，部份獲獎者爭議頗大，於是評論者便開始鑽研瑞典學院的評語，希望讀出作家何以獲獎的玄機。今年略薩的獲獎評語是這樣的：「表彰他描繪出權力的結構，以及他那種個人抵抗、反叛和被擊敗的鋒利圖像。」(for his cartography of structures of power and his trenchant images of the individual's resistance, revolt and defeat.) 看起來，這評論並沒有太大的懸念，正恰如其份地反映了人們對略薩的印象。

在二十世紀六十年代，當拉美文學的風潮開始火焰一般席捲世界之中，有四位作家並稱為拉美文學爆炸時代的四大主將：阿根廷的科塔薩爾（Julio Cortázar）、墨西哥的富恩特斯（Carlos Fuentes）、哥倫比亞的馬奎斯、還有秘魯的略薩。科塔薩爾早於1984已然謝世，如今略薩獲獎，難怪有人慨嘆富恩特斯已再無機會了，畢竟拉美文學在世界文壇中已失去了其主動性和新銳性，「魔幻現實主義」即使魅力仍在，卻不再新鮮。可是，略薩這一記遲來的桂冠，倒卻正正反映了略薩的文學並非時尚之物，絕對經得起時間的考驗。

在一次演講中，略薩便開宗明義拋出了「文學是火」這一命題，他認為：「成為作家，本身就是一種抱怨、抗議、控訴和批判。」因此，不少評論皆以「批判現實主義」或「社會現實主義」來命名以略薩為代表的拉美文學精神，跟「魔幻現實主義」並駕齊驅。當然，對真正優秀的文學家來說，任何標籤皆是無效的，略薩也不例外。他曾經說過，他已準備好接受世間上任何不可思議的白痴東西，但並不包括「社會現實主義」。這種拒絕標籤的精神狀態，正是優秀作家捕捉生活細部與複雜性的敏銳本能。

2

在《給青年小說家的信》（*Cartas a un Joven Novelista*）一書中，略薩曾經把文學比喻作絛蟲。他提到一位在巴黎認識的青年，這位青年的肚子裡長了一條絛蟲。絛蟲不斷吸收青年的營養，體形漸漸長大，而青年卻日漸消瘦，即使他整天不停吃喝，始終無法令自己飽肚。有一天，青年跟略薩在酒吧裡聊天，青年所說的一席話實在令略薩大吃一驚。他說，跟略薩一起度過了很多美好時光，看電影、看展覽、逛書店、談天說地，好不暢快。但其實他所做的一切，完全是為了這條絛蟲。他說：「現在我生活中的一切，都不是為了我自己，而是為了我肚子裡的這條東西，我只不過是它的奴隸而已。」略薩說，文學正像這條絛蟲一樣：它不是請客食飯，而是必須專心一致，全情獻身，它甚至叫人心甘情願選擇成為其奴隸，就好像這位青年對待肚子裡的絛蟲一樣。

文學從不輕鬆，卻是心甘情願，這比一般來自外界的強權壓迫，實在更叫人覺得沉重。略薩的文學生涯，正與他的成長經歷、以及整段拉美現代史緊扣在一起。他的少年時代，整個拉丁美洲正在美國帝國主義的陰霾之下。像略薩一樣的拉美熱血青年，大都視美國帝國主義為社會苦難的根源，因而傾慕於左翼思潮。略薩在大學時曾加入秘魯共產黨，學習社會主義，更視古巴革命英雄卡斯特羅（Fidel Castro）和捷古華拉（Che Guevara）等人為偶像。在其成名在《城市與狗》（*La Ciudad y Los Perros*）中的「詩人」一角，正是略薩在這段火紅時期的經歷。

對很多讀者來說，《城市與狗》的精彩之處在於其神妙的敘事技巧，固定的敘事者被省略掉，通篇作品均以不斷換敘事點的方式，藉此還原小說的客觀性。但這部作品真正深刻之處，卻在於它不僅揭露社會的醜陋腐敗，更是以近乎完美的小說語言來進行這一場揭露。小說中的「城市」暗指秘魯社會，而「狗」則象徵了就讀軍校的學生，略薩藉對軍校學生經歷的描寫，直指秘魯社會在軍事獨裁統治下如同監獄一般的現實，而人民則成為腐敗扭曲社會的唯一犧牲品。這種激進的批判姿態，輕而易舉便觸怒了秘魯軍政府，這部小說亦很快被禁，軍政府甚至把千多冊小說在故事裡的軍校廣場上悉數焚燬。略薩「文學是火」的斷言，竟是如此應驗了。

在其後多部小說中，略薩繼續深化這種形式與內容並舉的創作路線。風格深受福樓拜（Gustave Flaubert）和福克納（William Faulkner）等名家所影響，略薩一直力圖建構出一種總體化的小說維度。他的小說，一方面對秘魯以至拉美諸國所曾發生的歷史事件，作出現實主義式的細緻描述，另一方面也擅於轉換敘述者視點，以靈活多變的敘事手法刻劃人物的心理面貌，以及其跟社會歷史現實之間無可割裂的張力。例如他的代表作《公羊的節日》（*La fiesta del Chivo*）是一個關於在1930至50年代多明尼加共和國的獨裁統治時期，一名女子在失蹤多年後回鄉探親的故事。除了女子的敘事觀點外，小說中亦以不同的敘事觀點描寫獨裁者遇弒前一天的心理活動，以及革命烈士遭追捕的過程等。透過對這段歷史的文學性闡述，略薩同時也對當時的秘魯總統藤森（Alberto Fujimori）的專制統治作出尖銳批評。

3

即使沒讀略過略薩的作品，讀者大概也曾聽聞過他跟馬奎斯大打出手的花邊新聞。傳聞是，他們因女人而失義，略薩懷疑馬奎斯跟自己的妻子有不倫關係，結果在一場電影首映之後，略薩狠狠地揮拳重擊馬奎斯。在之後長達三十年裡，這兩位拉美文學巨人始終互不啾唨，直至馬奎斯在出版《百年孤寂》四十周年紀念版時收錄了略薩所撰寫的序言，兩人關係才開始緩和。

其實略薩跟馬奎斯之間，也曾有過一段惺惺相惜的蜜月期，早年略薩曾以馬奎斯小說為題，撰寫其博士論文《加西亞·馬奎斯：弒神者的歷史》（*García Márquez: Historia de un Deicidio*），力陳馬奎斯的文學成就。而在略薩兒子出生之後，他亦邀請了馬奎斯任其兒子的教父。另外，他們跟不少同出道於二十世紀中葉的拉美文學家一樣，必須依賴西班牙的出版網絡發表其作品，舒展他們文學抱負，把拉美文學輸出世界，同時躲過拉美各國獨裁政府的壓榨。相濡以沫之下，拉美文學得到了爆炸性發展，而略薩跟馬奎斯也一度成為相當親密的文學戰友。

很多人對略薩後來的「右轉」嗤之以鼻，甚至有人憤憤不平地說，即使略薩仍是一個出色的小說家，卻同樣是一個危險的政治家。自1980年代起，也就是他跟貫徹左翼的馬奎斯決裂，同時在文壇聲譽日隆之際，他亦展開了更積極的政治生涯。1987年，他結束了多年的外國生活並返回秘魯，隨即組織右傾政黨，奉行親新自由主義的「安第斯——戴卓爾主義」(Andean Thatcherism)。他更在1990年跟藤森各逐秘魯總統大位，最終落敗而回。之後他決定長居歐洲，基本上退出了秘魯政壇，及後更申請入藉西班牙，因而惹來秘魯群眾的口誅筆伐。

對於歸化西班牙藉一事，略薩是如此辯解：「我沒有說謊，我說過我們需要激進的改革，社會也需要作出種種犧牲，而起初這是可行的。但直至『骯髒的戰爭』發生了，我的改革想法卻被說成是一種破壞。那本來是很湊效的，尤其是對於一些最貧困的社會。在拉丁美洲，我們寧可把承諾兑現。」而對於參選總統一事，他後來是這樣總結的：「儘管並不愉快，但這實在是一次很有益的經驗。我學到了很多關於秘魯和政治的東西，還有關於自己的：我認識到自己並不是政治家，而是作家。」

最終，他從政治家的身份退了下來，其創作力仍然無比旺盛。我們只需要查閱一下他在小說類和非小說類的出版清單，就會明白一個真正堪稱「著作等身」的優秀作家，到底是何種面貌。

二、跟姨媽談情

1

略薩跟馬奎斯曾因一個女人而大打出手的花邊新聞，在他剛拿下2010年諾貝爾文學獎時又被大肆重提。當事的這位女士是略薩的第二任妻子帕特麗西婭（Patricia Llosa），即使略薩曾為一個瑞典女子而拋棄過她，間接導致這宗拳打馬奎斯事件，但最終略薩仍回到她身邊。這段1965年自開始的婚姻，一直持續至今。

帕特麗西婭是略薩的表妹，在他們結婚之時，略薩剛跟第一任妻子離婚。如果要數薩略的愛情軼事，拳打馬奎斯事件只算小事一樁，真正對他影響深遠的，應該是他在十九歲時跟第一任妻子私訂終身的事。這位女士名叫胡利婭（Julia Urquidi），但熟悉略薩文學的讀者可能更願意稱她作「胡利婭姨媽」，因為她就是略薩於1977年出版的自傳體小說《胡莉婭姨媽與作家》（*La tía Julia y el escribidor*）中的女主角。

胡利婭其實不是略薩的親姨媽，她只是略薩舅母的妹妹。那一年，胡利婭剛遭丈夫拋棄，便隻身從玻利維亞來到秘魯首都利馬的姐夫家暫住。一位年輕少婦突然在利馬出現，旋即引來一些老朽鰥夫前來求婚，家人覺得這種事情未免太不夠體面了，於是硬要她跟年方十八的小略薩結伴外出。胡利婭比略薩大十歲，又經歷過一段失敗的婚姻，自然比還在求學中的青年略薩成熟得多，不料兩人卻日久生情，熱烈地相戀起來。這種事情自然不為雙方家人所容，他們認為胡利婭正在摧毀青年略薩的大好前程，甚至馬上把消息報告給略薩在美國經商的父親，逼得大動肝火的父親馬上回國。

可是，略薩和他的胡利婭沒有屈服，他們秘密逃往外地結婚，接著略薩便要胡利婭先到智利避避風頭，自己獨自回到利馬，一面勸説父親和家人，一面拼命工作，以證明自己可以獨立謀生和養活妻子。家人見米已成炊，也只好默認他們的關係了。

2

胡利婭和略薩的婚姻只維持了九年，略薩便愛上了胡利婭的外甥女，也就是略薩的表妹帕特麗西婭，胡利婭最終遭到拋棄。但對胡利婭來説，這段婚姻已是無怨無悔了。她後來回憶説：「不管跟馬里奧（即略薩）在一起生活一天，一個月，還是一年，我都心甘情願，因為我是幸福的，這要比永遠得不到幸福強。」反而最令她震驚的是，在婚姻結束之後十年，略薩居然以兩人的事蹟為藍本，寫成小説《胡利婭姨媽與作家》。胡利婭覺得雖然他們早已分手，但夫妻之間的生活到底是神聖的，不應向世人披露。後來，她更得知小説的版權已賣給哥倫比亞一間電視台拍成片集時，馬上怒不可遏，便寫出了《小巴爾加斯沒有説的話》（*Lo que Varguitas no dijo*）作回應。

對於略薩把兩人愛情生活公開一事，胡利婭的態度相當曖昧。她曾經跟記者說，她接受《胡利婭姨媽與作家》的出版，因為那是小說，是給受過教育的人看的。但電視片集則是給普羅大眾看，裡面充滿了卑鄙骯髒的東西。比如說，她比略薩大十歲，這並沒有什麼大不了，但電視裡卻起用了一個年紀大得多的女演員，把她演成一個誘拐少男的淫蕩寡婦。她憶述在他們結婚前的一晚，他們發生了關係，那時略薩已經十九歲，大家都心甘情願。但片集中卻是一個身穿性感羅衣的她，極盡意淫地誘惑著少年略薩。這令胡利婭非常難堪。

而略薩卻幾乎從未公開說過他寫這部小說的意圖。即使《胡利婭姨媽與作家》一書中的人物和情節跟現實很接近，但從略薩在書中對情節描寫和敘事結構的經營來看，他似乎顯然又不是要寫一部回憶錄，而是實實在在地一部小說。

略薩的文學向來被稱為「結構現實主義」，在《胡利婭姨媽與作家》中，他也不滿足於把這段愛情關係老老實實地寫出來，而是硬要在愛情故事裡加入一個編劇的悲慘遭遇。故事中的「我」在電台工作時認識了天才橫溢的編劇卡瑪喬（Pedro Camacho），這位性格孤僻的編劇編寫出大量膾炙人口的作品，大受歡迎之餘，亦為電台帶來豐厚收入。後來他遭到電台老闆長期榨壓，終於積勞成疾，老闆見他再無利用價值，便乾脆把他扔到精神病院。

可是，這仍未構成《胡利婭姨媽與作家》的全部。全書共二十章，其中「我」的故事，只在單數章節出現，而雙數章節則是各章獨立成篇，各自發展出與「我」的故事全然無關的小說，構成了一幅幅拉美社會風貌圖景。即使書上清清楚楚印上獻給胡利婭的題詞，但讀者仍然難以想像，略薩寫這本書純然是為了回憶他跟胡利婭的一段情。而書名中的「作家」，似乎也不是指年青略薩，而是指小說中那位作為「我」的文學目標的卡瑪喬。

3

胡利婭寫《小巴爾加斯沒有說的話》的原意，與其說是要補充略薩在《胡利婭姨媽與作家》沒有說的話，倒不如說是她要對電視媒體對她的扭曲和污衊作出反擊。可是，回憶總是不準確的，又或者說，回憶總是經過修飾的，我們並不能因為略薩把《胡利婭姨媽與作家》寫小說，就斷定那些故事細節都不是真實發生過，同樣我們也不能因為胡利婭寫的是一部回憶錄，就確信她沒有對回憶進行任何修飾。只有一點可以確定：胡利婭觸及了略薩在愛情路上的陰暗面。

比如說，胡利婭回憶說，她跟略薩的關係是從討論文學開始的。她自問對文學一向有其獨特見解，跟略薩的想法不大相同，兩人因而經常爭論不休。她覺得跟略薩相遇實在是三生有幸，兩人不只情投意合，也有說不盡的文學話題。然而在《胡利婭姨媽與作家》中，有遠大文學志向的「我」，卻總是嫌「胡利婭姨媽」不懂文學，每當他拿新作給她看，或跟她談起任何文學話題時，她總是不置可否，或左顧右而言他。從胡利婭後來一直幫助略薩的文學事業，以及能寫出一部文學水平不低的回憶錄來看，她對文學顯然不至於一無所知。那麼略薩在小說中對胡利婭的想像，似乎顯示出他對文學和愛情的理解，都相當自大。

另一例子是關於略薩的嫉妒之心，這是他絕不會在小說中提及的。胡利婭在回憶錄中說，如果不是略薩神經質的嫉妒心，兩人的生活必會過得幸福快樂。略薩總是不喜歡胡利婭跟別的男人交談，一次在舞會上，一位男士為胡利婭倒了一杯威士忌，她還來不及喝，略薩便興沖沖地走過來，抓住她的胳膊便走。直至很久之後，她才明白，略薩總覺得自己年紀比她小，因而缺乏男人應有的自信，這跟他在小說中的自我呈現大相逕庭。胡利婭從未認自己因為比略薩年長而比他成熟，卻難於忍受他的孩子氣和善妒。

2010.10-12

馬奎斯：魔幻不是命運的狡計

許多年後，當我聽到馬奎斯終於逝世的消息，手上正好讀著那本封面顏色褪了一截的《預知死亡紀事》，我便想起某年將要讀完《百年孤寂》時久久不願釋卷，好像也是在等待一部鉅著的死亡。不錯的，我必須記住關於我跟馬奎斯的這兩個重要時刻：初讀《百年孤寂》，跟在《預知死亡紀事》的閱讀中聽說他的死亡。《百年孤寂》我起碼通讀過三次，結論是，這書最好在年輕時候讀。人大了，涉事多了，便會失去想像的衝動。我總是覺得《百年孤寂》對普通讀者的震撼力，跟文學技巧沒有關係，而是在於夾在純現實與純虛構之間，一種莫以名狀的距離感，以及快感。一直以來，我以為這就是所謂的魔幻現實了。魔幻現實。百年孤寂。馬奎斯。三個總被誤認為等價的詞語。直至陸續翻閱馬奎斯的其他作品，我才驚覺，《百年孤寂》的魔法就如馬康多和邦迪亞家族一樣，終將不會再有第二次機會。

而我不想又拾人牙胃地說，《百年孤寂》是他最好的作品。不是的，他自己也說最滿意的是《獨裁者的秋天》。而我也沒必要再去充當二流評論家，硬要湊個書名出來。真的要湊，我寧可多湊幾本了：《愛在瘟疫蔓延時》、《沒有人寫信給上校》、還有，當然還有手上這本也是久久不願釋卷的《預知死亡紀事》。這部中篇說的，是一個跟在報紙上經常讀到的命案沒有兩樣的殺人故事，不是連綿史詩，沒有大歷史的波瀾。小說甫開始，我便被告知聖地亞哥·納賽爾已經被殺，事緣是他佔有了一個女孩的身子，結果令她在跟一個外來富商結婚之後馬上遭到退婚，原因是她不是處女。女孩的兩個孖生哥哥為了一雪恥辱，不久之後便拿刀把納賽爾砍殺了。

我沒有在這個中篇裡讀到那塊許多年前的冰塊，執意流回家裡報告死訊的血流，小孩屁股上的豬尾巴，也沒看到隨床單飛天的美女瑞米廸娥。什麼魔法都沒有。但我卻相信這部小說才切切實實地示範了馬奎斯最常態的風格：海明威式洗練文字，跟福克納式的超複雜敘事時序。

故事情節簡單到不得了，以至我不用煩惱要複述另一個《百年孤寂》故事。但馬奎斯之所以馬奎斯，卻是他有本事不假手於形容詞堆砌和玄幻情節，仍能在一個新聞報導式故事裡寫出魔幻。文學史告訴我，魔幻現實是歐洲詞語，卻是二十世紀拉丁美洲的現實，以至當年布勒東（André Breton）在遊歷拉美之後深感慚愧，覺得自己苦心經營多年的超現實主義，竟在拉美世界裡俯拾即是。而馬奎斯是記者出身，他有一雙老鷹的眼，卻有一顆能跟先祖感通的靈魂，他知道怎樣書寫拉美的現實。

新聞沒能反映現實，原因是新聞必須重整時序，以事件的先後次序作為現實唯一的因果邏輯。但馬奎斯卻是一個書寫時間的大師，他總是喜歡在短短幾句之間便插入幾次倒敘時間，轉換幾次敘事角度。《預知死亡紀事》之所以不再是新聞，無非是因為他要告訴我們，故事的時序因果已不再重要了，納賽爾的死亡是在一系列既非偶然又非必然的事件結果。而魔法就是，我們做讀者的，總能在錯亂的敘事迴路中感覺到一種神秘驅力，主宰著人物和故事的發展和結局，偏偏對此又無法言喻。

馬奎斯不寫悲劇，即使我也曾在《枯枝敗葉》中讀到那個死後不准被葬的醫生，很像安蒂崗妮。魔幻不是命運的狡計，因為命運也是理性的狡計。那就是說，人們總是以為，智慧能看穿命運的邏輯，最終能對抗宿命，但這種想法恰恰就叫我們落入命運的陷阱裡。這是歷史中全部悲劇的命題。魔幻邏輯正好相反：魔幻沒有狡計，沒有秘密，魔幻背後沒有真實，也非鬼神之力，甚至魔幻本身也沒有叫你去抵抗什麼，揭露什麼，魔幻本身就是一切。

馬奎斯筆下很少具體抵抗，很少直接揭露，他用的是另一種邏輯去重構他所看見的那個已知現實。在《沒有人寫信給上校》裡，退伍的老上校一直等待著一封信，一封應寄自政府、有關他的退伍獎金的信，然而最後還是沒有人寫信給他。已知現實是，獨裁政府十分腐敗，百姓沒能得到他們所應得的，但這部中篇之所以是馬奎斯最好的小說之一，而不是一篇揭露時弊的報導，正在於小說從不打算揭破這現實，而是要把現實重構成這樣一個同時等待著來信和死亡的老上校。時間停住了，老上校什麼都等不到。馬奎斯就只是要寫這件事。

愛德華多·加萊亞諾（Eduardo Galeano）的比喻實在太過著名了。「被切開的血管」，拉美依附理論的最佳文學比喻。而我聽也過很多次，人們總是喜歡用它來解釋魔幻現實的根源，那列載滿香蕉的火車，那些曾參加過很多場不明所以的戰爭和革命的老上校們，幽靈般的在馬奎斯小說裡遊盪。那不正好說明了魔幻背後，正是美國新自由主義跟其傀儡獨裁者們的狡計麼？

不是的。沒有一種說法比「被切開的血管」更足以搗毀魔幻現實的文學美感了。馬康多不再神秘莫測，不再擺渡於現實與虛構之間的想像馳騁裡，它變得有現實指向，有社會根源。而對於一個仍有待開發的文藝青年來說，這些解釋除了拓闊歷史常識之外，對想像力又有何益呢？而我從來不知道加萊亞諾這位出色的烏拉圭作家，直至我成年很久以後。

所以我才確信，我在很年輕的時候便讀到《百年孤寂》，是莫大的幸運。

關於馬奎斯的死亡消息，我馬上便消化了，因為我一早已知。我所不知道的只是在什麼時候發生。心血來潮讀起《預知死亡紀事》，不過是單純的巧合，卻給予我一個比任何偉大作家的死亡都更有說服力的藉口，去重讀這位早已認識但從未真正了解過的作家。

偉大作家的死亡總是令人躁動的，當別人都説過他的閒言閒語，表達過自己讀過或未讀過《百年孤寂》的那些廉價經驗之後，臉書上的洗版式紀念潮也在兩三天內消失了。我怔怔地看著那張滿臉皺紋、掛著雪白八字鬍的幽默臉龐，逼迫自己去想像這位本姓加西亞·馬奎斯（García Márquez）的老作家，其實是我一個姓馬名奎斯、喜歡跟年少的我説説遠方古老故事的遠房親戚。他好像用死亡來跟我説：「讀我的作品吧！」而我卻一直猶豫，要不要重讀《百年孤寂》呢？還是甘冒失望之險，去聽聽他所説的其他故事？

2014.4

加萊亞諾：左派語言太笨拙了

據說，「被切開的血管」是四十年來拉美大地上流傳最廣的意象，就連常以新一代拉美解放者自居的前委內瑞拉總統查維斯（Hugo Chávez），也以此揶揄他在國際政壇上的假想敵人。如果你讀過加萊亞諾（Eduardo Galeano）的經典之作《拉丁美洲：被切開的血管》，大概都會認同：這真是一部奇書。加萊亞諾寫的是勝利者的謊言，被壓迫者的失語病，在他筆下，拉美歷史是一場人類文明史上最大規模的放血手術，一個原始豐饒的拉美大地被殖民主義者和帝國主義者搾乾剝淨很骨骨瘦嶙峋。在出版後的四十年間，此書傳頌甚廣，屢屢被禁，卻無法阻止歷史之血流到每一個拉美青年的心裡，最終化作拉美人民的集體記憶。

四十年過去了，加萊亞諾卻如此評價此書：「我今天不敢再重讀那本書了。對我來說，那篇用傳統左派語言寫出的文字太笨拙了。當年我沒有足夠的修養，今天我不後悔寫出那本書，但是那個階段已經被超越。」我知道這樣的言論一定很傷讀者的心，但作為一個作家，而不是一個單純的左翼異見者，他對語言的責任並不輕於對良知的責任。

如果你多讀幾本他的著作，你就會發現《拉丁美洲：被切開的血管》之所以是笨拙，是因為它仍然是用勝利者的大論述語言，去寫失敗者的故事。相對於此書的長篇大論旁徵博引，加萊亞諾後來的作品幾乎都是以大量短小精煉的小文章和小故事構成，這些小故事不是虛構，全都是歷史事實，他的文字不帶多餘墨跡，言簡意駭，幽默而不失尖酸。他寫過一部三大冊的《火的記憶》，以編年體的形式記述拉美的千年歷史；他又寫過一部《鏡子》，副題是「幾乎是所有人的故事」，全書以五百多個一百餘字的小故事，敘述了從開天至今的全部人類文明史。

我不確定，這些作品是否仍然可以像《拉丁美洲：被切開的血管》一樣，被視為歷史著作。或者在加萊亞諾心目中，一切「歷史」都是勝利者的歷史，是壓迫者的歷史，而在歷史的罅隙之間，不幸者和苦難者的故事都沒有被寫進歷史裡，而被遺落在土地的記憶之上。加萊亞諾說過：「我是個飽受記憶纏擾的作家，我記住的，首先是美洲的過去，尤其是拉美的過去，這片親愛的土地註定只能夠失憶。」所以他跟很多作家一樣，為了抵抗遺忘，他必須書寫。而他之所以在晚年否定《拉丁美洲：被切開的血管》的語言，是因為它的左派痕跡實在太明顯了。左派文字批判力強，但意識形態亦很重，因而才顯得笨拙。不再年輕的加萊亞諾在經歷牢獄之痛和流亡之苦以後，政治立場沒變，卻深惡於歷史語言的呆頭呆腦。他說：「我抵抗通脹，但不是貨幣通脹，而是文字的通脹。在很多說話中，其實什麼都沒說。我想說的——是用最少的話說最多的事。所以我不想說教，我只想說一些值得說的故事，僅此而已。」

於是，我對於把加萊亞諾歸類為小説家或文學家的説法十分保留。我們很容易就能將加萊亞諾從馬奎斯或略薩這類長篇小説名家的陰影中區分出來，在他筆下，沒有虛構，也沒有正史，他全部的小故事都是從人類的苦難記憶挑出碎片，像接骨一般，把世界體制中總被人視而不見的盲點，狠然接合上。而我總覺得，他是以很文學的方式去寫野史，他不加評論，不作批判，一段段短巧故事三扒兩撥，就刺痛了正史的痛處。

而我亦不願意把加萊亞諾辨認為傳統意義下的政治異見份子，縱然他有著一份亮麗的左翼異見份子履歷：他坐過牢，流亡過，著作被禁，一幅不折不扣的反建制者模樣。但我更寧可認為，他所展現的，是一種超越一般政治的世界主義。他特別關心女性，就寫了一本叫《女人》的書，記載了四十個神奇女子的故事；他又在《鏡子》這部「看不見的世界史」裡，記錄了大量古今中外被教廷、殖民者和獨裁政權逼害的故事。當代文化政治的三大命題：種族、性別和階級，全都在他書寫的範圍裡。然而，他卻一點文化理論的習氣都沒有，他只有確鑿而被封陳的史實，一直削得很尖的筆，以及一枚關懷全世界苦難人民的心。

二十一世紀初是一個立場先行的年代，當關心世界也被視作不切實際，我自然禁不住想起上世紀一場經典知識份子辯論。對辯雙方是著名的傅柯（Michel Foucault）跟喬姆斯基（Noam Chomsky），兩人語調溫和，但各不相讓，辯論結果終最也流於各自表述。然而兩人迥然立場卻彷彿幅射到今天，成為當下知識份子的兩大選項：喬姆斯基認為，我們在經過充份思考之後，必須選擇一個最正確的道德立場；而傅柯卻堅持，我們必須永遠保持對知識和真理的追求和反思，而拒絕任何意識形態化的政治立場。

在加萊亞諾身上，也保留了這兩種意見之間的張力。2015年4月13日，加萊亞諾跟葛拉斯（Günter Grass）同日謝世，在漫天哀悼聲中，人們好像同時懷念著公共良知時代的消逝。葛拉斯畢生以德國知識份子良心的姿態馳名於世，但死後卻被人咬住不放，大爆他曾經做過納粹武裝親衛隊的黑材料，有評論甚至認為，他在回憶錄《剝洋蔥》裡雖然自揭往事，卻不是真心懺悔，而是以懺悔姿態保持其德國良心的立場。

恰是為了這一點，我實在無法不在收到兩人同日謝世的消息時，花更多心思去悼念加萊亞諾。

作為一個公共良知的代表，加萊亞諾的履歷絕不比葛拉斯遜色，但在他的小故事裡，我們很少聽到稜角分明的道德判斷。過多的道德判斷，有時會毀掉真理的展現。加萊亞諾不說教，不寫立場宣言，只是老老實實地在簡駭明快的文字裡，跟被壓抑的祖先相認。他之所以是一個理想的世界主義者，是因為他即使生於被放血的拉美土地上，他心繫的卻不只是這片土地，還有在遠古以前已背負著共同命運的所有人。

加萊亞諾有一本叫《歲月的孩子》的書，裡面以一日一故事的形式寫成，一年之間，就跟孩子說了366個人類文明的故事。他在《拉丁美洲：被切開的血管》之後所寫的全部文字，其實都是為未來孩子而寫的。在《鏡子》的結尾裡，他如此寫道：

> 二十世紀在和平和公正的呼聲中誕生，在血泊中死去，留下一個比先前更不公正的世界。
>
> 二十一世紀也在和平和公正的呼聲中誕生，接著上個世紀的老路前行。
>
> 關於歷史的謊言，政治的謊言，文明的謊言，我們是否必須在每一代孩子面前，重新揭穿一次？

2015.4

附錄·書評

寫好足球

寫這篇文章的時候，我剛知道2010年世界盃的四強名單。本來想為悼念阿根廷的出局而寫點東西，但眼見這類愁雲文字已充斥網上，我才猛然記起，一直打算為書寫足球找尋新的方法，按鍵的手指也凝在半空。

我任編輯的文學雜誌，也湊興在世界盃前夕編了一個「魔幻足球」的專題。另一編輯鄧小樺對這個題目一直不以為然，甚至在埋版時仍在我耳邊怒吼：「足球是毫不重要的運動！」我懂她，她只看到足球的粗野，卻看不出足球的浪漫。可是，喜歡足球的人，也不見得一定懂得足球的浪漫，這陣子飛撲出來要談足球的大有人在，但真正能寫好足球的，卻是萬中無一。香港的足球書寫可真是夠爛了，有些人自恃分析力強，便強把技術陣式學術化，真心要把足球寫得沉悶；有些人喜歡擺出叔父的姿態，細數當年心愛的比利、告魯夫和碧根鮑華，與其說他們是在寫足球的浪漫，不如說是寫個人情懷好了。

我以為編一期「魔幻足球」，就能找到寫好足球的方法。誰不知我是連題也起錯了：足球本身已夠魔幻了，魔幻足球，便是同義反覆。這是我在讀過烏拉圭作家加萊亞諾（Eduardo Galeano）的《足球往事》之後，才突然省悟的事。

加萊亞諾在華文界名氣不大，可他卻是當代拉美最重要的左翼作家之一。近年紅極一時的委內瑞拉總統查韋斯，曾把加萊亞諾的經典著作《拉丁美洲被切開的血管》送給美國總統奧巴馬，其中深意昭然若揭：《拉丁美洲被切開的血管》所寫的正是拉丁美洲的血管如何在數百年被歐美國家的政治經濟力量切開，將這片大陸上的豐饒資源搾乾搾淨。因此，當內地著名作家張曉舟為這本《足球往事》寫序時，也是以「左派足球」來命名加萊亞諾的書寫。張曉舟寫道：「左派足球不過是口水之爭，而左派政治事關血汗。又一次世界盃，遊戲時間到了，而生存與命運的風暴尚在遠方。」

足球的歷史從不浪漫，也從不如那些「夢想成真」之類的口號那麼正氣。加萊亞諾比任何一個書寫足球的歐洲人都看得真切，因為他懂得，足球生來就是充滿苦難的。在他的筆下，整部足球歷史就跟拉美的流血史一樣，都是在暴力和鮮血中築構出來。

讓我們看看1934年的世界盃吧，那年的東道主意大利初嘗冠軍滋味，然而整個賽事都是在法西斯的陰霾裡進行。墨索里尼出席了所有比賽，意大利隊全體球員伸出右臂，向他們的領袖致法西斯的敬禮。另一段法西斯治下的足球史更為壯烈，1942年希特勒逼迫烏克蘭的基輔戴拿模隊跟德國球隊作賽，並嚴令：「如果你們贏了，你們就得死。」最後戴拿模的11名球員保存了他們作為足球員的尊嚴，穿著他們汗濕的球衣，在峭壁之前遭到槍決。

或許只有像加萊亞諾這樣的球迷，才懂得這種超越「快樂足球」的悲壯感，那絕不是像我這種只為阿根廷輸波而悲傷的人所能理解。我早就應該知道，國際足球運動本來就是全球政治角力的產物，但當我安坐家著吃著薯片，浸淫在那種高漲的球賽氣氛時，又怎會有拉美作家那種魔幻而憂戚的眼光？書中一再寫出了足球背後的黑暗：時間又再回到1937年，巴塞隆拿隊正前往美國和墨西哥作賽，同時他們亦背負著一個民族使命，就是要為反抗佛朗哥運動而籌集資金，並要把佛朗哥的暴行公諸於世。後來，大部份出訪美洲的球員都沒有回國，而國際足協竟然宣布，要判罰這些流亡球員終身停賽，那正正是足球與暴政之間最赤裸的共謀。當然，那些流亡球員也沒有失去他們的尊嚴，他們紛紛在拉丁美洲的球隊落班，踢出最亮麗的足球。

直至現在，除了偶有如北韓球員回國要罰當礦工的傳聞之外，暴政似乎已遠離足球了。可是，加萊亞諾卻提醒我們，全球資本主義仍如鬼魅般纏繞著足球。跨國企業、國際品牌、全球性傳媒操控、國際足球管理技術，以至摩連奴式的防守足球戰術等等，正逐漸將足球改造成競逐權力的工具。加萊亞諾語帶憂傷地說：「足球表演的主角們赫然排除在決議的權力機構之外，他們沒有對本地足球管理表示不滿的權力，更不能享受在國際足聯會瓜分全球足球蛋糕的過程中發表隻言片語的奢侈。」他顯然深明足球最原初的華麗，也清楚記得在他的祖國第一次勇奪世界盃，或更早之前，足球僅僅是一場十一人跟十一人的fair play，而沒有其他礙事的東西。

在《足球往事》這本書裡，我讀到一份崇高的道德感，這就好像哲學家加繆所說：「我所知道有關道德的一切，全都來自足球。」但我更喜歡加萊亞諾的自白：「時光流逝，我最終於會了接受自己是個什麼樣的人：我是一個精彩足球的乞討者，我行走在人世間，雙臂張開，在球場中向上天乞求：給我一個漂亮的足球動作吧，看在上帝的份上！當精彩足球真的發生時，我對奇蹟充滿感激，而不管是哪支球隊，哪個國家表演了這美麗的足球，我都毫不計較。」他這自白的真正意思是，他用了一整本書的篇幅，來說明他這份對足球的期許，是根本不會在現實中發生的，而只可以被書寫出來。藉著書寫足球，他才可以安心做一個謙恭的足球愛好著，然後把球場還給魔幻的足球，也還給創造奇蹟的足球員。至於在任何足球書寫中的所謂「我們」，原都不過是配角而已。

2010.8

愛德華多·加萊亞諾（Eduardo Galeano），《足球往事：那些陽光與陰影下的美麗和憂傷》，張俊譯。桂林：廣西師範大學出版社，2010。

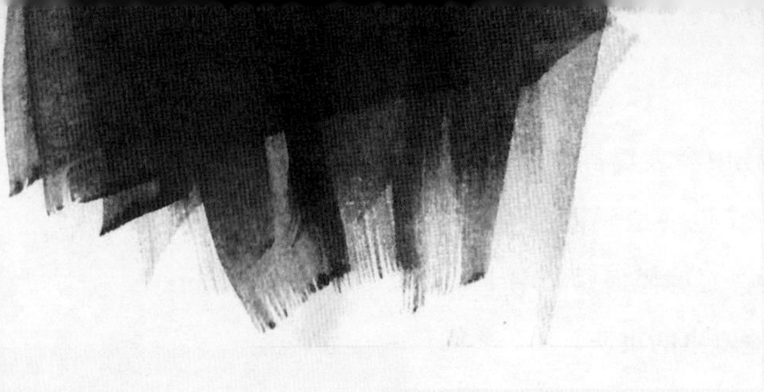

輯二：現實地寫實

現實主義書寫，及其真實

——閻連科的《發現小說》

一

即使現實主義早被看成是過時的文學觀，但絕大部份讀者依然是其隱性信徒。已沒有多少人再相信文學有臨摹現實、為自然提供範本的責任了，可是大家又常常覺得，文學作品中總是存在著某些跟現實相似的邏輯和經驗，可以跟現實進行對照。後於現實主義才出現的文學流派，幾乎毫不例外地都是為反叛現實主義而產生，也毫不例外地擺脫不了現實主義的陰霾。現實主義試圖複製現實的表象，而後於現實主義的流派則試圖呈現掩蓋在現實表象之下的「真實」。可是，對於「現實/表象」和「真實/本質」這重二元區分是否成立，從來都是一個問題，卻少有在文學批評的議程中被認真討論。

在《發現小說》這部簡潔而精巧的文學理論著作中，作者閻連科只對一件事情感興趣，那就是現實主義書寫。他把現實主義文學的全部內容歸結為兩樣東西：「經驗」和「真實」，而兩者的扣接點則存在於作家和讀者的合約之中。他如此寫道：「(……) 經驗是現實主義的土壤，是每個讀者感同身受的必需，是作家與讀者共同體驗的默契。而真實則是土壤的結果，是作家的目的。是作家通過經驗向讀者可靠的傳遞，也是作家從讀者那兒獲得認同和尊敬的法碼。」[1]真實是文學創作的最終目的，而現實主義往往輕率地就把經驗、現實和真實三者等同起來，認為只要好好把經驗呈現，就是走向真實的唯一道路。可是，在現實主義裡，最大的幻象偏偏就是現實和真實並沒有被真正區分開來，而後於現實主義的流派雖然拆穿了這面西洋鏡，卻同時背棄了經驗，背棄了作家跟讀者之間的合約。

讀者總是較天真的一群，在現實主義的偉大旗幟下，他們滿以為作家會坦率地向讀者打開真實之門，誰不知現實主義本身才是最大的造假場所。作家總是說：要以經驗築構真實，但實際上他們只是呈現經驗中的現實。經驗有時未必能通往真實，於是作家便在自覺與不自覺之間，開始造假了。閻連科以假幣為喻，道出了這個可怕的現實：「當然，在走向真實的途道中，作家與讀者共同蓄謀了人物——這份最為重要的合約。於是，作家嚴格按照合約而寫作，讀者嚴格地按照這份合約而驗貨。彷彿最初人們在創造錢幣的時候，原是知道交換是目的，錢幣只是交換便利的手段。然而到了後來，當發現錢幣可以達到一切目的時，錢幣也就最終成為目的了。於是，假的錢幣應運而生，橫行天下。如同為了預防假幣在世面的流通，真的錢幣便要不斷地深化它的創造、製作和更新，真實也就在現實主義中不斷地發展和掘進。」[2]

1 閻連科，《發現小說》（新北市：印刻文學，2011），頁15。
2 閻連科，《發現小說》（新北市：印刻文學，2011），頁15-16。

二

因此，現實主義必須被懸置，被解構，被重估，方能回復現實主義的尊嚴。在閻連科眼中，在歷史中曾經存在的現實主義，或在中國現當代文學傳統中的現實主義裡，大部份作家和作品都是無法嚴格執行這「真實的契約」的。他按照造假和防偽技術的程度，把現實主義分為四種。第一種是「控構現實主義」，「控構」意指「控制的定購和虛構」，是文學與權力共謀的結果。集權國家需要依靠意識形態來維持權力的支配，但這並不意味著其中只有單純的謊言和欺騙，不然就不會有人相信那仍然是一種現實主義了。控構現實建基於對現實的表面化和膚淺化，同時又在可被控制的情況之下把「現實」弄得天花亂墜，讓讀者不去懷疑它是否虛幻或真實。

第二種是「世相現實主義」，它不是建基於權力，而是建基世俗的共同經驗和普遍認同。對閻連科來說，世相現實主義的巔峰作家可能是巴爾扎克，這位生活於十九世紀的社會書記員曾經以最大的熱情和心力去刻畫他所屬時代的世相風貌。即使他的作品仍有穿越世相、直抵更深層次真實的意圖，但他確實提供了一個世相現實主義的完美範本。在中國作家中，能在世相現實層面上與巴爾扎克對比擬的，則有張愛玲和沈從文。

閻連科一再強調，把這些作家列入世相現實主義，並不是要否認他們探究生命更真實層面的嘗試，而只是他們在這層次上更能展示其現實主義書寫的特徵。如果控構現實是拒絕思考和深刻，世相現實則是貌似思考和深刻，相對而言，第三種的「生命現實主義」才真正擁有追求深刻的強度。閻連科以魯迅和托爾斯泰為生命現實主義的典型，指出作家必須對時代有著切膚感受和準確把握，進而才能在小說作品中塑造出足以代表時代的人物。魯迅筆下的阿Q、祥林嫂、又或者是托爾斯泰所創造的安娜·卡列尼娜，都切切實實地擊中了時代精神，亦不失現實主義書寫所必須具備的豐富和細膩。

如果閻連科對現實主義的討論就此打住，那麼他的觀點就不值得深入細嚼了。在他看來，托爾斯泰即使是「生命現實主義」的集大成者之一，但仍然不及他的同代者杜思妥也夫斯基。有一個關於杜思妥也夫斯基的傳聞是這樣的：他生前一直對成就無法超越托爾斯泰而耿耿於懷，原因是他以為自己沒有寫出「重大主題」的作品，托爾斯泰小說中所展現的宏大社會架構和深刻時代刻劃，恰恰是杜思妥也夫斯基小說中所欠缺的。但閻連科卻為杜思妥也夫斯基喊冤，認為現實主義發展到杜思妥也夫斯基這裡，才能達到現實主義書寫可能達到的最深層真實——靈魂的真實。一部《罪與罰》，打從第一頁到最後一頁，都毫無保留地揭露主人公拉斯柯爾尼科夫靈魂中的最深刻處。這種「靈魂現實主義」是現實主義的最高點，同時也自從十九世紀末開始，在現實主義身上綁了計時炸彈，威脅著二十世紀的現實主義書寫的前進。

三

雖然閻連科一再強調，自己是「現實主義的不孝之子」，但單憑這部《發現小說》，幾可確定他才是現實主義的最忠誠者。整部論著透過回溯歷史上各種現實主義書寫的樣態，一方面分析現實主義曾經是什麼，另一方面追問現實主義可以如何走下去。他始終相信，長久以來，現實主義一直是小說創作的核心，沒有現實主義的小說是不可想像的，只可惜較低層次的現實主義，即「控構現實主義」和「世相現實主義」，一直窒礙著小說朝深刻和革新的方向發展。閻連科的批判無疑是指向當代中國，但在現今任何一個文學生態圈裡，這類世俗化和平庸化的現實主義向來都是主流，而閻連科甘冒大不諱，力陳當代現實主義的淺薄，正是他最不孝之舉；可他卻又以現實主義為小說創作的典範，企圖把現實主義的創作方法哲學化，其忠誠之態，也不是一般小說家所能企及。

以「靈魂現實主義」為小說創作的最高體現，不是閻連科發明的。他只是重新發現在二十一世紀裡大部份人都已然忘記了的現實主義偉大傳統。可是，如果這個巔峰早在杜思妥也夫斯基身上出現，那是否意味著，整個二十世紀的小說發展都只能朝下坡走去？為了解決這個小說理論上的困境，閻連科提出了一個極具顛覆性的問題，稱之為「格里高爾問題」。「格里高爾」是偉大角色薩姆沙的名字，在十九和二十世紀之交，薩姆沙變成了一隻甲蟲。在分析卡夫卡這部《變形記》時，閻連科問了一個很有趣的問題：薩姆沙為何會變成一隻甲蟲？後世評論家紛紛為此作出種種詮釋，可是並沒有一個評論家能對此提供一個符合常理的原因，這是因為卡夫卡並沒有打算遷就讀者的經驗，他一心要創造一個「零因果」的小說空間：「薩姆沙變成一隻甲蟲」是不用原因的，反正它在故事中已成事實，不管讀者信不信，故事也會繼續講下去。

與「零因果」相對的是「全因果」，即故事中的因果關係有著絕對的必然性。據說托爾斯泰在寫到安娜·卡列尼娜最後跳軌自殺一段時，情不自禁地哭了起來。現實主義以複製現實為己任，故事要以符合現實因果律的方式發展，有時也不容作家所控制。若換一個說法，杜思妥也夫斯基的偉大之處，並不在於他的創造力，而是在於他能真切深刻地把握了現實，把現實中的「全因果」毫無保留地鋪展出來。而卡夫卡則是創造了「零因果」，擺脱現實對創作的制肘，重奪作家的敘述之權。閻連科認為，「全因果」的現實主義即使再深刻，也無法擺脱將小說敘事總體化的困境。《罪與罰》以每一個文字敲進讀者的靈魂深處，可是它仍然需要依賴跟人類普遍的集體經驗來完成的，而對我們的個人特殊經驗和生活中的偶然性，反而顯得無能為力了。

「全因果」過於唯物的傾向，促使我們的偉大作家們必須急切地思考，現實主義到底是什麼。閻連科多次提醒我們，現實不是鐵板一塊，現實中有不同的層次和肌理，現實可以是客觀的科學邏輯，是唯物歷史的必然進程，是現代社會的炎涼世態，也是人類普遍的生命價值和靈魂經驗。但現實同樣可以是有違邏輯的怪異事件，是線性歷史以外的偶然性，是社會浮世繪以外的異質之物，也是個人心靈內部無法預知的夢境和意識流動。當一個作家發現了現實的這張被遺忘的臉時，他的現實主義書寫也勢必滑動於這兩種小說敘事的因果律之間，閻連科稱之為「半因果」。

例如，就二十世紀現實主義的探索和創新的方式而言，以馬奎斯的《百年孤寂》為典型的魔幻現實主義，可算是現實主義的另一高潮。讀者總是為小說中的神秘魔幻情節而深深著迷，像人出生後會長出豬尾巴、邦迪亞的血會沿著街道流到家裡，向家人報告他的死訊等等，而他們卻不會依循「全因果」的閱讀習慣去追問情節的必然性和合理性。這恰恰是因為，這些情節似乎仍然應合著某種可被讀者所理解的因果而推進，不像卡夫卡的「零因果」那種沒頭沒尾。馬奎斯正好示範了一種中間落墨的「半因果」式現實主義，他從經驗邏輯中奪回作家築構小說的權力，同時又以堅決的姿態返回現實主義傳統中對社會和歷史現實的高度關懷和承擔，試圖透過特殊的人物來展開對社會歷史的深廣度，而不是僅僅在大社會之下，塑造某種魯迅式或托爾斯泰式的典型人物。

四

「神實主義」是閻連科自創的概念，也是整部《發現小說》的結論。閻連科懷著巨大的熱情，以有別於任何文學史和文學理論的方法，重頭到尾把所謂的「現實主義」檢驗過一次。如此結論，或許未必受得住文學經院式的批評，卻應該抵得起時代的考驗。尤其是，閻連科並不以評論家自居，他從來都是一位小說家。

神實主義的簡單定義如下：「在創作中摒棄固有真實生活的表面邏輯關係，去探求一種『不存在』的真實，看不見的真實，被真實掩蓋的真實。神實主義疏遠於通行的現實主義。它與現實的聯繫不是生活的直接因果，而更多的是仰仗於人的靈魂、精神（現實的精神和事物內部關係與人的聯繫）和創作者在現實基礎上的特殊臆思。」[3]簡言之，那就是要求作家在書寫中「創造真實」。

那到底是怎樣辦到的？要了解閻連科的構想，我們便得回到現實主義中的「真實」問題。文學中的真實必須植根於經驗，可是現實主義傳統中的經驗往往是指集體的社會經驗，而漠視了個人心靈的特殊經驗，因此，閻連科便將真實區分為「內真實」和「外真實」兩中，前者是個人心靈的真實，後者才是人在社會行為中所呈現的真實。相應而生的，則是一種「內因果」的小說邏輯。「內因果」是神實主

3 閻連科，《發現小說》（新北市：印刻文學，2011），頁172。

義的基石，意指依靠內真實推動情節發展的因果關係，「內因果」不依外部社會的經驗邏輯，而是依據某種不存在於社會現實、而必然存在於精神靈魂的內在真實，作為完成小說作品的核心土壤。

從閻連科這套幾近玄想的小說理論中，我們好像找到了解開現實主義偉大傳統思想枷鎖的鑰匙，窺見現實主義和小說創作的唯一接觸點：如何不受現實規條的羈絆，以真實書寫小說，以及以小說書寫真實？小說創作從來不是純粹的文學問題，任何作家都必須面對金錢、權力和意識形態的無情干擾——這不是說作家屈從於現實，而是這些現實操作構成了一種巨大的創作誘惑，誘使作家費盡心思去探求社會現實上的「外真實」，而甘願放棄抵達靈魂深處的「內真實」，因而造就了大量「控構現實主義」和「世相現實主義」問世。同時，現實世界的經驗亦已經進化一個極端複雜和荒誕的程度，使現實主義再也無法對此作出充份感知，其中的落差，便亦成為了當代小說家難以踰越的創作屏障。而閻連科寫作此書，志不在於指出哪一部小說才是他心目中的理想範本，而是要演示出一種超越現實主義的全新方法，用以好好閱讀當代中國小說，以及認識這個難以理喻的世界。

2012.8

大踏步撤退——莫言的作家位置

一

在我書桌上的麥田版《生死疲勞》厚達六百頁，總字數接近五十萬言。作者莫言在小說前言裡說，近五十萬字的小說共寫了四十三天，他認為自己寫得快，原因是他拋棄了電腦，改用了一枝性能在毛筆和鋼筆之間的軟毛筆，一筆一劃的寫成了整本小說。莫言此舉可以視為對時代速度的對抗，用他的說法，這是一次「撤退」——那是在潮流中逆流而上，撤回到某些在時代中已然失落的東西。其實他早在寫《檀香刑》時就已經談過「撤退」的問題，作品中大量使用民間說唱敘事，以貓腔分別貫穿了作品的故事情節和敘事形式。民間藝術氣息跟當代文學潮流之間所產生的張力，促使莫言把《檀香刑》的視作一次「大踏步撤退」。相對於《生死疲勞》，《檀香刑》中的「撤退」不過是文學內部的事，但《生死疲勞》則是作為小說家的莫言從時代中「撤退」的一次特殊經驗——我當然不是說《生死疲勞》沒有進行文學內部的「撤退」，我是要說，莫言以傳統的紙和筆完成了一部比他自己和別人用電腦所寫都更為出色的作品，而且他更是以「快」和「長」的面貌來完成這場「以撤退作為對抗」的壯舉。

《生死疲勞》為莫言拿下2008年的紅樓夢獎。但論者大多沒注意到莫言這個撤退的身影對他的文學產生了多大的影響，而只關注他在《生死疲勞》中如何築構出一個語言敘事龐雜渾成的小說世界，這大概跟紅樓夢獎以個別作品授獎的條例不無關係。可是，在諾貝爾文學獎那裡卻不是這樣了。諾貝爾文學獎以作家授獎，先天上就已決定了論者必須以「人」而不是「作品」作為閱讀文本。瑞典學院的院士們每年都需要花費大量唇舌去跟傳媒記者說，他們的評審標準只是文學作品，絲毫沒有政治考慮。這個說法本來就相當曖昧，院士們很少可以在傳媒面前闡述他們對「作者已死」、「文學脫離政治」這類文學觀的看法，而只能借用那句籠統的獲獎評語去說明一切。[1]

很多人都不賣院士們的帳。莫言得獎，並未如我最初估計的，會引發排山倒海的大國崛起論述，反而成了自由派人士再一次宣示他們對中共政權不滿的洗版時機。例如艾未未曾對法新社說，莫言一直站在權力一邊，他身為中國作家協會副主席，一直參與遏制言論自由、影響民眾判斷力的行為，他的獲獎是對人性、文學以及諾貝爾獎的恥辱。而余杰則對德國之聲說，莫言得獎是諾貝爾文學獎歷史上最大的醜聞，一個作家竟然歌頌像毛澤東這樣的殺人獨裁者，他實在不該獲獎，這不是政治立場的問題，是而關乎是否站在人權、自由和民主等普世價值的問題。至於在網絡上比排山倒海更鋪天蓋地批評聲音，以及對莫言「黑材料」的揭發和廣傳，更是喧囂躁動兼而有之。

我對這種立場幾乎沒有絲毫的質疑，唯一令我猶豫的是，這種立場跟對莫言的文學，到底有何關係呢？在眾多莫言的「黑材料」裡，有兩件最廣為流傳的事：一是在2009年法蘭克福書展裡，中國代表團因抗議異見作家戴晴和貝嶺在場而集體離場，而莫言正是代表團成員之一；二是莫言曾於今年初參與一個抄寫毛澤東《在延安文藝座談會上的講話》的活動。很多人都覺得這正是莫言向權力靠攏和獻媚的鐵證，不容狡辯。但對於能否由此推論出他沒有資格獲獎，卻起碼有三個層次的說法：第一是認為莫言的立場和位置都屬於體制，行為庸俗，有失作家應有的獨立精神；第二是認為他身為中國共產黨黨員、中國作家協會副主席，長期為中共權力作喉舌，甚至為權力歌頌粉飾；最後一個說法更加嚴厲，就是說既然莫言是中共權力的一部份，而中共剝奪人權的行徑早是眾所周知，其惡行昭然若揭，那麼莫言也絕不可能支持自由、人權等普世價值，這正跟諾貝爾文學獎所要求的「具有理想方向」[2]背道而馳了。

我們可以用三個關鍵詞來總結這些指控：體制、權力、反理想主義。乍看這三者差別不大，而不少批評者也喜歡和稀泥地將三者混為一談。但事實上，批評莫言是體制內作家的罪名最輕，也最容易開脫。莫言在諾獎結果公佈後

1 莫言的獲獎評語是「（他）以幻覺的現實主義，將民間故事、歷史與現實融合起來。」（who with hallucinatory realism merges folk tales, history and the contemporary）見諾貝爾獎官方網頁，https://goo.gl/aMBrV。

2 諾貝爾在遺囑中如此寫道：「（文學獎）給予在文學界裡創作出具有理想方向的最優秀作品的人。」（“(…) to the person who shall have produced in the field of literature the most outstanding work in an ideal direction.”），見諾貝爾獎官方網頁，https://goo.gl/ZGpEcU。

在家鄉接受中外傳媒訪問，便說到他作品是不能用「不能用黨派來限制的」，他從來都是明確地是站在人格角度上書寫，突破階級和政治的界限。他甚至列舉了《天堂蒜薹之歌》、《酒國》、《豐乳肥臀》等作品為例證，說明他沒有上街喊口號，沒有在聲明上簽名，並不就表示他是一個沒有批判性的官方作家。可是，莫言這一說法明顯跟瑞典學院院士們「文學脫離政治」的說法相似，在文學上正確，在政治上卻不保證正確，尤其是莫言所身處的，是一個在當代世界輿論中早已惡名昭著的中共體制，不少批評者亦把矛頭從體制轉向權力和反理想主義，大肆鞭撻由莫言任副主席的中國作家協會，長期打壓言論和出版自由，甚至反覆引述他抄寫《講話》的惡俗之舉，指他歌頌毛澤東的政治文藝觀，這樣的作家，怎可能寫出符合普世價值的偉大作品？

從來沒有明確證據顯示莫言有份參與打壓言論自由的活動[3]，人們討厭他，大都是因為痛恨共產黨，便把莫言也一併討厭起來。而他抄寫《講話》之舉，我想大概只算是媚俗可笑，無論如何也說不上是大逆不道。[4]因此，在一片輿論批評莫言的聲音之中，其實滲雜了不少非關文學的水份：人們痛恨共產黨，而獲得這個本應是世界文學界中最具認受性的獎項的人，居然不是特立獨行、「永遠站在雞蛋的一方」的村上春樹，而是中共官方作家莫言，在心理上自然難以釋懷。[5]至於相對「文學脫離政治」這種曖昧籠統的文學觀念，批評者通常只會關注道德判斷而忽略文學判斷，同樣曖昧籠統。他們只是借莫言批評共產黨、批評體制，這些論點，連要批評莫言的人格也顯得力有不逮，更遑論是評價他的文學了。

莫言一開始就以「莫言」為筆名，就是要提醒自己不要「放炮」說真話，告誡要少說話。這種對自己身為作家的期許，就與輿論的期望大相逕庭。他在公共議題上表現沉默，只可以說明他在現實生活中的懦弱，這點毫無疑問，正是與他以「莫言」之名自詡，以及他在《檀香刑》和《生死疲勞》的序跋中所提及的「撤退」一脈相承。而跟絕大部份真實的人一樣，莫言本人就充滿矛盾，他一方面在體制中任其副主席和抄寫《講話》，同時總是把「莫言」和「撤退」的立場掛在口邊，以示他身體力行地實踐「文學超越政治」的金科玉律，但另一方面，他又口口聲聲表示自己在作品已展示出鮮明的批判精神和社會關懷，如《天堂蒜薹之歌》直接取材自震驚一時的「蒜薹事件」，《生死疲勞》

---

3 關於打壓言論自由的指控，莫言最為人詬病的不是他作協副主席的身份，而是他曾公開表示贊成言論審查。他在今年四月接受英國文學雜誌Granta的訪問時，記者問到一個作家如何以魔幻現實的手法創作，在迴避言論審查之餘，又能表達自己最深層的關注。當時莫言是這樣回答的：「是的，確實。許多文學手法有政治包袱，例如我們的現實生活，可能有些尖銳或敏感的議題，不希望去碰的。在那種情況下，作家可以注入想像力，讓他們脫離現實世界，或者也許他們可以把那種情況誇大處理，以確定可以凸顯出來，而且很生動，並帶有現實世界的特徵。因此，我真的認為這些限制或審查非常有利於文學創作。」只要仔細閱讀前文後理，根本不難領會莫言的意思本來就是：正是因為他生活在一個有政治限制和言論審查的地方，他在創作中的澎湃想像才能被激發，繼而繞過敏感議題來呈現現實世界的種種徵狀。其中根本沒有莫言贊成言論審查的意思，更枉論是他有份參與打壓言論的活動了。

4 對批評者來說，莫言的反面是王安憶。同是作協的成員，王安憶在抄寫《講話》這一事情上表現乾脆。她拒絕了抄寫的邀請，並說：「我從來也沒有抄過東西，所以也不抄講話。」這一回答則被人廣泛傳頌，大家都盛贊她具有「有所不為」的風骨。然而，我卻很懷疑這種判斷，王安憶不過是幹得瀟灑撇脫，才顯得莫言的行為俗不可耐，但她其實從沒有公開批評過這件事，風骨云云，大概是討厭抄寫活動的人為自己樹立的模範，跟王安憶個人關係不大。

5 村上春樹的位置跟莫言很不同。村上春樹一開始就站在體制外的老遠處，而他早期的很多作品雖然偶有觸及一些敏感的政治歷史議題，可他在很長時間裡都沒有鮮明地站在人道主義的批判立場去進行創作。當他在耶路撒冷文學獎的得獎演說中高呼：「以卵擊石，在高大堅硬的牆和雞蛋之間，我永遠站在雞蛋的一方。」因而贏得了全世界的掌聲。可是，他一直都站在安全的創作位置，乃是直到在耶路撒冷這個戰爭國度才作出這種口號式宣示，而他更是明確表示，這句話是他從未公開過的內心感言。這種對人道主義的「出櫃」，實在十分廉價，也不禁令我懷疑他的道德勇氣和承擔是否值得我們大書特書。

對建國後的土改政策作出了深刻的刻劃，而《蛙》則直指爭議性極大的計劃生育政策等，於是在現實中怯懦跟他在小說的大勇形成了強烈對比。而更有趣的是，這種修身與創作之間的矛盾是莫言所直認不諱的。他認為，在現實中愈是窩囊的人，就愈可以在文學作品裡膽大包天：「在日常生活中，我可以是孫子、懦夫，是可憐蟲，但在寫小說時，我是賊膽包天、色膽包天、狗膽包天。」[6]

這顯然就是莫言文學的源頭，也是他個人立場的總結。至此我們也開始找到評價莫言是否值得獲獎的切入點：如果莫言堅決以撤退的身態迴避成為一個公共性的作家，而他同時又聲稱自己站在「人」的立場，以作品作為他唯一的批判工具，那麼他的作品能否完成這項工作？而作品內部又能否解決他在「對文學真誠」[7]問題上的重重矛盾呢？[8]

我始終相信，必須進入莫言的作品裡，先聽聽他的文學聲音，才能更公正地評價他。

二

文學批評家王德威在兩篇寫作時間相隔十七年的文章中，分別以「千言萬語」和「狂言妄語」來總結莫言的文學內容。[9]較早的一篇文章以《酒國》為小結，王德威認為莫言在小說以外保持絕對沉默，學院的批評家卻對他的評價千百附麗、眾聲喧嘩，並從敘述歷史的方向引發出三方面的討論，分別是：一、莫言如何將線性的歷史敘事以具體的人物和場景加以立體化；二、莫言如何回應在中共政治論述之下，現實主義文藝觀的合理性和合法性；三、莫言如何透過「小我」的卑微書寫，重新定義「人」在歷史「大我」中的主體性。而在較近期的一篇文章中，王德威則透過比較莫言的《生死疲勞》和朱天文的《巫言》，以圖回答「當代小説究竟是什麼？」這一大問題。他認為，《生死疲勞》以鄉土故事顛覆鄉土敘事，觸碰了另外兩個更深刻的問題，即「如何定義社會主義現實主義？」，以及「如何處理民族形式？」莫言全面地繼承了中共建國以來當代文學中的全部重要命題，又同時扭轉了這些命題的向度，《生死疲勞》中的社會主義鄉土既是田園烏托邦，又是凡夫俗婦的大千世界；而社會主義現實主義的現實性，卻是必須從虛幻想像中汲取養份，而這種創新與傳統的交雜，才是中華民族生生不息的動力來源。王德威進一步指出，莫言在《生死疲勞》中依然保持著他多年來的「狂言」本色，以豐沛的敘事語言和馳騁的想像力高超地發揚了小説創造可以達到的「自由」程度，莫言以狂言寫歷史，正是要點明大敘事中的歷史不易解構，當代小説的創作也適時地成為解放歷史

6 這是他在2005年獲香港公開大學頒授榮譽文學博士時所説的。

7 「對文學真誠」的問題是許紀霖説的。他認為莫言一面高呼文學超越黨派、超越政治，但同時又參與抄寫以政治標準第一的《講話》，這是無法恪守一己文學信念的表現。有關許紀霖批評莫言的觀點，可參許紀霖的博文〈我為什麼批評莫言？〉，http://xu-jilin.i.sohu.com/blog/view/242065654.htm。

8 當然，這不是諾貝爾文學獎的官方評審標準，但我以為，這是討論當代中國作家及其文學的一個十分重要、而又長期被人忽略的進路。

9 王德威，〈千言萬語，何若莫言〉（1992），載《眾聲喧嘩：點評當代中文小説》（台北：麥田，2001），頁205-210；王德威，〈狂言流言，巫言莫言〉（2009），載《一九四九以後》，王德威、陳思和、許子東編（香港：牛津大學出版社，2010），頁1-21。

的救贖力量。

王德威對莫言的這兩番評論，基本上總結了文學批評界對莫言的總體評價，也體現了大部份文學批評家對莫言作品的閱讀方法。文學批評家大都會指出，莫言的小說運用了魔幻寫實的敘事風格，他深受馬奎斯和福克納影響，但又有別於兩人。莫言的全部作品均是寫他的家鄉高密，他筆下的高密並不是鄉土式的高密，而是一個被他高度魔幻化的「高密」。在《紅高粱家族》、《豐乳肥臀》等作中，他築構出一個又一個龐雜延綿的高密家族史，家族的命運深深鑲嵌在近代中國歷史和高密的土地上，然而這種歷史敘事的鑲嵌正是以莫言特有的魔幻敘事方式展開，高密土地上的人物角色紛紛以狂歡放慾、眾聲喧囂的姿態，穿過大歷史的每個場景，如《紅高粱家族》的抗日壯舉，《生死疲勞》裡的土改和文革，以至《檀香刑》中的義和團之亂等等，卻又書寫出另一種跟大歷史敘事迥然不同的歷史線性。而莫言的「高密」亦不再純粹是現實中的高密之鄉，更是一個現實與想像夾纏交疊的高密度「小說/歷史」時空，具體的人物跟抽象的「人」在這個時空互相對照，既展現在「人」在土地之上的苦難和百折不撓，也暴烈地展示出近代歷史的線性渦輪如何在這個民族身上劃下一道又一道的傷痕。

這個莫言式的「小說/歷史」時空不非封閉，而正正是向王德威所講的兩個文學命題敞開的：即「如何定義社會主義現實主義?」跟「如何處理民族形式?」,說清楚一點,就是如何繼承和開創現實主義的文學傳統,以及現實主義文學如何處理「民族/國家」的問題,而在當代中國文學裡,這兩個問題卻又巧妙地被配置為同一個問題,即「當代中國文學的現實主義如何走下去?」

在莫言的諾獎得獎評語中,有一個很突兀的詞語:hallucinatory realism。院士們不用流傳已廣的「magic realism」,證明他們沒有把莫言跟拉美文學的魔幻現實主義傳統簡單地等同起來。在英語中,「hallucinatory」跟「illusion」的意思並不相同,「illusion」是指主體對外在刺激出現錯誤的認知,中文可譯作「錯覺」,而「hallucinatory」則是指在沒有任何外在刺激的情況下,主體感觀自行產生出一些真實而具體的感覺,而中文可譯作「幻覺」。幻覺現實主義(hallucinatory realism)[10]的意思可以被詮釋為:文學跟現實並不是鏡像關係,而是現實中的精神異常狀態,被作家以現實主義手法折射到作品之中。莫言善於以歷史鑲嵌故事,但這歷史卻不是現實歷史的正常呈現方式,而是被狂亂飛沉的情節和荒誕絕倫的人物面貌所佔領。他的小說規模龐大,而沒有磅礴的歷史感;它彷彿是歷史的現實,卻又更像歷史被病態化後的模樣。那就好像一個精神分析師,把精神病患者的病徵背後的精神結構解讀出來一樣。用閻連科評價莫言作品的說法,那是一種

10 另有譯作「譫妄現實主義」、「幻想現實主義」等。

超越現實主義的「神實主義」，即是「在創作中摒棄固有真實生活的表面邏輯關係，去探求一種『不存在』的真實，看不見的真實，被真實掩蓋的真實」[11]。如果「現實」是一個需要被分析的精神病患者，鏡像式的現實主義不過是把他的病徵描述出來，而莫言式的「幻覺現實主義」或「神實主義」，則是要展露病徵背後的精神性根源。

這種現實病源的揭露並不同於一般的所謂「批判」，而是一種管窺蠡測式的敘述。在莫言那縱橫交錯而龐雜綿密的敘事迷陣裡，讀者通常者能把握一兩條大主軸，這些大主軸可能是現實歷史時空或人物情節相互緊扣成的故事，如《豐乳肥臀》的母系家族史，《檀香刑》中劊子手趙甲、媳婦孫眉娘、貓腔戲子孫丙和縣令錢丁之間愛恨情仇等，而莫言也偏執地要在每部長篇中都經營出一種別開生面的敘事結構，像《酒國》中三段虛構並置互涉的敘事線，《生死疲勞》中一個歷盡驢、牛、豬、狗、猴的敘事者，在不同輪迴之世中跟另一個在世之人的敘述視點互相穿插等。然而，在這一座又一座的敘事迷宮之中，莫言更會花上無比的心力把一些無關痛癢的旁枝情節和描寫盡行放大，這些枝節描寫的震盪性，有時甚至比故事主軸本身更為巨大。其中最突出的例子莫過於在《檀香刑》中花了整整二十頁描寫一場凌遲之刑[12]，那甚至比小說結尾的檀香刑更驚心動魄。這場凌遲的描寫對故事「現實」的放大倍數遠超於檀香刑，而檀香刑作為小說的結局和點題情節，是整個小說結構的高潮所在，而淩遲一幕不過是劊子手趙甲的一段回憶，對故事發展也起不了太大的作用。

對這類血腥暴力的「現實」盡行放大，以圖逼近一種暴力美學，這也不是特別新鮮的事。但莫言對暴力的放大卻是管窺式的，由於暴力被高倍放大，人的感觀也被急速繃緊，讀者甚到難以將被放大的暴力同時架置在作品的敘事圖譜中一同閱讀，情形就好像我們用顯微鏡觀察微生物時，整個微生物的影像已完全覆蓋了我們的視野，我們不能看到別的東西。換言之，莫言的爆發性暴力描寫把歷史現實中的不同部份和元素重新佈置在小說之中，有時會將一些在歷史現實中的枝節肆意放大，而其代價便是必須把另外一些早已被多番轉述的宏大敘事壓抑下去。結果現實被重複放大和壓抑得不似原型，乍看起來便顯得虛幻重重了。[13]

三

跟莫言私交甚篤的日本作家大江健三郎，曾經在一次訪問中提及他是如何思考創作的：「我從年輕時就開始寫作小說，並且將自己人生中發生的事情，以並非私小說的文類，而是將其置換成虛構的形式寫入小說中。然而不知

11 閻連科，《發現小說》（新北市：印刻文學，2011），頁172。
12 莫言，《檀香刑》（台北：麥田，2001），頁209－228。
13 在一篇評論《檀香刑》的文章中，余杰指出莫言在小說中把酷刑放大和美學化，其實是迴避了對暴力的譴責，反而將之當成了被觀賞的對象。余杰甚至質疑，莫言一方面說自己寫得得心應手，另一方面又表達自己的心靈痛苦，他根本沒有真誠地表達自己的真實感覺，更沒有恪守人道主義立場。（見余杰，〈在語言暴力的烏托邦中迷失——從莫言《檀香刑》看中國當代文學的缺失〉，原刊資料不詳，曾刊於「獨立中文筆會」網頁，https://goo.gl/8QtPNo。）不過，余杰的批評只是片面地把「過份描寫暴力」等同於「迴避追問暴力的本質」，那是一種典型自由派思考道德的模式，卻未有把問題放回現實主義文藝理論的範疇去考察。

從何時起，這種情形被倒置過來，自己也已經意識到，原本作為虛構而創作出來的東西，卻進入現實人生中，這種印象不斷地重複。在小說裡，我在誇張、歪曲和顛覆自己的實際生活，就在我如此審視這一切時，卻覺察到現實生活與小說之間的界限開始不正常了。」[14]

關於「對文學真誠」的問題，我們可以從大江健三郎這段敘述中獲得初步的解答。典型現實主義的文藝觀以小說為現實的鏡像，而大江將自己的人生寫入作品，正是以創作自身的鏡子，真誠地將自己呈現出來。然而，現代小說的基礎正是「虛構」，在真實和虛構的矛盾中，大江必須發展出一種特殊的置換機制，將自己的人生以某種誇張歪曲的虛構方式在小說中再現出來。在他的說法裡，這種置換機制並非所謂「寫作策略」，而恰恰是一個作家在創作生涯中所遭遇的狀況。作家既然從一開始就選擇以寫作小說來反映自身，那就意味著他需要讓這種小說創作的置換機制，同時成為作家自我的組成部份。大江說，他覺得現實生活跟小說之間的界限已不再正常，正是說這面現實主義的鏡子已開始模糊起來了。

在莫言身上，我們同樣找到這種置換機制，而且更是深深紮根在中國社會當前的體制結構中。在法蘭克福書展的另一個場合裡，莫言說了一個關於歌德和貝多芬的故事：「有一次，歌德和貝多芬在路上並肩行走。突然，對面來了國王的儀仗。貝多芬昂首挺胸，從國王的儀仗隊面前挺身而過。歌德退到路邊，摘下帽子，在儀仗隊面前恭敬肅立。」莫言接著説，他年輕時也跟大部份人一樣，認為貝多芬此舉才算了不起，歌德太不像話了。但現在他反而覺得要像貝多芬這樣做並不困難，反而如歌德那樣尊重世俗，卻需要更大的勇氣[15]。我對莫言關於勇氣的理解起碼有表層和深層的兩種解讀，表層的解讀簡明易見：勇氣之説不過是掩飾自己懦弱和妥協的托詞而已。但深層的解讀卻是，莫言不但絲毫沒有掩飾自己的懦弱，反而是敞開自己，坦承自己的懦弱，也坦承自己向權力妥協。而更重要的是，不僅承認需要勇氣，如何在權力之中忍辱負重、保存自己，而又不失去自我的真誠，那就更加需要無比的生存勇氣了。[16]

莫言成長於極其難苦的中國農村土地上，而他的創作生涯則與極權社會的箝制密切地糾纏在一起。小説創作的置換機制讓他一直跟體制玩擦邊球，他從來沒有在小説中表現出貝多芬式的勇武，直陳社會體制以至政權的腐朽，相反，他有著歌德退後摘帽的沉著，而這份沉著居然是藉著他那管窺式幻覺現實書寫來完成的。在《生死疲勞》

14 大江健三郎口述、尾崎真理子採訪整理，《大江健三郎：作家自言》，許金龍譯（台北：遠流，2008），頁267-268。

15 同在現場的詩人貝嶺，曾經記述了他在現場回應莫言的一番話：「莫言先生剛才敍説的這一則傳説，發生在19世紀初，在中國確實是家喻戶曉，我也從小就聽過。可莫言沒有講完這一則別有寓意傳説的結尾，我來補充。當威儀赫赫的皇帝座駕過去後，歌德不悦地問貝多芬，為何對皇帝的駕到不止步、鞠躬、下跪、脱帽行禮，桀傲不馴的貝多芬説了一句讓我迄今難忘的話：『世上的皇帝很多，但貝多芬只有一個。』和莫言先生不同，直到今天，我仍對貝多芬充滿了敬意。當然，也對歌德的低頭、鞠躬、脱帽行禮有了更多的理解。」見貝嶺：〈莫言的「歌德與貝多芬」——2009年法蘭克福書展回憶〉，https://goo.gl/k3Rj9o。

16 內地自由撰稿人宋石男曾這樣評價莫言這勇氣之説：「莫言為什麼會有這種看法？為什麼對著國王的儀仗行禮反而需要勇氣？也許因為在艱難時代長大的他，深知馴服中藏著犧牲與妥協的意味，而這同樣需要勇氣——戰勝自己的驕傲從來不是一件容易的事。莫言像一顆種子從岩石縫裡長出來，漸漸長成樹，他不會讓自己輕易跌下懸崖。」，見〈莫言：沉默者的胜利〉，https://goo.gl/LPxQn。

中，莫言以五十萬字的篇幅寫了一個半世紀的土改故事，故事描述了一個堅拒不加入人民公社、當了半生單幹戶的角色藍臉，在數十年的土改歷史中如何孤獨地在體制以外蠕蠕而活。據莫言所講，這個單幹戶的形象在他腦海中已醞釀了四十多年了，可是在我們現在所讀到的《生死疲勞》裡，卻又不是單調地歌頌單幹對抗俗流的英勇，而是一場六度輪迴的生死劫。小說敘事的主軸始終是地主西門鬧多次轉世為畜的經歷。莫言再一次展示其高倍放大的管窺技藝，把土改時代的人生苦難置換成畜生經歷，地主西門鬧長久不脫輪迴之苦，而必須以不同畜生之軀歷盡半世紀土改歷史的劫，跟那個直接從現實世界中反映入小說裡的單幹戶相比，輪迴之苦便有如《檀香刑》中的淩遲，把痛苦的感官經驗推至遠超於現實中所能體驗的境地。

《生死疲勞》把現世的苦難聚焦再放大成虛構的六度輪迴，同時亦隱晦地以掌權生死輪迴的閻王鬼差作為現實社會體制的隱喻，相較起來，故事裡的土改政令和黨政機關為人民帶來的苦難就顯得微不足道了。於是，這亦使我們更難於判斷小說對體制的所謂「批判」，到底是更有力，還是更無力。而正是莫言堅持著這種現實主義文學觀，同時又要求自己保持著歌德的退後身段，他才會把小說寫成這個樣子。而他比故事中的歌德多走一步，面對體制，他懦弱地退後、沉默地莫言，而同時他又繼續創作不受體制羈絆的現實主義小說。他之所以不受自由派批評者所同情，原因不在於他現實中的庸俗行為，而是沒有太多人能真正體會，在他的存在位置裡，現實生活和小說內部之間緊張而曖昧的關係。

莫言的小說敘事技巧早已公認為爐火純青，但作為一位小說家，一個以文學為本位的主體，莫言卻一直遭人誤解和漠視，這在今屆諾貝爾文學獎的爭議之中被迅速發酵。他把中國的言論審查視為他可以在想像力裡縱橫馳騁的條件，也正好說明了他作為一個文學主體的特殊身段：面對體制，他必須龜縮，以保存繼續寫作的機會；而面對「如何繼承中國現實主義文學」，跟「如何書寫民族」兩大中國當代小說命題，他則表現出沉著的文學勇氣，在中國社會體制的巨眼下、現實主義傳統的陰霾裡，以及真實地書寫個人和民族這一文學要求中，揣摩出一個只能在當代中國這個光怪陸離的社會裡，才會出現的安身立命位置。相較起來，繼續討論莫言是否值得獲獎也變得格外俗氣了，而莫言也勢必成為中國文學史，甚至是世界文學史中的一個孤例：面對極權，小說家除了堅決地對抗和醜陋地附和之外，是否還能找到一條莊嚴的撤退之路？

2012.11

文學與鄉巴佬

大文豪巴爾扎克曾經說過類似的話：鄉巴佬跟世界主義者的根本差別，在於鄉巴佬只會對自己熟悉的東西感興趣，而世界主義者卻對世界任何事物都心存好奇，哪怕是一些跟他毫不相干的人和事。巴爾扎克活躍於19世紀初的巴黎，在這個號稱當時第一國際大都會裡，他總會遇到來自五湖四海的人，這些人湧進巴黎，就是為了要做一個不折不扣的城市人。當然，鄉巴佬有鄉巴佬的土氣，但混跡在五光十色的巴黎街頭，卻不容易被察覺。於是擅於刻劃生活細部的巴爾扎克，便想出了這個機智的方法：既然巴黎是世界的縮影，真正的巴黎人自然也都是世界主義者，懂得敞開心扉接納新事物。

我是從社會學家桑內特（Richard Sennett）的《再會吧！公共人》（*The Fall of Public Man*）一書中讀到這個小典故的。數月前我曾為了主講一個由「香港社會發展論壇」主辦的讀書會，大費周章地把書中這些小典故摘取出來，希望搏得觀眾一哂。「文學公共人」是我替讀書會所擬的題目，我以文學雜誌《字花》編輯的身份主講，本想借用桑內特的觀點，反思文學跟公共性的關係。可是桑內特的說法雖然有點武斷，卻著實窩心得很，與會者無不迷上書中鋪陳，讀書會主持鄧小樺會後意猶未盡，更特意撰寫

書評，一抒對大學者的相思之情。(〈公共人之死〉，《明報》2008年11月9日)

小樺之解讀，鞭辟入裡。她說桑內特之偉大，在於他揭示了「自戀」是人們不再參與公共事務的原因。19世紀以後的城市人，不再信奉世界主義，人們更加率性，但對具普遍性的公共理念卻漠不關心，結果陷入了只懂揭露自我，卻又無法向人清楚表達的自溺囹圄中。

那天，我一邊向觀眾介紹書中點滴，心裡不禁懷疑：難道桑內特不是要寫一本大眾心理學書，而是教導我們如何參演「公共」這場大戲？而在這齣戲中，我們只需要一種角色，那就是世界主義者。

桑內特說，現代人對親密關係格外迷戀，甘心做沉默的小觀眾，讓一小撮魅力四射 (charisma) 的公眾人物演好那場「個性大戲」。現在的政客名嘴，說什麼做什麼已不是再大部份觀眾關心的課題，他們只需在戲中展示特立獨行的個性。你保守麼？你激進麼？是熱血濫情？還是冷靜機智？身為演員，劇本不用你編，七情上面便可。而小觀眾也不用粉墨登場，他們只需保持緘默，一切個性情緒，早已由出色的演員已代為做好，亮亮麗麗的宣洩出來。這就好像聽到電視裡的罐頭笑聲，我們已覺樂不可支，根本無需再笑一遍。

這幾天，《字花》同袍越洋赴台，與一眾香港作家為台北書展組織公開講座。乍看之下，書展講座跟讀書會都一樣，只是替大眾閱讀，或讓大眾一睹大作家風采。但我實在希望，讀書會也好，講座也好，甚至是一本文學雜誌能否再獲資助、獲多少資助之類的事情，都應該是文學公共領域中的事件。讀書會那天我刪了很多精采章節沒說，把時間省下，就是希望扣回那「文學公共人」的主題：文學不應只有私密性，更應有其公共性，愛好文學的人，也別要只做沉默的小觀眾。

以下說法可能過於武斷：香港文學充滿私密性。說法武斷不要緊，要緊的是敢於對別人之事說三道四。香港文學不乏經典之作，早已是老生常談，我從不為香港文學水平而憂心，起碼作為華一支文學源流，香港文學的情態確實獨樹一幟。我對香港文學耿耿於懷，還是始於另一個更為老生常談的問題：「為何需要文學？」答案實在好找，只要讀讀歷年諾貝爾文學獎得主的獲獎詞，自有一大堆洋洋灑灑的言論。可是，桂冠詩人之言，卻又於我何干？

香港彷彿需要文學，因為香港文學彷彿是一遍淨土，或更準確地說，是一個心靈的避難所。年輕人酷愛文學，不僅僅是一種興趣，更是一種自我邊緣、自我迷醉的態度。我閱讀，我書寫，我就能夠擺脫世俗的醜陋，來到心靈的福地。一切文學，皆始於「我」。唯一的問題是，「我」又是否也是文學的終點？小樺曾批評過我刊在《字花》裡的一首詩，說我把如此灰暗傷感的個人創作寫進文學雜誌，大抵是為了排除理性思考，毫無顧忌地將直覺寫出來。這是文學創作者的特權，也是我們的通病。

文學既是個人率性而為的最後淨土，只是當主流世界也充斥著個性表演，文學又怎能獨善其身？桑內特解開了現代觀眾的沉默之迷，他說現代人公私生活之間失去了明確界線，人們愈來愈自戀，但這種自戀不是自我膨脹，而是把所有的欲望投射到自我的個性上，好讓你迷戀自己的感受和情緒，並將之看作跟世界溝通的唯一渠道。結果，你會變成鄉巴佬，拒絕跟自己個性不相似的人交往；你也開始找尋你的「個性偶像」，讓偶像代你表演，好等你安坐家中，愛撫自己的情感。

桑內特沒有說現代文學什麼壞話，但香港文學私密氣氛卻彷彿是桑內特的一道註腳。我見證了《字花》開花三年，改版亦近一載，現正向第四年挺進。神話看似依舊，僵硬的文學環境卻日復一日。我一直渴望香港文學能負載社會功能，成為公共器物，所以《字花》才敢將「文學」看作「事件」，一本文學雜誌，不應只記載文學，更應以文學的方式參與公共事務。我看中桑內特的大著，無非也是為此而做。

我不知道有多少人對《字花》的改變認真觀察過，但道聽塗説，意見還是聽到的。人們都説：改版是好事，但還是喜歡從前的樣子，不過anyway，請繼續努力吧。現實是：只有鄉巴佬才會迷戀過去，他們不懂認識新事物，或者說他們缺乏愛上陌生人的欲望。沒有人多少熱愛文學創作和文學閱讀的人，會為《字花》的改版建議而調節心態，改版之路勝負未知，但讀者們便急不及待關上大門，連應鼓勵，卻繼續緬懷昔日的文學神話。《字花》草創之時，清新活潑，很合年輕人口味，這是因為《字花》展示出一種所謂「年輕人的個性」。但改版以來，這種「個性」顯然已漸淡化，再也無法發出「罐頭笑聲」了。我從來無法確切知道，這所謂的個性到底是指什麼，我唯一肯定，公共事務從不親切，而文學生活作為私密生活的最後寶地，也勢難以容下跟自我個性無關的任何事情。毫無疑問，我也不能倖免於難，我只能在編輯工作和書寫評論上面向公共生活，詩寫出來，哪怕是刊在自己親手所編的雜誌裡，也是自戀得叫人抓狂。

桑內特的小典故說得七七八八，我卻忽然聽到另一個坊間小流言：若你知道有什麼好的東西，千萬不要大張旗鼓公告天下，因為如此一來，好東西就會主流化，而你也不再邊緣，再沒個性了。而桑內特則說，沉默觀眾也是社群，但它的構成結構卻是以敵意為基礎：這就好像你在街上低頭漫步，你身處孤獨狀態，卻又因街上充滿絕不打擾你的陌生人，感覺安樂無比。

每有人說，文學就是好，但也不用費力廣作宣傳，有麝自然香，懂得欣賞的，自然會來，這就是文學社群分享個性的秘密。但這分享卻又總是以失敗告終，你想像有一小撮如你一般的邊緣人，但你卻又難以在大量文學作品中找到跟你的個性相通的東西，於是你把其他的文學人視作社群兄弟，卻又恍若街上陌路。神話中的《字花》，似以文學之名集結群眾，但我懷疑，那仍不過是一場文學社群裡的「個性大戲」。

有老人家曾「告誡」我們，搞文學雜誌，要懂得承擔，不要計較得失，也得懂得寬容，別把人家一腳踩死，要多給機會。我始終相信，對人寬容才是欠缺承擔。寬容只是縱容自戀，讓別人繼續做鄉巴佬；而所謂承擔，並不是不計賺蝕，一味蠻幹瞎幹。我不是要對《字花》負責，我只對世界負責，對文學負責，在文學社群裡，愈多鄉巴佬，文學便愈沒有希望。縱容鄉巴佬自我沉溺，才算不負責任。

巴爾扎克所欣賞的，到底還是世界主義者。

2009.2

「李智良」現象

2008年七月初的某一天，有人建議我為李智良的新書寫一篇評論，剛好手上欠雜誌一篇書評，因利成便，便來過順水推舟。我收到的「新書」還不是熱騰騰的印刷本，而只是電腦檔案。書評截稿日跟新書印就的日子出現落差，我只好硬著頭皮把檔案打印出來讀。我一直懷疑，讀打印稿跟讀印刷本的經驗大抵不同，但既然盛情難卻，欠債還稿，書評便這樣寫了出來。

我一直以為《房間》是頗為冷門的著作，直至後來陸續讀到多篇《房間》的評論，才隱然覺得不對勁。幾個月後的一個下午，我經過油麻地kubrick書店，突然映入眼簾的是好幾張印滿文章的紙，不太規則卻又恰如其份地張貼在店內柱子上。柱子旁邊，一疊墨綠色的《房間》正安穩放好，而我的書評也正在那裡，卻剛好給另一篇書評遮掩了一半。那些書評，有些是報章雜誌的剪稿，有些則乾脆從網誌上抄貼下來。站在柱子前，我沒有細讀這些文章，反而赫然注意到那些文章的作者，幾乎都是認識的朋友。原來香港文化圈子著實很小啊！突然間，我感到很不踏實：這到底意味著什麼呢？

我寫的書評題為〈精神病患的書寫，或書寫精神病患〉[1]，題目本身已頗有矯揉之風。那時我借用了傅柯（Michel Foucault）的「外邊」（dehors）這一概念來解釋李智良的書寫狀態，除了是因為當時我正在讀《外邊思維》的中譯本[2]之外，另一原因是《房間》中有關醫療制度的文字，著實激起了我閱讀傅柯的種種回憶。那時想，傅柯式思維正好是解讀《房間》的上佳切入點，可是規訓之說畢竟已成評論界的老調，如不用些新鮮說法，如何能突顯我這評論人的手段？也是因利成便，便再來過順水推舟，把李智良引去「外邊」。[3]

後來我讀到我的老師彭麗君的文章[4]，才比較踏實地相信，我這「順水推舟」的解讀也有一定的尖銳性。彭麗君認為《房間》可有多種讀法，首先是把本書當成精神病患者的自述，並把「李智良」[5]看作精神病患的集體再現。但作為一個沒有精神病患經驗的普通讀者，她沒有視「李智良」為被閱讀的客體，反而嘗試進入其經驗之中，「沉溺於他的困擾，隔絕於他的自閉」。但最引人入勝的地方「還是由他的自言自語和憤怒頓挫而引伸出來的自我開展」，她能通過「『李智良』的自溺來成全『我』對『他』的愛慾與尊重」。《房間》中的經驗儘管私密，然而她卻看到一種「沉重的公共維度」。

絕妙的解讀。這不是說彭麗君的評論視野傲視同群，

---

1 鄧正健：〈精神病患的書寫，或書寫精神病患〉，《JET》2008年8月號，頁242。另見本文附錄。
2 米歇爾·傅柯（Michel Foucault ）：《外邊思維》（*La pensée du dehors*），洪維信譯（台北：行人出版社，2003）。
3 我的文章中有這樣的一段：「他的書寫，從來都只是『關於自己』的記載，但就在這力圖突破自身邊界的『外邊書寫』中，他讓自己連同自身的書寫，演化成破壞機器，以比批評家更
4 不可思義的力度，衝擊一切世上可能的話語。」也曾經傳給李智良，作《房間》的宣傳文案之用。
5 米歇爾·傅柯（Michel Foucault）：《外邊思維》（*La pensée du dehors*），洪維信譯（台北：行人出版社，2003）。

而是從她的閱讀中，我居然看到自己的影子：我避開了「傅柯式規訓」的評論方式，本來只是為了免於庸俗，卻不意應驗彭麗君的說法，進入了「李智良」的經驗之中。當然，這「李智良」並不一定就是李智良，可能只是彭麗君或我的「李智良」、又或者是公共視野中的「李智良」。彭麗君說《房間》有「沉重的公共維度」，我讀來心有戚然，這「公共維度」自然不是說那些片面的文化批判，而是其作為一部文學作品的公共維度：我剛剛才發現，我以傅柯的「外邊思維」作解讀切入點，絕不是偶然。這是傅柯少數具有深刻質感的文學理論建構，而《房間》中的文學性，則把我召喚到其中的文學思考之上。

剛開始，我遇見了「李智良」……

關於文學的公共性問題，我根本無法避開布迪厄（Pierre Bourdieu）有關特殊資本（des capitaux spécifiques）[6]和文學場（le champ littéraire）[7]的種種說法。然而，香港的文化/文學場[8]的奇怪之處卻在於，文學生產跟各種資本和生產關係的運作，似乎都關係不大，又或者說，我很少聽過有人認真從生產關係來考察文學，於是文學便成了私人問題，跟社會公眾毫無關係。那時我沒有把《房間》的公共維度認真想好，只當它是小圈子內的私密讀物，不值獲得大眾青睞。我居然完全忽略了，單單是我那篇書評就已經是將「李智良」引入公共視野、讓文學生產和經濟關係掛勾的一招。更始料不及的是，從《房間》出版到「李智良」的曝光率冒升，已儼然是「讓文學資本化」的大戲了。

一切都不是突如其來的。我知道「李智良」，首先是我在曾任職的阿麥書房裡，看見的少量《白瓷》[9]存貨，然後便是在早年《字花》策劃的「走著瞧：李智良小輯」[10]了。據李智良本人的憶述，1999年出版的《白瓷》共印了1500本，十年來只賣了約400本。至於2008年《房間》共印了2000本，不足大半年便賣了800多本，兩者的銷路天壤之別。[11]而在《字花》第3期中的「走著瞧：李智良小輯」長達十頁，刊登了三篇李智良的創作文字，並附上編輯鄧小樺的一篇評論。鄧小樺稱：「作為首期『走著瞧』的主角，李智良其實已經在1998年[12]出版了他的雙語詩歌小說集；而這兩年間他突然成為廣義的文化圈中的一個新鮮爆炸的名字，不少寫作的同輩私下以『starry』形容之。如果我們這時代特別願意將眼光放到特立獨行的個人身上（有人要說了：『浮誇！』），那麼是什麼讓一個有膽識突然自行結集作品並出版，在世貿期間與警

6 在布迪厄的理論中，經濟資本（le capital économique）跟文化資本（le capital culturel）是構成社會階級區分的重要因素。相對於經濟資本，文化資本更顯現於其資本形式，這種形式往往不是純然地具有物質性，反而是指涉一些個人才能、物質化的象徵符號以及通過制度而產生的社會符號。文化資本總是伴隨著經濟資本出現，共同構成社會制度的運作邏輯。而相對於經濟資本和文化資本，象徵資本（le capital symbolique）則指涉著一些跟禮儀、聲譽和威信有關的資本，一般人往往會忽略這種資本，並視之為一種「否認的資本」（un capital dénié），但布迪厄則相信，實際上象徵資本具有被承認和被否認的雙重性質，它是通過「被否認」而「被承認」，隱伏在可見制度背後，發揮著資本的魔力。最後，還有一種社會資本（le capital social），所指的是社會中的關係網，並決定於其中所有成員的各種資本總和，即包含了制度和制度以外、被承認和被否認、以及物質性和象徵性的一切資本及其生產關係。

7 布迪厄研究文學場的方式，主要是循著以下思路展開：他認為文學場跟社會其他場域（le champ）一樣，皆具有政治和經濟的運作關係，但另一方面，在任何跟文化藝術有關的場域中，都必會具有巨大的內在動力，努力生產不同的論述，以揭示場域在生產關係中的特殊性和自律性。場域的合法化過程往往會採取「否定」的形式，以掩蓋其中的雙重性質。因此，在文學場及其他跟文化藝術有關的場域裡，象徵資本往往遠較經濟資本和文化資本更具決定性。

8 在「李智良」和《房間》的個案中，我注意到 le champ littéraire 的中譯「文學場」一詞，可能由於「文學」在香港文化圈的某種潛在意義，而製造出我不願看見的某種誤讀。因此在本文中，我先姑且杜撰「文化/文學場」一詞，以較廣義的「文化場」包含較狹義「文學場」，既展示我所要討論之場域的寬廣，亦保留了我心目中「文學」的特殊性。

9 Lee Chi Leung(李智良): *Porcelain*（《白瓷》）(Hong Kong: Exist Random Press, 1999).

10 《字花》#3，2006年8月，頁91－100。

11 據李智良所述，《白瓷》最初由尖沙嘴的上樓書店「尋書店」發行，在缺乏傳媒報導、也沒有舉辦什麼相關活動的情況下，幾個月下來便賣了200本。後來書店倒閉，在書店的存貨也不知所踪。後來他把手上的存貨拿到不同的獨立書店和小店舖寄售，如中環的「64吧」、「流動風景」、灣仔的「POV」等等，約共買了120本左右，只是部份店舖營運不善，結業後，錢和存貨多也無法取回。另外，他亦透過各方朋友寄售，零零碎碎也共賣了數十本。《房間》共印了平裝1500本，精裝500本。平裝共賣出約800本，精裝約90本。資料來自李智良跟我在2009年3月19及20日的電郵通訊。

12 我手上的《白瓷》所印的出版年份為1999年，這與鄧小樺提及的年份有出入。

察面面對覷，更公開自身近十年的精神病治療/坑害的作者，寂寂無聞於所謂的『大眾』？」[13]

「李智良小輯」刊出之時，我仍未參與《字花》的編輯工作。在書店裡看到啞藍慘白交錯的《白瓷》封面，再讀著鄧小樺的評價，我當時只想到兩件事：一、我算是「所謂的『大眾』」嗎？二、李智良在文化圈中的「新鮮爆炸」，跟在大眾之間的「寂寂無聞」，其中落差到底意味著什麼？小輯無疑是讓「李智良」進入文化/文學場視野的一大事件，「走著瞧」正是為推介值得期待的新銳作者而設，《字花》以李智良為其開欄主角，不難想像他備受注目的程度了。及至《房間》出版前夕，《字花》第14期刊出了〈我們都是精神病患——李智良、張歷君對談（節選）〉[14]，這篇對談跟收錄於《房間》附錄的〈瘋狂與自主——與張歷君對談〉[15]屬同一次對談，分拆成兩部份刊登，主要是跟專題內容有關。但所產生的效果卻是，《字花》跟《房間》構成了在論述上互相補充、在宣傳上互相造勢的雙贏關係，共同拼湊出「李智良」這一文化符號。[16]李智良雖以《房間》真正體現了「starry」的說法，卻在星光背後，殘留著《字花》的模糊陰影。[17]

另外，據《字花》的問卷調查，除編輯團隊成員外，李智良位佔最令《字花》讀者印象深刻的作者頭三位之一。[18]這種濃滯的「明星氣」，甚至連李智良本人也有點吃不消。他在其網誌中自白：「我不太曉得那是怎樣發生的，不想提太多名字、場境，都放在心上好了，我大概是以『《房間》的作者、《字花》作者群之一』的身份參加好幾場書會、講座，還有飯局、探訪，跟認識與不認識的人碰面、或與知道但沒見過面的人認識。」；「這裡面我突然遭遇到自己——『《房間》的作者、《字花》作者群之一』——及與『李智良』這個名字相涉的某種欲望與欲望的政治，我卻像第三個人一樣在兩者之間，沒能適時的滑移。」[19]李智良的神經給「李智良」和「《房間》的作者、《字花》作者群之一」的扣連所挑動，造成了他的身份滑動和猶豫，而我卻注意到，將「《房間》的作者」和「《字花》作者群之一」兩種描述鑲嵌在「李智良」身上，正好揭示了李智良早已無法空身而出，在文化/文學場的悄悄運行下，《字花》所象徵的作者群組以及讓他遭遇公共凝視的香港文學讀者群，已足夠令出版《房間》的公共性凝固起來，成為文化/文學場中一個資本積累的重要範例。[20]

誰跟誰，細說「李智良」

對李智良作恰如其份的評論，實在困難，正如鄧小樺早就説過：「誰能不承認李智良的書寫具有一定門檻」，這

---

13 鄧小樺：〈（後）殖民都的錯亂，歇斯底里的主體——難以鎖定的李智良〉。載《字花》#3，2006年8月，頁98。

14 〈我們都是精神病患——李智良、張歷君對談（節選）〉，載《字花》#14，2008年6月，頁106 -111。

15 〈瘋狂與自主——與張歷君對談〉，《房間》(香港：廿九几；kubrick，2008)，頁181-205。

16 該期《字花》策劃了「文學與診療」小輯，〈我們都是精神病患〉一文正收錄於此。而據身兼《字花》和《房間》編輯的郭詩詠稱，「《字花》這裡節選跟『文學與診療』有關的部份，讓讀者先睹為快。至於巴塔耶、科耶夫、魯迅與新興宗教等內容，請見李智良新書附錄。」見《字花》#14，2008年6月，頁106。

17 另一例子，《字花》成員幾乎是空群而出為《房間》造勢。除郭詩詠任《房間》編輯、張歷君作對談外，鄧小樺、高俊傑跟我都分別都在文字傳媒和網上撰寫書評。我覺得，作為一本文學雜誌，為某一作家「造勢」並不構成任何道德或操守問題，而只是讓自己所欣賞的事物拋入公共視野之中。這不過是「向讀者推介優秀作品」的另一説法而已。

18 《字花》問卷調查分析結果，《字花》內部文件，2009年。

19 李智良：〈旅行中的眼淚　#3　(續)〉，「處決1938！」網誌，https://goo.gl/h03tyv　(瀏覽日期：15-3-2009)。

20 表面上，以上的討論説明了《字花》如何把完全被動的「李智良」拋入文化／文學場，但實際的18運作可能是，透過《字花》，「李智良」被誘進了更為龐雜多元的文化場裡，從而召來了不同角度面向的評論，並替「李智良」累積種種文化/象徵資本。

本身已是最恰如其份了。幸好我在寫書評時，還未算落入因輕率而錯讀抽讀或略讀的圈套之中，但無可否認，「李智良」有著張揚的外衣，總能激起評論者注目，勾起評論者的評論欲望。然而，這難道不也是一個評論欲望的陷阱嗎？它跟商品借欲望來累積資本的邏輯實在很像。[21]

為了寫這篇文章，我認真重讀了《房間》一遍，也找來收錄在李智良網誌中的多篇評論文章[22]來讀。經過了大半年的沉澱，《房間》中的文字已再沒有為我帶來過多的高亢激情，我反而注意到，書腰上的宣傳語句：「作為『精神病患』的政治、欲望或壓抑」，加上書中豐富凝煉的文化意象和理論氣氛，使《房間》成為了文化圈內評論者爭相討論的對象。當然，評論者總得做到見解獨到、不拾牙慧，而《房間》正好為評論人提供迴然獨特，又不落俗套的切入點，同時亦可因應評論濃度的需要，調校其中的可讀性強度。正是：一百個評論人，就有一百個「李智良」。

評論者拿什麼作評論點，很視乎評論者的閱讀狀態和思想傾向。舉例說，彭麗君跟我有一個共通點，就是特別關注書寫跟閱讀時「自我」的位置，這點她比我更具體，也更願意把作為「閱讀者」的自我位置也拋出來。[23]至於在另一位評論者小西的筆下，反而呈現出一種將「李智良」書寫狀態陳列出來的傾向。在文中，[24]小西引用了一段《房間》中的文字，然後從其風格氣氛裡，列出他所觀察到「李智良」的書寫狀態：「翻閱這一本薄薄的《房間》，在夾雜著理論語言與抒情語言的書寫底下，你會感受到一股撲面而來的存在漂泊感，這或許就是作者所謂的『城市住民勞累的生活中無以言表的內心經驗』。」「事實上，這一種跟自我間離的鏡像，可謂遍佈《房間》全書，而這跟該書所要表述的核心存在感受相關」。小西尤為強調書中的「出走」狀態，並指稱這是「時代的病」。於是，小西以一種見微知著的評價方式，把「李智良」判斷成城市時代病的某種徵兆。[25]

這種「徵兆性閱讀」別開生面，但這也著實是不少評論的常見狀態。再舉例說，李卓倫乾脆把《房間》與「我城之病」交叠在一起[26]，高俊傑則讓《房間》與《狂人日記》相遇，連成對理性文明的吶喊。[27]至於陳智德，更有著近乎沉溺的互文性評論傾向，誓要把「李智良」拉入一個互文性網絡之中。他反覆對照徐訏的《精神病患者的悲歌》和魯迅的《狂人日記》跟《房間》的內在性關係，卻又在文末筆鋒一轉，重新引到現世城市及醫療體制的病態[28]，重新呼應《房間》出版時的定位。我曾聽過有朋友說，陳智德這篇文章，是眾多《房間》書評中最好的一篇。我猜這位朋友所說的「好」，可能正在於陳智德能有效地接合《房間》中大部份可被評論的點。他提及只有鈎沉者才能知曉的徐訏

---

21 但我們總不能因此怪責任何人，難道馬克思會怪責商品，或消費者本身嗎？借用一句老土話：這是社會的錯——文化／文學場的生產邏輯使然。
22 詳參https://goo.gl/Mc0tDy（瀏覽日期：15-3-2009）。
或許正是受到她的説法所影響，我才敢於在本文中不斷讓自我輕身而出，而補償我在
23 寫〈精神病患的書寫，或書寫精神病患〉時的龜縮姿態。
小西：〈飄泊的《房間》〉，《文化現場》#7，2008年11月，頁26-27。
我不是要批評任何評論者的觀點，我只是想指出，任何評論都不是徹底的靜態和客
24 觀，而都是蘊含著種種形式和思想進路。在一篇一兩千字的評論文章裡，評論觀點總是
主導著文章的基調，但對於評論的形式和思路，卻往往被隱藏。只有重新置放在場域之
25 中，我們才能對這些評論多看一點。
26 李卓倫：〈我城病了——評《房間》與城市病患的疊現〉，《大公報》(4-10-2008)。
27 高俊傑：〈精神病患的狂人日記〉，《文匯報》(8-9-2008)。
28 陳智德：〈精神病患者的藍調〉(《信報》(13-9-2008)。

作品，也說到了兼具文化深度、反抗姿態和自我焦慮形象的文化界偶像魯迅，再來又能回到略帶陳腐的文化批判老調上，並在豐饒的互文解讀下，使老調換然一新。我隱然覺得，陳智德已幾乎窮盡了《房間》中所有較易入口的評論意象，也為「李智良」裝配上充足的互文性文化/象徵資本。

之不過，在文化/文學場的運作裡，互文性意象有時遠不及社會資本中的人際關係來得有力。澳門專欄作家踱迢有一段文字是這樣的：「起初看見很多人寫了書評還不以為然，界別裡朋友夠多而已。況且我有種怪癖，就是一些不急著要看或參考的書（一般都是『無用』的讀物），最好到書的原產地買。這樣做又讓我比較容易記得某本書在什麼地方買的，讓我能記起買這本書的原因，以及那時的我的心情、狀態。於是，我站在油麻地百老匯電影中心旁邊的書店內，便再無藉口。」[29]文中幾乎沒有任何評論意象或效果，卻製造了一份因緣際會：很多人寫書評、朋友夠多都不打緊，重要的是《房間》已闖入了他的生活裡，他必須讀之，已再無藉口了。至於鄧小樺在其網誌上的說法就更「浮誇」[30]了：「這是打造名牌的過程嗎？不，這是真正名牌的曝光時刻。磨劍十年，繼《白瓷》之後，今年出版《房間》，全城騷動。跟梁文道通電郵，他說：『李智良簡直是驚天動地，如此下去，他日會成大家的。』如同驚蟄，百蟲齊動，原來你也偷偷看李智良？」[31]跟小輯時說「starry」的口吻同出一徹，既突顯「李智良」已破繭而出，真正成為文化明星的姿態，同時也弔詭地否定了她的否定句：這正正是打造名牌的過程。[32]

一個「李智良」，闖進文學／文化場

直到書寫的當下，我已漸漸無法確定李智良所寫的到底算不算文學。或許這種提問其實毫無意義，我倒更應該問：從李智良到「李智良」，我們可以看到怎麼樣的文學，和怎麼樣的文學場？從傳統的文學類型來說，《房間》的文字有點像散文，也有點像小説，但細讀起來，這種感覺又不踏實了。編輯文學雜誌的經驗告訴我，若一篇作品沒有相對鮮明的文體格局，很容易會引起評論者的不安全感，最後遭到忽視。在我所遇到的評論者中，似乎並沒有誰會認真對待《房間》的文體問題，也似乎沒有誰不以文化評論的格局來評論它。有時候，我會對傳統的文學評論嗤之以鼻，大抵是源於學術背景吧。但我不將《房間》當作「文學」，卻是因為在「李智良」的生成過程裡，哪怕也一直經歷著種種「文學」的軌跡，「李智良」卻總是保持著「反常」的姿態，是「文明」中的「反常」，也是「文學」中的

29 踱迢：〈無用的書——讀《房間》二之一〉，《澳門日報》(5-10-2008)。

30 「浮誇」為鄧小樺在「走著瞧：李智良小輯」曾提及的用語。

31 鄧小樺：〈一個香港，只有一個李智良〉，「Ticklish」網誌，https://goo.gl/Mc0tDy(瀏覽日期：15-3-2009)。

32 或者我更應該提及黃碧雲對《房間》名牌打造的意義。黃碧雲低調地為《房間》寫序，後來意猶未盡，並在《明報》發表了九千字長文〈無人相認〉(4-11-2008至7-11-2008)。《明報》編者按曰：「10年前黃碧雲在書店找到李智良首作《白瓷》；10年間讀?李智良博客上的文章、至《房間》，展陳精神病患接受與抗抑「治療」的生活，其濃度其暗黑叫黃碧雲讀得超荷。以為她寫《房間》序文後，自此再難為他提筆，結果又再寫下九千字之〈無人相認〉；裡面有李智良，有西方的、已死去的精神病患—— 敏感焦慮的心靈之存活，必然是一次又一次擺盪向生命中各處極端的過程。」(4-11-2008) 黃碧雲在香港文學界中的明星人氣，配上一系列跟李智良相遇相知的故事，聽起來儘管十分私密，卻同時又隱然成為一段可堪玩味的佳話，強化了「李智良」的傳奇色彩。

「反常」。[33]

以主流暢銷書的標準，只賣不足1000本的《房間》根本不是什麼。但在香港的文化/文學場裡，它已足夠成為一個累積文化/象徵資本的焦點了。對於主流，「李智良」是反常，對於傳統的文學生產邏輯，《房間》更是反常，但面對著香港文化/文學場近年的轉型，《房間》這種排除傳統文學形式的形象卻成為了一個十分理想的行銷策略。「李智良」的反常姿態突然橫空出世，更在沉悶的氛圍中對一眾評論者作出了嘹亮的召喚，滿足評論者的困乏感。於是，《房間》成為了香港的文化/文學場中一個不容小覷的象徵符號，正如梁文道接受雜誌訪問時也特別提到：「至於香港作品，李智良的《房間》算是最近讀過最難忘的一本。李絕對是香港的奇葩，《房間》寫治療精神病的過程，寫得具批判性，觸及主流社會看正常與不正常的那條界線，令人有哲學上的反省。」[34]這個說法實在籠統得很，也具有「消費性評論」的特徵，但其重要性卻在於，在一本潮流雜誌裡，享負盛名的文化人梁文道以其鏗鏘的評語對《房間》讚譽有加，令在文本意義上難以被消費的《房間》，召喚出其被消費的可能性。當然，這種消費性是在文化/文學場的意義上說的，它跟一般的物質商品和符號商品不同，《房間》背後存在著大量互文性連結，通過對其消費，欲望可能被滿足，但亦有可能引發更多的欲望，讓消費者藉著追溯其背後的互文性網絡，重新獲得隱身在狹小封閉的文化/文學場內部的文化/象徵資本。這是對文化/象徵資本的再分配，也是讓文化/象徵資本向公眾開放的機會。

我自覺對不起李智良。我寫了這篇文章，讓「李智良」再次曝露在公眾視野之下，也繼續在消費「他」。但我實在無法不對《房間》的公共性姿態感到亢奮無比。「李智良」最初以「文學」為名，但在《房間》的生產過程中，這「文學」之名卻被擊倒，然後被改寫。「李智良」獲得了更廣泛也更多元的讀者，但人們仍沒有重新記起《房間》的「文學」之名。也就是説，在文學場與文化場的交疊之地，「文學」似乎沒有被消費的價值了。而我倒是常常用心不良，總希望把「文學」寫成「商品」，但卻不是在主流的公共場裡販賣，而是放在文學/文化場與公共場的邊界上，悄悄把邊界往外推展，直至到達世界的盡頭。

2009.4

33 這就有如李智良和張歷君在對談中所言：

> 張：我的想法是文學藝術一定不可以置身道外。因為這只會被人輕易地作出分類：你的作品永遠無法進入主流，也因此永遠進入不了可被理解的體系。所以，真正追求反常到底的姿態，應該是既要進入主流，又無法完全被主流消化。
> 李：假使我採取一個醫療制度受害人的立場，那麼當我敘述自己的個人經歷或想法時，其實在設想一個怎樣的言説對象？（……）就算讀者接納了這個發言的位置，會否質疑我的書寫只是一種代言的企圖，又或者質疑這種敘述，有沒有一種可預見的「普遍性」？這個敘述的位置與其他群體之間，又有沒有接通的可能？
> 張：或者這樣説，精神病患發言的意義並非由你來決定。所謂「有意義」，根本上只是由主流所確定。

見〈瘋狂與自主——與張歷君對談〉，《房間》（香港：廿九几；kubrick，2008），頁194-195。引文有刪節。

34 〈閱書人：梁文道 書話漫遊〉，《Zip Magazine》2009年1月，頁190。

附錄·書評

精神病患的書寫,或書寫精神病患

書寫自己,是讓自己呈現出來,也是將自己置身於自己之外。傅柯 (Michel Foucault) 把這種狀態稱為「外邊」,他問道:如果我說「我在說話」,這個「我」到底是「說話的我」還是「被說的我」?當然邏輯家早已擬好拆解悖論的方式,但對於一個用文字書寫自己的人來說,任何邏輯命題彷彿都不再管用。我書寫,然後通過書寫,我經驗到在外邊的自我。這種在自身的邊界進出猶豫的狀態,正是構成了書寫的人的自我囚禁,或解放。

到底書寫,是囚禁,還是解放?在書寫的過程裡,李智良有時會把自己定義為「精神病患」,但他不一定喜歡這個說法。在一次對談上,他跟對談者點出了「我們都是精神病患」這一說法,如此說來,「精神病患」便不再是一種「例外」的標籤,這種自我定位亦因而馬上失效了。但事實並非如此。很多時候,「精神病患」都不是醫學名詞,而是一個空詞,當中所盛載的跟醫學本身毫無關係,卻充滿歧視和規管的姿態。李智良應該是傅柯的知心者,他切實地經歷著傅柯口中的規訓權力,被社會和科學規管加上一個「精神病患」的「例外」標籤。於是他開始書寫,也開始經驗到從書寫精神病患所衍生的自我囚禁和解放。

《房間》不是李智良的第一本書。在他前作《白瓷》的序言上,他就寫下了這樣的一句話:「我發覺所有語言都不是我的母語。」然而他還得依靠他所熟悉的中文和英文來完成整部著作，而他的文字，也因而失去了某種語言本身的剛陽性，變得陰柔不定。李智良大抵不是一個女性化的人，可他的書寫卻處處滲透著「反邏各斯」(anti-logos) 的陰性意態：那即是一種失落位置的位置感，通過書寫，他使勁地抓住自身的位置，然後讓之崩塌。

到了十年之後的《房間》，李智良遭遇過生命中難以承受的病患、自殺與出走，卻一直沒有在日常生活意義下恢復過來。這是因為「恢復」不過是跟「精神病患」同義的反詞，他繼續服藥，繼續受醫生的規勸，但他終能衝出權力話語，走向「外邊」，以自身經歷記述「病患」的內部位置。這就正如他從沒有讓任何語言成為他的母語，他沒有醫學話語權，也欠缺理論批評家的風骨，他的書寫，從來都只是「關於自己」的記載，但就在這力圖突破自身邊界的「外邊書寫」中，他讓自己連同自身的書寫，演化成破壞機器，以比批評家更不可思義的力度，衝擊一切世上可能的話語。

《房間》的副題是「作為『精神病患』的政治、欲望或壓抑」，李智良的政治、欲望與壓抑，甚至不只於「精神病患」。在《房間》一書中，不難發覺他總是身軀疲憊，被綑綁在香港殖民性中的傾頹腐朽之中。他最常聽到的一種說法是，別人著他要過一種「穩定」的生活方式，然而從精神病患走出來，跟從殖民性中走出來一樣，都是讓他堅持「病態」生命路線的精神來源。「穩定」和「正常」都不人道，對於一個「不能痊癒者」來說，欲望就是病態，而病態，就是一種自身解放。

於是，病態的人只能作病態的書寫，而亦只有病態的書寫才能將自身帶向外邊。《房間》中諸篇文字，既非散文亦非評論，極其量只能説是一種思辯性的夢囈，滿盈著一份病態的反文學性。他的文字直面自身，也藉自身迎向他者，他為書寫現實的病態，立下了一道清瀝的血痕。

2008.8

李智良，《房間》。香港：廿九几；kubrick，2008。

鬱鬱地捧讀卡繆

——潘國靈的文藝、城市與附魔

寫作附魔是很行內的比喻，對於這種入迷至如夢幻如幽靈的狀態，偏執於寫作的人自會心領神會，否則乍聽起來，或會覺得誇張。潘國靈曾經描述兩者之間的不可通約性，在一篇小說裡有個叫「遊幽」的寫作狂熱份子，沉迷寫作至走火入魔，但故事敘事者卻是文學編輯，半冷不熱地旁觀著主人公的身心畸變。[1]我們做小說讀者的，自會跟著文學編輯的眼睛，將這種寫作附魔狀態看成是某種正常世界的異質物，或無法進入並理解的神秘主義。[2]

但主人公「遊幽」原來是作者潘國靈的自我顯影。在他很多小說裡，一個名叫「遊忽」的人物經常以主體角色出現，「遊忽」不是固定角色，而是作者創造出來並用以指涉主角的名字。不難看出，這名字或符號正是作者本人——或更正確點說，是作者把自我有意識地投射到小說裡，卻又不願將自我盡可能敞開，而故意遺下的一個曖昧模糊而開放的半自況式文學形象。從文學評論角度看，這種符號構作並不鮮見，它往往能有效避過評論者的過度詮釋，使「角色即作者」的對號入座式解讀經不起嚴謹的推敲。可是，潘國靈對此對號入座式解讀似乎並不抗拒，反而大有

1　潘國靈，〈給寫作附魔的人〉，《存在之難》（香港：香港文學出版社，2015），頁342-346。
2　「寫作的神秘主義」正是潘國靈在小說中的用語。見〈給寫作附魔的人〉，頁345。

引誘讀者作此閱讀的傾向。按潘國靈自己的解釋，將「遊忽」改成「遊幽」，是一種「幽靈化」[3]，其中意思似乎同時包含著成熟、死亡、變異、遁逃、潛行，卻又不願擺脫昔日自我。

若把「寫作附魔」跟「自我幽靈化」兩者併合起來，我們可以看到一個在沉溺與抽身之間猶豫不決的潘國靈。《存在之難》是潘國靈去年出版的小說自選集，書裡正以這篇寫作附魔小說為壓卷作，他更在自序中明言，這是來自他創作中的長篇小說的一個片段。[4]不要輕易放過箇中的編選玄機，尤其對一個創作小說近二十年的作者[5]來說，這顯然就是一次大張旗鼓的宣示。《存在之難》收入好幾篇潘國靈的「少作」，所謂「少作」，不只是指其年少之作，更是指作品所瀰漫的青春氣和粗糙感。作品多談從兒童到青年在與成人世界隔絕下成長，主角在心智和身體上俱有著不同程度的畸零或病態，例如〈遊樂場〉裡的小陀螺和小千秋、〈一把童聲消失了〉的學校困獸鬥、〈當石頭遇上頭髮〉裡Rock與Hair對自我青春形象的悍衛等。不過，潘國靈筆下的傷病都不重，更不致命，反像一些不搔不癢的隱患，如〈病娃〉中女孩遊忽的因洋娃娃的崩壞而大哭、〈病辭典〉中醫院病人在病牀上的玄想，又或是〈面孔〉裡毀容者潘遊忽最後走出心理陰霾等。乍讀起來，沒有某些極端病態書寫那般詭異揪心，反覺作者帶著一份好心腸的勵志。

有些時候，書寫青春躁動不是作者直面當下的自我治療，而是成長以後回溯過去。潘國靈筆下的少年畸異病情不重，且奇異地在日後作品中一再出現，可是，縱觀《存在之難》的選收，這個母題並未隨著作者人生閱歷和創作年資的增長而發生鮮明的質變，既沒超越，也不見縱深挖掘，反而一再重複地以殘篇和隱患病徵的方式，再現於其大量篇幅不長且取材迥然的小說裡。

因此，當潘國靈將寫作附魔一篇為其選集壓卷，正是他有意為此選集甚至是他整段小說創作生涯立下的結語：他將以附魔的姿態書寫自己少年時的存在經驗。他自言，此選集要建立他小說創作的「整全的格局」，即「一個作者經歷年月逐漸築建和浮現出的一個『小說世界』輪廓，其中包括一些來回復返如圓舞漩渦的存在母題、隨個人成長幽微遞變的小說意境、關切旨趣、語言審美性等，裡頭應也有貫徹始終的執迷如原初情結、消失美學、身體疾病、城市憂鬱等，以到對短篇小說多變性和可能性的探索和實踐。」[6] 這段文字揭示了自言已屆「後青年」[7] 時期的潘國靈，已在長年評論書寫實踐裡，磨練出一雙抽身於自身創作以外的評論之眼，有能力，亦落落大方地，用一篇似是出自評論者而非出自作者本人的序言，來概括他的創作母題和風格。[8]

由此看來，潘國靈在文學位置感似乎很強，他對選集

3 潘國靈，〈自序〉，《存在之難》，無頁碼。
4 也就是他於2016年7月出版的長篇小說《寫托邦與消失咒》。
5 據他在〈自序〉中所述，《存在之難》所收作品最早寫於1996年，到出版2015年共十九年。
6 潘國靈，〈自序〉，《存在之難》，無頁碼。
7 「後青年」一詞出自《存在之難》的〈自序〉。
8 一個似乎是創作者的禁忌：直接談論自己的作品。尤其是要系統地整合自身作品的主題和風格，必須要有「評論者」之眼才能做到。可是，這並不是每位創作者都有的素質。

編輯的立意與定位都很清楚，並很有意識地將作品規劃在一些標籤以下，如青春，如憂鬱，城市，如消失，如疾病等，彷彿一再重複他過去不少小說集和文集的書名氣息，甚至在他近年出版的另一種評論集《七個封印》裡，我們同樣嗅到那種驚人地相似的況味。

潘國靈的小說和文章都很細碎短悍，小說篇幅多數不長，極短篇不少，但即屬短篇小說範疇內的作品，也常被分割成多個短小章節。小說內容時有現實指向，如教育制度，城市瘟疫，或媒體潮流等，卻又不是經典意義下的現實主義，小說的世界往往是一個內向的自足世界，或是一些跟世界隔絕的人物心象。我們不難由此聯想到卡夫卡（Franz Kafka），可是若以卡夫卡式（Kafkaesque）書寫作為一種文學作品哲學化的典範的話，潘國靈作品中的思辯性又似略有不及，其中的思考往往只在由某個標籤築構成的範圍下迴盪，而不是擴張，高築或深鑽。

從一個角度看，潘國靈的文字不是哲學式，而是文藝式，這是基於他對文藝作品的沉溺式喜好。一般而言，這種文藝沉溺是少年躁動的徵兆，由此我們便有「文藝青年」[9]這一流傳已久的生命狀態。在他的小說裡，文藝青年的氣息十分濃烈，從早年某些以文藝青年為主角的成長小說式作品，到後期將大量文藝符號以文字實驗之法融入小說敘事之內，顯見文藝生活乃是潘國靈的重要創作資源之一。潘國靈對此肯定清楚不過，但令人意外的是，他對這種以文藝沉溺作為創作動力的狀態卻鮮有清晰的自省，起碼在其書寫裡未有強烈的自我質疑，而是與此相反，他將這種沉溺轉化為附魔，以一種雖無節制但未至揮霍的節奏，一再寫出這種文藝性沉溺，他甚至追查出沉溺的源頭，那就是對存在主義之愛。

據說存在主義是可以超越歷史，在每一個時代的年輕人圈子中流傳著。潘國靈小說裡有不少提及存在主義的情節，如〈被背叛的小說〉中一個文藝少女被發現厭世而跳軌自殺，但其實她只是想抓回小說稿而發生的意外；或如〈面孔〉裡的毀容者因老師的正向思考鼓勵而把老師跟卡繆看齊。不過他所寫的絕不是存在主義小說，而是關於「閱讀存在主義」的小說。在評論集《七個封印》[10]裡，開卷便是一篇名為〈可恨我們不是薛西弗斯〉的文章，文末就有此句：「我們不是薛西弗斯，我們都是可憐的人間。但願我所說的都是錯的。」[11]薛西弗斯以二十世紀存在主義英雄的姿態現，可一般人都不是薛西弗斯，我們甚至不是莫梭[12]，而只是被卡繆（Albert Camus）筆下的荒誕性分析所震攝，稍稍舒解成長焦慮的普通青年而已。卡繆說，唯一嚴肅的哲學問題是自殺，可沒多少卡繆的讀者認真看待自殺，文藝青年眼中的荒誕，通常只是來自一種憂鬱的生活感，多

9 跟傳統意義下的「文藝青年」相比，時下流行的用語「文青」顯然更強調主體的自我形象而多於品性和愛好。由是觀之，現在所謂「文青」大多數其實是指涉另一流行概念「偽文青」。

10 潘國靈，《七個封印》（香港：中華書局，2015）。

11 潘國靈，〈可恨我們不是薛西弗斯〉，《七個封印》，頁7 。

12 莫梭（Meursault）是卡繆小說《異鄉人》（L'Étranger）的主角，他因殺人而遭到審判，但一直對表現得滿不在乎，當被問到殺人動機時，他竟答：「都是太陽惹的禍」，最後在荒謬的處境中被判死刑。

於生死攸關的存在思考。潘國靈筆下的角色缺乏自殺的哲學驅力，他們更關切的卻是怎樣逃避少年自我跟成人世界的格格不入，從而達至內在自我的自由。例如在〈動機與純粹〉裡，沉默的學生如嵐以詩作和網頁思索存在和死亡，結果卻是以一個電郵嘲笑老師的老邁和淺薄。

必須再次強調，如嵐不是潘國靈，而只是他的投射，或說是他對自己創作原點的投射，透過創造這此角色，潘國靈不是要如卡繆書寫莫梭一樣，力圖闡釋其「存在」思考，而是要緬懷著這份幾乎只有在少年時代才能有所感觸的文藝之愛。他曾經如此自述：「存在主義的一些命題如『荒謬』、『反抗』、『怖慄』、『自由』、『空無』深深地吸引著我，它們不是純抽象的，而能顫動內心的琴弦；在我對存在主義仍一知半解時（至今仍是），它成了成長畫板上髹上的一抹底色。」[13]文藝情懷也是超越歷史的，但同時亦是反時代的，潘國靈初讀存在主義文字時是1980年代的中學階段，他沒趕上1960至70年代的華文知識青年圈的存主義狂潮[14]，可他倒沒所謂，他相信自己的閱讀不是集體性，甚至偏離於同代，「在個人的小天地中孤獨前行，偶爾有零星同伴靠近，爾後又各歸於各。」[15]在卡繆筆下，有一份深具嚴肅思辯且帶有推石上山之壯感的哲學英雄志氣，這是潘國靈所缺乏的，我們所能看見的，卻是一個青澀少年鬱鬱地捧讀卡繆的文藝形象。

現在讀者所認識的潘國靈是兩面手，左手寫小說，右手寫評論。而在這兩幅書寫板塊裡，我們亦不難讀出另外兩處張力。《七個封印》以「潘國靈的藝術筆記」為副題，文章的文藝氣質不算沉溺，反而羅佈著文化理論的思考路數，用潘國靈自己的說法，當中有種「知性美」[16]。而《存在之難》中所收部份小說，私密性淡化了，反而時有越出社會的傾向，例如〈遊園驚夢〉、〈波士頓與紅磚屋〉的城市地方誌，〈血色咖啡〉的侍應、〈合法偷窺〉的看更等。他是如此總結這種小說主題的二元性：

> 小說寫作也時劇扣連上生命的雙重旋律，如鐘擺之永恆擺盪，一邊將寫作的書桌當成面壁的牆，玩著自言自語的腹語術，有一種沉默或沉澱醞釀，一邊則將寫作的書桌當成一扇向外望的窗口，企圖與他人或社會連結，有一種對話與衝撞在其中。有人將前者稱為『個人化書寫』、後者稱為『公共性書寫』，我更願意稱它們為『小說作為沉思體』與『小說作為城市體』。[17]

一個文藝青年要擺脫憂鬱，常有兩條出路：一是追求廣義的藝術創造，二是將自我思考轉向公共。[18]藝術批評的文化理論化，跟小說體裁的公共化與城市化，恰恰是潘國

13 莫梭（Meursault）是卡繆小説《異鄉人》（L'Etranger）的主角，他因殺人而遭到審判，但一直對表現得滿不在乎，當被問到殺人動機時，他竟答：「都是太陽惹的禍」，最後在荒謬的處境中被判死刑。
14 關於1960年代的存在主義思潮，我們可以引用香港小説家西西的一段話，作為精準的描述：「那時候，不少大好青年，面色蒼白、雙目迷惘、沉默寡言，穿些素黑的衣衫，不是倚牆靠壁站立，就是孤獨蜷縮隅角，一派對生命沒有遠景的樣子。有些朋友聚在一起，談及人生並無意義；有些朋友真的自殺了。存在主義是甚麼，我其實半知半解，有一陣竟也隨著別人頹喪起來，不過粗讀些沙特、加謬的小説，並不了解其積極的另一而，不懂得推大石上山的道理。」見西西，〈後記〉，《象是笨蛋》（台北：洪範書店，1991），頁243。
15 潘國靈，〈存在主義——成長畫板上的一抹底色〉，《七個封印》，頁18。
16 潘國靈，〈自序〉，《七個封印》，頁vi。
17 潘國靈，〈自序〉，《存在之難》，無頁碼。
18 用西西為例，她在1975年寫成的經典小説《我城》，恰恰是她對其早年的存在主義式小説（如《象是笨蛋》中的幾個中篇）的公共化超越，使她的關注從自我存在轉向集體身份。而潘國靈亦曾續寫過《我城》為《我城05　之版本零一》（載《i-城志》（香港：香港藝術中心、Kubrick，2005），頁16-63）。

靈在漫長而蜉蝣的書寫生涯中的兩條逃脫路徑，可他始終沒有遠走，而是在文藝私密與公共世界之間來回往返，終至形成他的附魔式書寫。

略讀潘國靈的文字，我們很容易發現他的文藝愛好既個人，又典型，除卡繆外，像卡夫卡，昆德拉（Milan Kundera），歐陸藝術電影，無一不是他的個人之選，也無一不是1990年代整整一代文藝青年的集體文藝記憶，他所呈現的文藝生活彷彿跳過那個荒誕的（後）殖民香港社會[19]，跟遠方時空的「同代人」[20]相認。但弔詭地，他又總是擺出一款文化評論者的身段，他出版過兩本名為《城市學》的書[21]，文字偶有學術腔和理論腔，氣質上則是漫遊式城市觀察，可是那又顯不是本雅明（Walter Benjamin）式的城市漫遊者（flâneur），反而更像是將城市景觀視作電影光影，以電影觀眾的眼光去閱讀城市。若跟香港另一位重要的城市評論者馬國明比較，這種城市電影化的閱讀方法，所欠缺的恰是一份政治經濟學的左翼關懷。[22]

從這一角度看，潘國靈的城市書寫始終缺乏具體的公共性關懷。不似另一香港小說家董啟章那樣，力圖以書寫探討文學私密性跟社會公共性之間的永恆張力，甚至銳意調解[23]，潘國靈的「城市體」到底是私密的，文藝的，他筆下的城市總是愛情的載體，或距離與失落的場域，他甚至以小說和評論兩種文體書寫城市的疾病化[24]，這隱然是對卡繆《瘟疫》的回應，也是將香港城市現實隱喻化和符號化。換言之，潘國靈以公共或城市書寫作為與他人對話或社會連結的立場，總被他的內向心性所牽絆，而沒有被真正敞開。可是，恰恰就是這股渴望逃出文藝青年式鬱悶而走向公共，卻終被這原初情結暗勁拉回的自我矛盾或自我吞噬，構成了潘國靈十多年文藝書寫生涯的豐沛景觀。

當然我們總可以說，文藝性沉溺既是一種最純粹的文學或書寫動力，也是一種個人不成熟狀態的表現。在那篇寫作附魔的短篇裡，敘事者最後抄寫了主角「遊幽」的一段自述：「我是我自己的結伴者，我是我自己的嚮導，我是我自己的迷途羔羊。過程中我將失聯一段時間，你不用找我，如果我回來得了，我將帶著我的書寫文稿如凱旋者帶著沐血的戰勝品歸來。如果我回不來了，我可能在旅程中掉進了懸崖、迷宮、囚室而暫時（永遠）被扣押著，如是這樣，你不要替我惋惜，這也是寫作的一種善終方式。」[25]潘國靈本人沒有失足，反而即將（或已經）帶著他的首部長篇小說凱旋回來。[26]他作為書寫者的存在，既難，又不難，正如在

19 雖然他仍有一定數量的文章是寫本土文化和本土論述的，但調子上傾向評論或學術論文格式，跟他以書寫文藝為主的所謂「知性美」散文有著迥然有異的筆風。
「同代人」也是昆德拉的說法，他所指的是一個小說家的真正同代人，應?是在歷史中的前人和繼往而來的後者中找尋的對話對象，而不是僵化地與身處相同時空下的人共置一起。見〈巴奴日不再引人發笑之日〉，載《被背叛的遺囑》。

20 「同代人」也是昆德拉的說法，他所指的是一個小說家的真正同代人，應該是在歷史中的前人和繼往而來的後者中找尋的對話對象，而不是僵化地與身處相同時空下的人共置一起。見〈巴奴日不再引人發笑之日〉，載《被背叛的遺囑》。

21 潘國靈，《城市學——香港文化筆記》（香港：Kubrick，2005）；《城市學2——香港文化研究》（香港：Kubrick，2007）。

22 例如馬國明的《路邊政治經濟學》一書中的文章，即能比較具體呈現一種左翼政治經濟學式的香港城市體書寫。相對而言，諸如曾一度大肆宣揚本雅明「漫遊者」式城市觀察的李歐梵，其視角跟潘國靈大有相通之處。當然，雖然李潘二人份屬師生，但兩人的文風卻沒有師承關係，而只是某種理論化的文藝腔，這是在1990年代到2000年代初香港文化圈常見的書寫習氣。

23 經典莫如董啟章在〈必要的沉默：香港書展2014年度作家董啟章感言〉一文中的討論。

24 《存在之難》中有一部名為「城市病學」；而在《七個封印》和《城市學2》裡，皆有幾篇以不同論述角度和書寫風格切入2003年沙士疫症的文章。

25 潘國靈，〈給寫作附魔的人〉，《存在之難》，頁346。

26 潘國靈首部長篇小說《寫托邦與消失咒》已於2016年夏天出版。

他唯一詩集的題辭所言，那並不是殉道，而是殉道情結：

你有多敏感放靈魂的震顫
你便有多承受於內心的不安
上帝沒問准你
便把一個內窺鏡植入你的靈魂深處
以此作為恩賜
也是畢生之詛咒
自我毀滅與創造燃燒不可分割
其結果難免殆盡
是為一個藝術者的殉道或殉情情結[27]

2016.6

27 潘國靈，〈存在之難〉，《無有紀年：遊忽詩集（1994-2013）》（香港：Kubrick，2013），頁2。

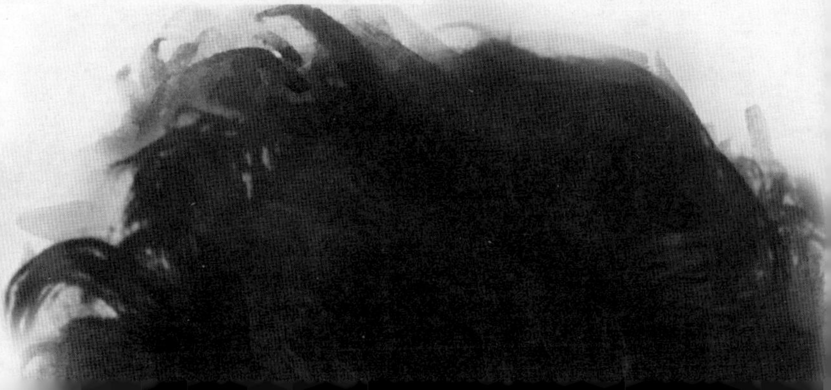

輯三：在沉吟中爆發

向兒童學習

> 就像在單槓上做大幅度的旋轉動作，每個人年輕時都親手轉動過命運的車輪，從這車輪裡遲早轉出一生大事，因為只有在十五歲時想過或試過的事，才會在日後某天成為我們的精神興奮點。因此，有一件事是絕對無法再試的：沒有從父母身邊逃走過一次。幸福生活，就如少年時代經受過那連續四十八小時野外之風吹拂後所形式的結晶。
>
> ——本雅明（Walter Benjamin），《單行道》（1926至1928年）

本雅明把「逃離父母」視為人生第一件大事。夠幸運的話，我們會以兒童的形態在父母手底下生活，直至完全長大成人，然後離開自立。但期間總得試過各種短暫分離——這不是精神分析學說中的「缺乏」（lack）經驗，而是擺脫父母視線的欲望。在迷宮般的大商場裡借故走失，半夜待父母睡後潛出大廳偷看深宵電視，偷偷離家出走或出外度宿等，我們幾乎一早就明白，這些踰越行為差不多都是徒勞，我們終必回到父母身邊，繼續等待成人之禮按時來臨，絕不提前。因此正如本雅明的洞見，「逃離父母」的正確價值不在「逃離」，而在下述二事：我們曾經有過四十八小時（或少一點，但絕不會多很多）的孤兒生活，以及在長大以後，突被這些童年記憶碎片刺破我們早已麻木的成人意識。

縱觀人類文明史上的諸種對立，兒童與成人之間的籓籬最為曖昧，亦最難踰越。不似種族、階級、性別等熱題，兒童在成人面前的籌碼特別少，關鍵不在於理論化的說：「兒童是否擁有人權或主體性？」或現實的說：「兒童是否有條件跟成人討價還價？」而是：「兒童終必成為成人。」

童書．兒童之發現

歷史的重複就是宿命。兒童逃走，回來，等待，然後成為成人，再等待下一代兒童降臨，將車輪續轉下去。所謂「兒童解放」本來就很可疑，古今保護兒童之種種，如反殺嬰，禁童工，教育權，反家暴，其底蘊往往不是讓兒童充權，而是借「兒童」之題大書特書，處理階級、性別乃至一般公民權等成人世界的問題。兒童被塑造成「準成人」，兒童的權利都是為了讓他們作當成人的準備，例如：兒童需要身心健康，要有多元教育，諸如之類。

在本雅明思想抽屜底，「兒童」是一件小寶貝。除了童年記憶，他還討論過童書和玩具。關於童書，他曾有此說：童書是歐洲啟蒙運動的產物，初時童書是教化工具，內容盡是枯乾了的道德教條，後來童書愈變斑爛盎然，書裡沒有板著臭臉的成人，反而盡是兒童笑靨。本雅明如此評說：這些童書的問題是錯把兒童描述為成人心目中的「兒童」，個個天真爛漫，真誠樸實的樣子，卻置兒童本真面貌於不顧。

至於玩具，本雅明如是說：玩具也有階級性，玩具工

1　本雅明，〈舊時的兒童讀物〉（1924年）。

業裡的玩具多以「小人國」的形態出現，所有毛公仔洋娃娃，小車小屋小刀小槍，莫不是微縮的成人世界。玩具的商品化的證明了商品化的玩具本是為成人而設，是成人的織夢針，能將虛假的資產階級理想生活通通編織進兒童記憶裡。[2]

把兒童塑造成準成人，以及把兒童塑造成「兒童」，組成了當代文化史研究中關於「兒童之發現」的論題，而本雅明大概也在論題發明者之列上佔了當眼一席。這論題是弔詭的，它不是討論兒童，而是討論「兒童」作為一個被生產的概念，如何被成人硬塞到一群在法律、社會習俗和生理學上俱未成為完整之「人」的族群身上。「兒童」不只是社會概念，柄谷行人甚至說，它是一個方法學上的概念：「兒童」是成人知識份子辨認現代世界的理論架生，爭奪權力的話語戰場。「兒童」不是「人」，也不是「準人」，而是一個抽象概念，一幅理論景觀，一堆可被操作可被挪用的漂流符碼。原來我們一直沒聽清楚兒童的聲音，更堪虞的是，我們就是擺出成人的一臉正經，犯下史碧娃克式（Spivakian）的知識份子之罪：替兒童代言，將他們的說話壓回擴音器裡，直至沉默。

兒童之發現，或者應該是說兒童之「發明」，是啟蒙主義的產物。中世紀的兒童跟女人和麻瘋病人一樣，一直都在社會邊緣的邊緣，借傅柯（Michael Foucault）的腔調，「兒童」尚未被劃入社會話語裡，生理年齡上的差異，並未構成一種區分不同族群的知識系統。有一說法是：西方的「兒童」起源於古騰堡，人們懂得印刷，也訓練出一群懂得閱讀的人，印刷作為一種資本形式才能得以發展。[3]其連鎖反應是：學校教育因此被發明，而在掌握與未掌握閱讀能力的分野上，亦創造出「成人」跟「兒童」這對共生但對立的概念。透過童書，成人力強了兩者的對立，方法是強調兒童的兩大特質：他們天真無邪，他們有待教化。

在中國，發現兒童的軌道略有差別，卻仍跟啟蒙的母題脫不了勾。民國文人喜談童心，也為國民讀者建構一種稱為「童心」的國民性。早有論者指出，魯迅譯介外國童話，冰心寄小讀者，當然還有豐子愷借漫畫膜拜兒童，其隱含讀者不盡是兒童，而是尚待啟蒙的普通讀者。他們眼中，兒童文學不只為兒童，更是為拯救整個五四文學傳統的共同主題：國民性。赤子純真，才能確保「人」的個性展現，從而抵抗舊社會千年醬缸。由是，發現兒童，連個人（individual）也一併發現。[4]

以「待教」和「純真」為基調的兒童觀念，在不同時空裡各有消長，卻終沒逃出現代社會的主流知識範疇。此時此刻，時有兒童消逝之嘆（「兒童之死」太重，稍欠成人感慨世態的造作），說穿了，就是為兒童不再如成人想像一般純真而惴惴不安。有兩種關於兒童的當代意識形態，姑且

2 本雅明，〈玩具與遊戲——對里程碑著作的佐證〉（1928年）。
3 最著名持此觀點的論者是寫《童年的消逝》（*The Disappearance of Childhood*, 1983）的波斯曼（Neil Postman），但他不是最早也不是唯一的論者。
4 可參考《兒童的發現：現代中國文學及文化中的兒童問題》徐蘭君、Andrew F. Jones編。北京：北京大學出版社，2011）中所以的各編論文。

分稱左翼右翼：右翼者，繼承兒童有待調教之說，卻強灌主流社會觀念，以維社政經結構的穩。從前成人會說，培養兒童德育，現在連珠炮發，說要怎樣努力讀書，怎樣搵份好工，怎樣賺多啲錢，怎樣安份守己，這樣才能「做個有用的人」，……之類之類。我們知道，這種成人家長，又名怪獸。

而左翼者，則堅持兒童本性純真一條，深信《三字經》裡說人之初。他們之所以左翼，是因為他們獵取了馬克思式（Marxist）修辭，以批判口吻強說社會是異化（Entfremdung）場所。失控的媒體在兒童面前揭穿成人邪惡，黃色與暴力染污兒童純潔心靈；填鴨教育剝奪兒童生而有之的好奇心，使兒童不懂回問自身個性，只識維維諾諾。

但其實呢，東行五十步，別笑人西行五十步。兒童到底說過什麼話？還沒有聽到啊。

遊戲·兒童之惡

除了童書和玩具，本雅明也討論過遊戲。他認為不管形式怎樣，遊戲的根本形態是「重複」——成人的經驗是，跟兒童玩遊戲最痛苦的不在於玩遊戲中，而是兒童百玩不厭的無度索求。本雅明甚至借用精神分析的述語，指「再來一次」如同兒童性慾，既能獲得快樂，也可驅除原初恐懼。[5]

最理想的遊戲不該是成人發明的。兒童信手拈來，一葉一石，一跑一跳，俱可為遊戲。當然我們的文明會悄悄記下很多可供流傳的遊戲，這時兒童在重複遊戲的過程裡，可以破例，可以偷雞，可以改造，也可以全依規則順玩一次。在模仿和戲謔的擺渡之間，我們發現最不可愛，最不受同儕歡迎的，往往不是經常犯規的頑童，而是總是執拗遊戲規則，甚至向成人告發別人犯規的「小大人」。遊戲的價值本在於反成人建制，成人永遠無法參上一腿。遊戲是成人的禁地。

一種底蘊是道德保守主義的集體失憶症：成人對自己童年時的惡行惡思早已忘記得一乾二淨，也拒絕承認歪念邪慾俱可原生於兒童心靈，而非全由誤教或失教所致。由成人組成的社會總是假設，兒童本善可教，所有違規行為只是兒童不成熟的表現，因此兒童必須受接成人名為「教育」實為「規訓」的制約。有一種流行於某些家長和家庭主義分子之間的論述，常以「兒童自由」為口號，強調兒童教育不可填鴨，必須跟兒童充份溝通，互相了解，再循循善誘。可是成人跟兒童的對話是限度的，兒童能有主意，卻絕不可踰越規範。家長道德跟兒童原慾是弩拔弓張的對立，例如當成人發現兒童有偷竊的欲望，殺人的欲望，性的欲望，對話的天秤就無法再維持平衡了：所謂「溝通了解」亦隨即化作成人撬開兒童秘密大門的鐵筆，而所謂「循循善誘」則馬上被改寫為「服從」的委婉詞。

只有逃離成人視線，兒童解放才有可能。遊戲就好

5 本雅明，〈玩具與遊戲——對里程碑著作的佐證〉（1928年）。

像方外原始民族的生活習俗，在外來文明入侵之前，它獨自存在，自有內在規條，直至大航海時代第一位偉大船長登岸為止。而這位船長，通常就是叫兒童馬上停止遊戲，趕快吃飯沖涼溫習睡覺的父母。父母召喚是阿都塞式（Althusserian）式的詢喚（interpellation），也是拉康式（Lacanian）的象徵化（symbolize），兒童須得馬上離開他的沙圈，戰場，和秘密花園，重回成人世界，再次接受規訓，保持學習做一個成人。因此本雅明所沒有說清楚的是，除了「重複」之外，遊戲本質尚有「暫時」一條。而正是有了這條，遊戲才能是兒童逃離父母的地下秘道。秘道被開鑿，被堵封，再另闢一條，兒童尚未變為成人的印證，就是他仍保有那支挖掘秘道的鐵鏟。

「兒童之惡」是文學的隱性母題，兒童也是驚慄片中常見的恐佈客體。在「兒童之發明」以外，成人借文學手段創造了截然迥異的兒童形象，這種兒童形象表明：成人對童年永不重臨茫然若失，也對眼前的兒童客體感到害怕。精神分析以伊狄帕斯情結（Oedipus Complex）為兒童進入成人秩序的第一個原爆點，若反過來說，以兒童為客體的成人，卻是身陷拉伊俄斯情結（Laius Complex）的囹圄。拉伊俄斯是伊狄帕斯所弒之父，神喻說他的初生兒子日後必會弒父娶母，他深怕神喻應驗而試圖棄殺兒子，但終也逃不過十字路上等待送他上黃泉的兒子伊狄帕斯。這個不常被提及的情結，通常是指男人在妻子誕下嬰孩之後，因妻子只顧嬰孩而感到空虛，繼而遷怒嬰孩。但在流傳至今的希臘神話版本中，我們經常忽略了拉伊俄斯的早年事蹟：在流亡期間，拉伊俄斯曾經誘姦救命恩人之子，為此他遭到諸神的詛咒。所以拉伊俄斯情結隱藏版本應該是說，父親害怕兒子，是因為他擔心兒子會對自己早年所犯錯誤而進行復仇。

現代人被兒子弒殺的機會極低，拉伊俄斯情結也如伊狄帕斯情結一樣，是成人內心不願承認的象徵性心理機制。父母對子女之愛不全是天性，也不全然純粹，對每對初生嬰兒的父母來說，嬰兒的哭聲是害怕兒童的原初經驗。失控的哭，不可理喻的哭，父母本來平靜自由的生活被哭聲硬生撕破，以成人理性築構的象徵秩序被哭開一道裂口。當父母將莫名不安暫時壓下，挨身察看在襁袍中的嬰兒，他們會在嬰兒痛哭時的空洞表情裡，看見了真正的恐懼來源。現代醫學話語會將這種心理狀況稱為產後抑鬱，但兒女債九十九年，這種恐懼終也如業隨身。

所以當嬰孩降生，成人（父母）與兒童（子女）的命運齒輪也扣在一起，互相帶動。在發現兒童之惡的過程中，成人將遙遠的童年記憶召喚回來，他們將會發現自己的童年秘密，像曾經怎樣悄悄不守規矩，怎樣偷偷幻想邪惡，眼前這三尺稚童也知道得一清二楚。而所謂兒童教育，就是要兒童忘記惡的本性，學習做一個循規蹈舉的成人。兒童之惡成了永恆秘密，在我們集體潛意識中沉睡不醒。

成人必須向兒童學習：遊戲的無用之用，偷雞摸狗的快意，還有直面人性之惡。而「解放兒童」作為成人世界裡其中一道最為虛偽的表述，其真正含意應該是：直面兒童本性，好讓我們成人在「成人」的虛假意識中解放出來。

2015.8

漢字的(後)現代結構

《說文解字·序》中記載:「倉頡之初作書也,蓋依類象形,故謂之文。其後形聲相益,即謂之字。文者,物象之本;字者,言孳乳而寖多也。」形、音、意俱全,向來是漢字跟拉丁拼音語言最大分別。自古以來,漢字的圖像性既為人們提供了豐富的創造空間,也在文字規範化的工作上造成諸多困難。秦始皇統一天下後其中一項主要工作,就是要統一文字,取消六國異體字,改大篆為小篆,從此便展開了二千年的漢字規範化歷史。

統一文字,歷來都是執政者的主要政治工具,但統一文字後得來的字體,卻又是書法家運筆揮毫的藝術場所。書法家不僅留下價值連城的墨寶,更創造出各具一格的字體。像唐代三大書法家顏真卿、柳公權和歐陽詢,分別創造出長期供後人爭相臨摹的「顏體」、「柳體」和「歐體」,影響所及,直至宋代出現木版印刷之後,書法家留下來的藝術精髓,便給整合成便於印刷的「宋體字」。從此,當書籍印刷開始肩負起傳播知識的重任之時,漢字的美學亦悄悄匿藏其中,跟印刷術的發展榮辱與共。

每一個漢字,都是一個整體。但書法家和字體設計師則喜歡將漢字解拆成點、橫、豎、勾、仰橫、撇、斜撇、捺。這「永字八法」概括了構成所有漢字的全部特徵,但在實際運作上，卻又涉及到筆順、字體的空間結構、字形重心點和字面大小等問題，最終使漢字的字體設計幾乎是逐字勾勒，跟拼音文字的字體設計自然大異其趣。只要我們回憶一下從前報館排版房裡的「執字粒」工作，大概也能想像，字體設計到底是一門有多艱鉅的學問。

漢字：孰道孰器？

漢字字體設計之複雜，也揭示了漢字結構之繁瑣。《說文解字》中把漢字結構歸納為「六書」：「一曰指事，二曰象形，三曰形聲，四曰會意，五曰轉注，六曰假借。」整理出來，脈絡分明，但不易把握。自晚清以降，就經常有人鼓吹漢字改革，尤為激進者更主張乾脆廢除漢字，改以拼音文字取代。如陳獨秀建議把中文拼音化，而錢玄同則主張以世界語（Esperanto）或其他歐洲語言取代中文，也曾激起多番爭論。不過對這群漢字改革倡議者來說，拼音化不僅是為改善漢字結構繁複的問題，更是牽繫到中華民族的現代化問題。對他們來說，將中文拼音化的目的，是要追求進步、理性而科學的民族心智，也是中國文明邁向現代的印記。以今天的觀點來看，這種想法頗有為科學至上的「科學主義」意味，不過這番討論，卻又正道出了一個問題：漢字到底是「道」本身，還是載道的「器」？

當代法國哲學家德希達（Jacques Derrida）曾在《論文字學》（*De la grammatologie*）一書中多次提及中文，並盛讚這種屬非拼音語言的文字，具有西方拼音語言中所欠缺的

「非語音」部份，大大駁斥了黑格爾（Georg W. F. Hegel）指中文因非拼語言而缺乏辯證性的觀點。德希達認為，由於西方語言屬拼音語音，語音為先，那就是一種「語音中心主義」（phonocentrisme）。而在諸如中文這種非拼音語言中，「語音」和「書寫」皆各自佔據著語言系統中的重要部份，誰也沒壓倒誰，致使在任何書寫行為中，都能製造出種種罅隙和差異，突破語音中心主義的囹圄，從而開拓出打破「邏各斯中心主義」（logocentrisme）的可能性。

只是，德希達其實不諳中文。如果說黑格爾對中文的看法是一種「拼音偏見」，那麼德希達的意見則是一種「東方偏見」了。但無論如何，如果漢字到今時今日仍然值得保存的話，其中最主要原因，大概就是漢字始終保留著形、音、義俱全的豐富性格。近代結構主義思潮中有所謂「能指」和「所指」之分，再加上德希達所講的語音元素，其實已包攬在漢字之中。這早在許慎寫《說文解字》時就已經提到。

字體設計師：當代另類書法家

在實際操作上，硬要比較漢字與拼音文字的優劣，其實意義不大，畢竟漢字已深深銘刻在我們的生活之中。之不過，對於漢字的改革，雖然像「拼音化」此等激進之舉終於沒有實行，但其他規模較少的革新仍然一直在發生。例如新中國於上世紀五十年代強制使用簡化字，以「規範化」和「實用性」為原則，改造了大部份漢字的結構；朱邦復發明倉頡輸入法，改革了傳統漢字以部首檢索的方式等，都可說是當代漢字規範化的重要舉措。

可是，漢字始終是一種活力充沛的文字，即使為適應種種如政治或科學發展等現實需要而一再被規範，但字體設計師依然能扭盡六壬，以鋼筆、雕刻刀、或電腦繪圖工具，設計出千變萬化的新字體。可以說，他們是漢字的現代另類書法家。

在書籍印刷中，為了方便讀者閱讀，書的內文一般都會使用如宋體、黑體這類常用字體。而在書本標題、廣告文案、商品文字、以至用於電腦程式的字體庫裡，則為字體設計師提供創意馳騁的設計空間。按照字體設計的基本常識，字形結構理應均勻地分佈在一個正方形內，字體的重心點應放於正方形中心偏上的視覺中心，這就好像初學書法的人，會把字寫在九宮格上一樣，好讓字體看起來美觀清晰。而字體設計師的創意，往往就是在如何打破既有字體律則中發揮出來的。例如，可以把字體重心點故意弄到一旁，使字體看起來歪歪斜斜；或者把本來或直或尖的筆畫端部弄得圓嘟嘟的，使字體看起來活潑可愛；又或者參考一些當代書法名家的字跡，再加以格式化，甚至挪來小孩或少女的字跡等，以製作出全新的字體。

當然，字體設計師仍得為「永字八法」中的一撇一捺作規範性設計，使得其適用於每一個漢字。在規範中創造，正是字體設計引人入勝之處。在字體設計師廖潔連所編的

《中國字體設計人：一字一生》中，就收錄了十二位當代漢字字體設計師的專訪和相關作品，他們之中，有的是為藝術創作而設計字體，也有的是為實際的出版需要而造字。他們的經驗，足以編成一部另類的中國文化史。

偷天換字的書法藝術

不過，若拋開純為出版需要的字體設計工作不談，如果把漢字字體設計視為一種純粹的藝術形式，似乎仍有相當廣闊的發展空間。多年前曾轟動國際的藝術作品《天書》可謂其中表表者，創作者徐冰摘取了漢字結構的種種規律，設計出「A」至「Z」二十六個英文字母，然後再以漢字從左至右、從上至下、從外到內的字體組成方法，以這二十六個字母拼寫出數千個方塊字，創作者稱為「新英文書法」。乍看起來，這些「字」都活像漢字，但其實全都拼寫出來的英語詞彙。《天書》原本名為《析世鑒》，但人們都喜歡稱它為「天書」，喻意世人都無法讀懂其中奧妙。

評論認為，《天書》具有深刻的現代性，因為它不僅是書法藝術的一次革新，更是一次文字的革命。然而，若從另一角度看，「新英文書法」正正消除了漢字形、音、義俱全的結構特徵。即使字形極像漢字，任何一個懂中文的人都不會看得明白，反而不諳中文的外國人卻看得津津有味，情形有點像某些外國人喜歡把漢字紋在身上，以為是潮流表現，卻又經常錯解字義，亂紋一通，令人啼笑皆非。雖說《天書》中的每一個「字」均有其所對應的英語詞彙，懂英語的人是有讀懂的可能，但創作者似乎不是要對中文或英文進行任何文字改革，而是操弄著一種文字的陌生感和異地情懷。《天書》好像是把英文詞彙漢字化，也好像是瓦解了漢字原有的六書結構，似曾相識卻又似是而非，令人有種強迫症一般的不安感。

《天書》本是一種純粹的藝術創作，但大概也算對漢字的一種「後現代」革新吧。

2009.12

譯了再説

一

中文是我的母語，嚴格來說，港式廣東話才是我的母語。直到中四以前，我對自己所用的書面語基本上毫不自覺，真正開始意識到，書面語跟口語是兩種語言系統的，應是在中四時第一次嘗試投稿之後。

香港的語文教育還未至於敗壞得叫我連書面語也不知道。我的意思是，對我來說，書面語是外語，是要學習得來的。而口語則是跟我一體，自「我」存在，我的口語便在。所以我稱口語為「母語」，或較為科學化的說法：一種我從未自覺就已經學習得到的語言。

「我手寫我口」是一個心結。開始學説話，我所學的就是廣東話，歷練多了，多説了潮語和粗口。現在寫這篇文章，我已壓根兒沒想過要用口語了。但對於要表達的事，我仍然表達得揮灑自如。

那又有什麼稀奇呢？從前上中英文課，寫的説的不是口語，還不是一直蒙混過關？讀書時我的英文成績不好，「我手」跟「我口」的距離特遠，上英文課時格外吃力。一直以為，英文不過是打拼殖民地的必需品，跟金錢性質一樣，學起來雖然吃力，也得硬著頭皮啃下去。後來我終於長大了，也沾上了一陣殖民地小資情調，說起話來，滿口英文動詞和形容詞。可惜含量不到說話的四分之一，要裝腔作勢扮假洋鬼子，原也不是易事。

廣東話口語、中文書面語跟英文，在我的學生生涯中從來都是割裂的，口語全屬於我，書面語跟英文都是工具，非必要不會用。所以我才會把廣東話口語視如親娘，書面語跟英文只算「第二語言」。

曾經何時，我對語言的authenticity相當執著。中二時跟同學打賭，要在對方面前說「乾淨話」，一句粗話便罰五塊錢；大學時到加拿大交流，又跟同行朋友打賭，下午五點前只說英文，五點後只說中文，錯說一字，盛惠一塊加元。近年終於戒掉賭癮，沒再為說話下過什麼賭約，也不再在意說話是否中英夾雜、雅俗並置。可是到最近仍有人投訴我說話「理論腔」，終於落得一個「扮嘢」的惡名。

二

近代中國最享負盛名的翻譯理論，首推嚴復的「信達雅」。有人認為「信達雅」是翻譯的三大規條，但我總覺得，「信達雅」不過是工作手則，對了解「翻譯」本身為何物，幫助不大。

最近我接了一份翻譯工作，是把一篇用英文寫成的論文翻譯成中文。論文不比文學作品，對「雅」的要求較低，反而更重「信」「達」的表現，這是我接這份工作之前的想法。後來便發現不對勁了，我先讓自己把握好原文意思，一字一句翻譯，暫宜把「雅」這一條擱在一旁。只是這「雅」卻一直在召喚我，我一邊逐字翻譯，心裡便愈不踏實：怎樣我寫出來的東西，文筆居然這麼糟？意思是對了，文筆卻慘不忍睹。於是我用平日改稿的方法來潤飾譯文，一改之下，文字是亮麗了，可意思又不對了，我只得取回原文對照再改。如此來回蹉跎，翻譯工作毫無進展，我一怒之下，便改變了策略：先不理什麼雅不雅，把原文逐字逐句譯了出來再說。

據說魯迅當年就是以這種「硬譯」姿態，譯出了《域外小說集》，並跟梁實秋等人筆戰連連，好不精采。我的「硬譯」，為的是工作效率，魯迅的「硬譯」，為的也是效率，不過卻是文化輸入的效率。當年中國求知若渴，「硬譯」有助加快翻譯速度，能迅速引入大量外國著作，幫助知識流傳。

在魯迅之前，就有一位叫林紓的「翻譯家」，以不懂外語之身，「翻譯」出過百外國名著，他的貢獻，常為當代學者所稱道。當然，魯迅諳日德俄三語，翻譯水準自不是林紓之輩所能及。今天總有人批評內地譯作水準參差，但內地的出版速度也實在快得驚人，這都是拜「硬譯」思維所賜。

但魯迅畢竟是魯迅，若只有「效率」這一手，也動不了他老人家跟別人罵得面紅耳赤了。當年，傅斯年就曾指出，把中文「歐文化」，不僅是為了文字形式上的變革，也是為引入歐洲思想方式。而魯迅的「硬譯」，則可算是傅斯年

「歐文化」的激進版了。在那篇著名的罵戰文章〈「硬譯」與「文化的階級性」〉中，魯迅便板起面孔告訴讀者，他的譯作本就不為博讀者「爽快」。他故意把文字譯得硬綁綁，令人讀起來不舒服，無非是為了製造外文與中文之間對抗性，突顯中文的語言缺陷。隨著時間過去，人們漸漸意識到中文的缺陷，便會借來外文作修補。而硬譯所製造的不舒服，最終只是陣痛而已。

魯迅的硬譯説，或許已經説明了一點：翻譯有時限性，「信」「達」「雅」三者有可能兼容並蓄，如果你有無限長的時間作翻譯的話。況且，到你終能譯出最優秀的譯作，到時時代可能早就逝去，語言也許變得面目全非，而思想也進步良多了。魯迅説過，總有一天，他的譯作將會被淘汰。當中文漸漸歐文化，硬譯之作終也自然召喚出更好的譯者來。

三

那麼，還可以憑什麼來釐訂「信」「達」「雅」的標準？是五四前的中文？是傅斯年和魯迅心中的歐文化中文？還是我們現在所用的書面語中文？

最後答案：meta-language，慣常譯法是「元語言」。這是後現代主義者搞出來的鬼，什麼都加上meta的前綴，以示既有事物的不確定性。元語言所提出的問題大概是，在眾多語言之上，到底有沒有一種足以描述所有語言的「超級語言」呢？請謹記，這裡要問的，不是語言哲學問題，而是翻譯與人生的問題。所以我不打算請教洪堡特、維特根斯坦或喬姆斯基，回答得最熨貼對題的，始終是本雅明。

本雅明肯定不是什麼哲學家了。他寫文章對事對題，就好像那篇被奉為翻譯理論經典的文章〈翻譯者的任務〉，本來就是一篇他翻譯波德萊爾後所寫的序文，他不是要書寫什麼理論，他只想回應自己的翻譯經驗。沒錯的，他寫對了題。

一般譯者喜歡遇上表達清晰、語言簡潔的原文，因為要在別的語言中找到對應的字詞和概念，往往較為容易，而「可譯性」也就較高了。人們說，莎士比亞的十四行詩不可譯，李白的七絕也不可譯，就是這個意思。

可是本雅明說的「可譯性」倒不是這些。他認為，作品召喚翻譯，要判定作品的「可譯性」究竟有多高，關鍵在於作品的語言品質。一般技術性文字或拙劣的文學作品，語言品質低下，只是一堆用文字砌成的「信息」。「信息」之中，只有形式與內容兩部份，用結構主義的說法，就是能指和所指。「信息」中的能指所指，簡單直接，一看就懂，也犯不著翻譯者費煞思量，更沒有什麼「可譯性」可言。本雅明相信，對於出色的文學作品，翻譯便有如一種解放文學光芒的過程。作品儘管靈光萬丈，有時卻囿於原文語言之中，翻譯者的任務，正正是要以另一種語言，挑引出被壓抑的文學靈光。

用本雅明的說法，「一部真正的譯作是透明的，它不會遮蔽原作，不會擋住原作的光芒，而是通過自身的媒介加強了原作，使純粹語言更充份地在原作中體現出來。」他沒有明確解釋何謂「純粹語言」，但可以肯定的是，形式和內容，或能指和所指，並不是語言的全部。在此之外，總是有著某些「什麼東西」，只有翻譯才能將之敞開。

翻譯的技術運作，那怕是我「硬譯」論文，還是嚴復翻譯《天演論》的「信達雅」，所處理的都只是形式和內容、能指和所指的問題。至於那「純粹語言」、「元語言」或「什麼東西」，在翻譯進行中的時候，總是無法認真處理。

所以到了最後，魯迅也不是一位翻譯家，而是一位思想者。他明白到與其龜縮在鐵屋裡思考形而上和信達雅，倒不如走到硬譯場上大譯特譯，用別的語言撞擊自己的母語，好讓那些「什麼東西」在硬譯撞出來的缺口中竄進去。至於如何改變世界，還是那句：譯了再說。

四

到底在什麼時候，我說話忽然變得理論腔呢？我已記不清楚了，大概是進研究院之後吧？

有一段很長的時間，我狂啃了大堆理論書，中英都有，說起話來，總是歇斯底里的「××化」和「××性」。那時我便明白，譯文的病毒已深入我的骨髓了。然後我又經歷了好些追趕論文和學術舌戰的日子，深入骨髓的譯文毒不僅沒有把我拖垮，反而深深黏附在我的思想之中。於是我開始變得理論腔，也開始為自己的理論腔而深感焦慮。

我說的母語正在變質，而我自己也正在變質。但這其實又有什麼關係呢？自從第一天學習書面語和英文以來，不，應該說自第一天學說話以來，我就已經變質。我禁不住又要耍耍我的理論腔，借用拉康的說法來加以說明：難道這不是從想像界到象徵界的主體化過程嗎？

如此，我曾經打賭過的那幾塊錢，要學一口流利的牛津腔英文，或刻意戒掉懶音和讀好鼻音，到底再能有什麼意義呢？沒有母語和第二語言之分，我所說所寫，都源自我思我是，我的語言本身既是原文，也是譯文。每當我學習一種新語言，或從事一次翻譯工作，我都彷彿經歷了一次自我翻譯。直面我那口不太authentic的母語，就好像要敞開自己，把我的語言靈光迸發出來。堅持語言的authenticity，卻如把自己出賣給語法書上的語言系統一般，令人羞得無地自容。

當然啊，理論上說歸理論上說，實際上應當如何，我心裡是不踏實的。

2008.10

盲目之種種

一

至於何時才學懂在黑暗中安然入睡，我早已忘記了。我只記得那時剛搬了屋，便跟哥哥分房睡了。媽媽要我睡前別把房門關上，我猜想那是方便她午夜起來看我是否睡了，我從沒有逆她意。只是我很懂裝睡，每當聽到房門傳來拖鞋踏地時的細碎聲音，我便馬上眼睛輕輕閉上，放鬆身子，任由四肢無意識地展躺在床上。有時媽媽會輕撫我臉頰一把，把戽開的被子拉好，但有時什麼也沒做，我完全感覺不到她的體溫，只依稀聽到那恍如沉睡時所發出的呼吸聲漸漸遠去。我才慢慢睜開眼睛。

那時候，我便開始想像「盲目」到底是一種怎麼樣的感覺了。那一段睜著睡眼、躺在漆黑睡房中無法睡好的日子，後來還延續了好一段時間，有時我會覺得隱約看到房內陳設的輪廓，但只要把注意力集中在房門外的地方，我便什麼都看不到了。當時我的想像力告訴我，這大概就是一種「盲目」的感覺：明明把眼瞼打開，卻只能看到如閉眼時的黑暗。直至很久以後，我才發現這個想像是有漏洞的。

中國詩人顧城寫過一首短詩：「黑夜給了我黑色的眼睛/ 我卻用它尋找光明」我始終覺得，詩眼不在任何一個動詞名詞或形容詞裡，而是在「卻」字上：它讓「黑夜」與「光明」成為了一對不可置疑的相反詞。但詩人搞錯的是，

「黑夜」與「光明」的對立，問題在「光」，而不是在「眼睛」。對眼睛來說，「看見」與「看不見」才是對立的兩邊，可是「看不見」卻從不保證「黑夜」。那時我對「盲」的想像，完全是建基在一種恐懼之上：睜開眼睛，卻什麼都看不見——但事實上我還是能看見「黑暗」。

於是，我開始進行另一種想像：「盲」大抵不是一種看見一遍漆黑的「感覺」，而是連這種「感覺」都沒有的存在狀態。我始終無法想像這種失去「感覺」的「感覺」到底是怎樣一回事，但起碼我現在知道了，「盲」並不等於「看見黑暗」。葡萄牙作家薩拉馬戈(José Saramago)寫過一本名叫《盲目》(*Blindness*)的小說，故事講述城市裡發生了一場疫症，疫症患者會突然變盲——其實他們並非完全盲了，他們只是看見眼前一片白茫茫，分辨不到任何眼前的事物。

白色的盲目，這個精采絕倫的想像令我陷入了深深的沉思中，久久不能成眠。其實作家大可維持「黑色的盲目」這一固有想像，而完全無損小說的完整性，但他卻執意要為盲目提供另一個可能的定義。我突然想起，有時我蹲在地上太久，站起來時血氣不順，便會有半刻暈眩。這時候，我眼前並不如常見修辭的那麼說是「眼前一黑」，而是眼睛突然失去知覺。

二

「盲目」的反義詞是「看見」。《說文解字》說：「看，晞也。从手下目。」意思是，看東西的時候，要把手放在眉宇間遮擋陽光，好讓視力得以集中。因此，「看」關乎我們是否主動地要「看東西」，同時也關乎如何判斷所看到之物，即使字面上沒有這種意思，但引伸義肯定是有的。「判斷」總有程度之分，有深刻也有粗疏，有精準也有偏差，於是在「看」與「盲」兩種極端狀態之間，還有各式各樣的「偏見」——或者說，是判斷上的偏差。

在諸如「色盲」或「文盲」這類辭彙中，「盲」便是用來形容這種偏差。有一次我跟一位朋友打美式桌球，打球的規則是：先打一記紅球，然後打一記其他顏色的球，再打一記紅球，梅花間竹的那樣打下去。但朋友老是錯打球的次序，初時我以為他不熟規則，後來才發覺，他的錯誤原來有跡可尋：他老是把啡球當成紅球打。

另外還有一個關於我自己的小故事：許多年前，我跟當時的女友去東歐做背囊族。在東歐好些國家的語言中，用的仍是ABC這些拉丁字母，組合方式卻跟英文迥然不同。在一些城市裡，巴士是主要的交通工具，我們早已料到不可能倚仗「路在口邊」的教條，便預先查好地名，再到巴士站核對清楚行車路線上的站名。而每次女友總是能比我先找到站名，結果在整過旅程中，幾乎都是由她負責帶路，我只有跟的份兒。女友曾到歐洲當交流生，即使她不懂東歐語言，但對非英語的字母組合方式顯然比我敏感得多，面對著看似毫無規律的東歐地名，她總能比我先記好——其實我從來也沒法把地名記住，對著那些熟悉的拉丁字母，我居然變了一個文盲。

嚴格來説，那位色弱的桌球朋友，跟在東歐巴士站前迷失的我，都不算真正的「盲目」，而只是無法判斷所看見的事物。我跟桌球朋友的唯一差異是：桌球朋友完全明白美式桌球的遊戲規則，但無法分辨紅球和啡球；而我則認得出所有字母，卻無法理解由字母組合出來的字辭意義。如果説，「盲目」是指自我跟世界失去了「觀看」的關係，那麼即使我視力健全，卻無法全面完成「觀看」這一行為——包括感知和判斷——的話，我如何能不是盲目呢？

説有一種神經官能症喚作「辨識不能症」（Agnosia），患者視力完全健全，只是無法分辨所看到的事物。有一個關於皮博士的故事是這樣的：皮博士是一個出色的歌唱家，他有一把好嗓子，歌唱造詣很高。他在學校裡是教音樂，他喜歡這份工作，學生們也愛戴他。皮博士唯一的難題是，他總是無法認得學生的模樣，每次他走進教室，他便會不知所措。但只要學生一開聲叫他，他便會從聲線認出對方，心才定下來。

有一天，皮博士到神經學醫生處求醫。醫生發現他的視力很好，觀察力也強。他能説出風景照中的每個細節，色彩、形狀和線條也描述得很仔細，唯一是他無法看出全景，甚至無法説出那藍藍的帶子是河、翠綠的三角形是山。然後，皮博士要離開診所，便起身去找他的帽子，他一伸手，卻握住了跟他同來的太太的頭，還想把太太的頭當帽子戴呢。而令醫生感到驚訝的是，他太太好像對這事也見怪不怪了。後來醫生總結說，皮博士視力完全沒有問題，抽象思維也顯然正常，他僅僅是無法判斷所看之物之間的關係而已。

皮博士的徵狀，跟我和我的桌球朋友，或許只有程度上的差別。

三

若真如此，真正沒有盲目的，大概只有上帝。我們都是辨識不能症的患者，可憐的皮博士分不清風景照上的山嶺河流，而我們很多時卻是明明看得懂，卻不願判斷。人文教育會告訴我，只要看得真切，就能作出正確判斷，才不會盲目跟風，這便叫「啟蒙」。但像我這樣一個授受過多人文教育的半知識份子，卻經常陷入了一種過份追求看得真切，而拒絕對任何事情進行判斷的困境中。

有時我不會把它稱為「盲目」，而會叫它作「麻木」。「盲目」跟「麻木」讀音相近，意思也相差不遠，分別只在到底是看不見，還是看得見但裝作看不見？這種情形，可不像「國王的新衣」故事中那些觀看國王沒穿衣服巡遊的群眾那麼簡單，而可能更接近於在「幻燈片事件」中的魯迅。在日本留期間，魯迅常常需要面對作為班中唯一中國人的困境。有一回，他在課堂上的幻燈片中看見了久違了的許多中國人，他們正在圍觀一名日軍把一名中國人處決。在課室裡的日本學生正興高采烈地拍掌歡呼，而魯迅則自覺像幻燈片中圍觀的中國人一樣，麻木地旁觀著同胞遭到處決。

麻木，是因為看得太多，因而習以為常，甚至拒絕去感覺。那就好像某些自閉症患者，他們的感官神經過份敏感，外界微小的刺激也會令他們反應大作。久而久之，他們身體的自我保護機制便會發揮作用，拒絕接收外界任何刺激，把自己封閉起來。於是乎，眼睛便會慢慢麻木，初時只是看得見但裝作看不見，到後來就是明明看見了，也讓自覺看不見。

這種狀態，用一個現在很流行但其實很古老的說法，就是喚作「犬儒」。犬儒的經典定義是指一種看透世情的態度，事物皆無對錯之分。自以為看透世情，便會認為自己什麼都不必用心再看了，進而麻痺視力，放棄辨識能力。有一個諷刺這種心態的故事是這樣的：有一個人在黑暗的路上丟了鎖匙，於是他走到街燈下找。路人問他是否確定鎖匙是在街燈下丟的，他回答說：「不是，因為這裡有光，所以我便在這裡找。」

這個故事教訓我：小心保護眼睛，要訓練眼睛能在黑暗中找到鎖匙，不然便很易會盲的。

2011.4

幽默者狂

一

那已不再是什麼震撼人類文明的大發現了：即人皆瘋狂。那位把人看成「思考蘆葦」的哲學家帕斯卡（Blaise Pascal），就曾經說過這樣的金句：「人類必然會瘋狂到這種地步，即不瘋狂也只是另一種形式的瘋狂」事到如今，起碼在最低程度上，他這個預言已經實現了。用「瘋狂」來形容這個世界早已是一種近乎被規範化的修辭，那並沒有什麼不好，起碼在很多時候仍能收震懾之效。唯一是它廢除了「正常」和「瘋狂」的分別：既然人皆瘋狂，那麼瘋狂便變成了常態，那就再沒有瘋狂了。

在魯迅《狂人日記》中，主人角看到了一個人皆瘋狂的世界，可是從別人的角度看，只有這位主人角才是狂人。當然魯迅寫這小說時所持的批判禮教姿態，實在明顯不過，但若果抹掉魯迅的創作背景，以一種形式主義的讀法，《狂人日記》正是一部取消瘋狂的小說：「瘋狂」再沒有本質的意義，它只是指向一種異質性的呈現。如果世界都是瘋狂的話，那並不是說你是正常，而只是說，你正跟世界踏著不同的步伐。

在中文裡，「瘋狂」一詞的意義是相當曖昧籠統的。「瘋」和「狂」兩字在詞義上已有所不同，「瘋」本是指神經錯亂、精神失常，是一種病態。如果轉到西方文化的語境上，「瘋」可以解釋為人類理性和道德的失落。而「狂」字從「犬」部，其本意是指瘋狗，卻經常引申至描述人類的異常行為表現，它未必跟作為一種病態的「瘋」有關，而更多是個人理性選擇後的取向。在中文裡有諸如「狂妄自大」、「少年輕狂」之説，其中之「狂」，毫無「瘋」的病態的意思，反而有「我行我素」之意。不過，「狂」既以「瘋狗」為本意，其情態也包含著一種破壞之力。如果「我行我素」是指不願循規蹈矩、不肯表現異常，那麼「狂」相對於「正常」所呈現出來的異質常，乃是暗含了粗暴抵抗之意。例如魯迅舊體詩：「知否興風狂嘯者，回眸時看小于菟。」以「暴烈」對「溫柔」，説明了「狂」之異質性，正在於興風作浪、顛覆常態，而不是遺世獨立、遁隱界外。即使離經叛道，也是相當入世的。

二

跟十分常用的「Crazy」或不太常用的「Insane」這些詞語不同，「Mania」一詞所指的不是一般意義下的「瘋狂」，而是特指一種一般被稱為「躁狂症」的病。「躁狂症」一詞譯得好，「躁」者「怒」也，是情緒的一種，而由此情緒所引發的行為，即為「狂」。那比「瘋狂」這中文詞所能描述的實在具體太多了。

不過在醫學上，不論是「Mania」還是「躁狂症」，顯然也是不夠準確具體。醫學中所用的病理描述講求準確精細，而在有關「瘋狂」的醫學發展過程中，各式各樣跟神經、心理和情緒有關的病症不論被建構出來。例如「躁狂病」，現代醫學較多會「雙極性情感疾患」（Bipolar Affective Disorder）這一術語。這一術語看似複雜，其實也不難理解：神經症學中通常把「躁」（Mania）和「鬱」（Depression）視為情緒病的兩個極端，而在很多被視作躁狂的病人身上，「躁」和「鬱」往往是反覆交替出現，因而便被稱作「雙極性」。

有趣的是，撇除醫學上的定義和解釋，「躁」和「鬱」本來也經是常在我們這些所謂「正常人」身上出現，這「雙極性」的狀態又有何特別之處？醫學上的說法是，兩種情緒在病患反覆出現強度與持續時間均大於正常人。可是，我們又如何判斷，這些「強度」和「持續時間」到底要大到怎樣的程度，才算是一種病？過份依賴醫生的專業判斷，就很容易會陷入了法國理論家傅柯（Michel Foucault）所講的醫學話語之中。現代神經病學總是把人的情緒分門別類，如「躁」是一種，「鬱」也是一種，至於現在常在坊間聽到諸如「躁狂症」、「抑鬱症」、「思覺失調」之說，便是把情緒分門別類之後，再將之規範化到醫學話語系統之中得出來的述語，以方便醫學系統對之進行管理。傅柯所要說的是，現代社會和現代知識的出現，正是來源於對身體的管理。本來嬰孩生活，愛笑便笑，想哭便哭，但父母總是在我們成長過程裡，限制我們哭哭鬧鬧的自由，有些父母是強硬禁制，但更多父母卻是要求孩子自己控制情緒。因為只有能控制情緒，我們才能真正成長。

社會給予我們的規範，也是我們對自我的主體性要求，就只有一條：不要瘋狂。

三

於是，對於像我們這些被要求「不要瘋狂」的現代人來說，傅柯的瘋人船故事彷彿變成了一個魔咒。中世紀時期人們對待痲瘋病人的方式，不是規管，不是隔離，而是放逐。瘋人們被驅逐到瘋人船上，然後任由瘋人船飄洋過海，航行至無法確定的遠方。本來瘋狂就是一種拒絕秩序、反抗規管的姿態，瘋人船上的瘋人們即使遭到社會放逐，卻意外地獲得了繼續瘋狂的自由。而瘋人船的做法某程度也是對「瘋狂」的尊重，即使「瘋狂」始終被排除在社會的視野之外。可是，現代社會對「正常」的渴望程度，亦已迹近「瘋狂」了。我們不只把「瘋狂」放逐，還要將之收編改造，最後加以消滅，使我們的社會維持統一和諧。

帕斯卡的金句，也被狠然改寫了：「人類必然會正常到這種地步，即瘋狂也只是另一種形式的正常。」

四

幸好我們還有藝術和文學。當社會要將任何異質之物都加以改造時，我們還是可以大模斯樣地說：「不必了，因為這是藝術。」一個最低層次、卻又最常被人提出的問題是：「什麼是藝術？」總是有一些無法解釋之物，當無法用被話語所規範的「瘋狂」來表示時，正好便冠上「藝術」之名。可是，「藝術」不同於「瘋狂」，「瘋狂」可用醫學話語加以管理，但「藝術」卻不能。很多人看到一些怪異之物被冠以「藝術」之名，便會提出「什麼是藝術」這個問題來質疑藝術的本質。可是，這通常不是說明這些人懂得藝術，而是正好相反：他們根本什麼都不懂，因而連「瘋狂」和「藝術」之間的差異都無法區分。

小說家米蘭·昆德拉（Milan Kundera）曾經說過這樣的一個故事：有一位醫學教授告訴昆德拉，很喜歡他的《告別圓舞曲》，因為小說中描述了一名醫生借助某種特殊的注射器，悄悄地為不孕婦女注射自己的精液，醫學教授認為昆德拉的小說觸及了關於人類未來的一個重大問題。但他又同時批評昆德拉，小說中未能清楚說明這提供精液行為的道德之美。昆德拉聽到醫學教授的話，一下子糊塗了，小說中這名醫生只不過是一個異想天開的角色，為什麼會當真？但醫學教授卻反問：難道我們不應該把你的小說當真麼？突然間，昆德拉一下子明白了：「再沒有比懂得幽默更困難的事了。」

昆德拉的故事不只說明了一個關於小說的本質，也不經意地指出了一個關於瘋狂的偉大傳統：瘋狂的喜劇性。在人類歷史中一段很長的時間裡，「瘋狂」與「正常」之間的對立，是隱含著道德批判的。人們相信瘋狂者之所以瘋狂，是因為他們在道德上有所虧欠，於是便遭到附魔、遭到中邪、或遭到天譴。但對於瘋狂者來說，他們所考慮的從來不是道德問題，而是跟昆德拉一樣，他們更關心幽默。昆德拉經常提及一個他很喜歡的小說角色，就是拉伯雷（François Rabelais）的《巨人傳》中的角色巴奴日，巴奴日專愛搗蛋，尤其是以一些帶點殘忍的方式捉弄吝嗇的商人。對人道主義來說，巴奴日之舉揭露了商人的醜陋，而對教會來說，巴奴日則是一個異教徒，一個魔鬼的化身。至於昆德拉對他的評價則是：這個角色沒有任何道德含義，他只是一個幽默的象徵。

有些時候，幽默的象徵跟瘋狂的形象相符，尤其是在喜劇的偉大傳統裡，瘋狂者往往是幽默之源。對瘋狂者作出道德批判，或人道主義式的關懷，皆是對幽默毫無認識的表現。昆德拉最後評價說：「幽默是一道神聖的閃光，它在它的道德含糊之中揭示了世界，它在它無法評判他人的無能中揭示了人；幽默是對人世之事相對性的自覺迷醉，是來自於確信之事的奇妙歡說。」若我們把「幽默」置換成「瘋狂」，似乎也是一字不錯的。

2011.9

抵抗與逃亡

在想像「逃」(Escape)這個概念的旅程,我發現了一個頗為生僻的古詞:「逋逃藪」。此語出自《尚書·武成》,裡面記載周武王起兵討伐無道的商紂,檄文中就有一句「今商王受無道,暴殄天物,害虐烝民,為天下逋逃主,萃淵藪。」意思是說紂王無道,天下百姓都紛紛逃到山野避禍。「逋逃藪」中的「逋」跟「逃」同義,在最原始的解釋中有奴隸或罪犯逃亡之意,後來泛指一般的逃亡。而「藪」原意是指湖澤,「淵藪」則引伸意為人或物聚集的地方。「逋逃藪」三字拼在一起就不難解釋了,就是一個人們紛紛逃亡避禍而前往的地方。

在統治者眼中,「逋逃藪」逃過統治機器的控制,本屬非法之地,可是在亂世之中,卻又是少數人安身之所。武王伐紂之前,百姓不齒於助紂為虐而遁逃山野,到了周武代商而立,伯夷、叔齊也效法前人逃亡,最後餓死首陽山。這個「義不食周粟」的典故,正好展示了「逃亡」作為一種倫理實踐的可能:逋逃之義,乃在於對社會體制的被動反抗。這種反抗毫無革命性,卻是獨立人格的呈現。面對暴紂,逃亡是保命之舉;不食周粟之義,則是拒絕承認周武暴力滅紂的不合法性,試圖成就某種道德立場。到了後來有人避秦之亂而逃往桃花源,更包含了逃避社會體制、對另類生活方式的嚮往。另外還有一種典型的「逋逃藪」名叫梁山泊，水滸豪傑打家劫舍，目的主要不是聚眾謀反，而只是一群亡命之徒要逃避王法管束，在帝國的罅隙之間吸一口自由空氣。難怪後來宋江帶頭接受招安，不論好漢們還是讀者們，都覺得索然無味。

相對於古人的「逋逃藪」，現代人的逋逃方式就複雜得多了。每隔一段時間，我便會萌起離開現實生活、遁逃歸隱的種種可能，然後幾乎馬上便發覺，古人逋逃的法門早已不再適用。現代人的空間太小，這裡所指的空間不僅是物質上的空間，換句話說就是那些城市空間大密集，鄉郊地方太少，或通訊科技拉近了人與人之間距離之類的常識，而是指現代社會已有相當完熟的機制，一直在阻止我們逃亡，而我們很多時都不自知。如果傅柯（Michel Foucault）仍然是對的話，那就不難明白，現代逃亡者所得面對的，已不是明文的皇法或可見的社會環境，而是不明文的知識系統與不可見的社會規範。

不戰而逃是懦夫，當我面對這頭社會規範巨獸時，最常引用的典故無疑是魯迅的鐵屋吶喊，儼然是社會抗爭的永恆戰鼓。可是，當戰鼓響起，對抗世界的戰爭勢在必行，逃跑也立即變成了罪行一宗，而我要遁逃歸隱的欲望，也必須給壓抑下去，這才能以高調的姿態拿起手邊的武器，哪怕是一個鋤頭、一把鐮刀、一面旗幟、一幅横額，還是僅僅是一張選票、一雙腿、一張嘴、一枝筆、一個facebook status，昂然回應這個時代的所謂時代精神。可是，即使我怎樣高調地擺出抵抗姿態，心裡到底還是殘留著一份永難磨滅的逃亡意識。

《孫子兵法》有云：「敵則能戰之，少則能逃之，不若則能避之。」意謂以弱敵強不過是逞匹夫之勇。在強權面前，只有恐懼和妥協才是懦夫行為，而不擺抵抗姿態，甚至在戰鼓聲中棄甲而逃，跟懦弱與否毫無關係。拒絕抵抗不是跟體制同流合污，也不單純地為了明哲保身，而是關乎一個人的道德選擇。當代政治哲學中有這樣的一道難題：當你生活在一個極權社會裡，沉默是否不道德呢？鄂蘭（Hannah Arendt）在對「惡之平庸性」的著名分析中曾經指出，個人的道德責任並不等同於政治責任。在政治上，選擇沉默跟選擇替納粹黨駕駛開往集中營的火車一樣，都算是助紂為虐，脱不了共犯之罪。但對這種道德責任，往往是在諸如戰爭法庭之類的場合方能被追究、被審判，而且也必然是事後進行的。可是在發生道德抉擇的一刹那，這種道德標準卻難以再適用，這是因為，只有在政治責任上才需要對一個人是否犯罪進行一刀切式的判斷，但在個人道德責任的層面上，我們所要判斷的則是在眾多可能選擇當中，「沉默」是否一種符合道德良心的選擇。選擇「沉默」，就是承認自己在強權面前無能為力，而放棄本該要負的政治責任，它不是建基於恐懼或妥協，而是建基對強權的不合作態度。把「沉默」輕率地指控為一種平庸之惡，其實是忽略了個人道德選擇的複雜性。

反抗極權必須以生命作賭注，可是我們所經歷的抗爭事件都不是那麼生死攸關，或者說是在溫水煮蛙的機制下，都讓我們覺得：還未至於要跟這個社會以性命相搏吧？於是，再以自身在政治抗爭上無能為力作為沉默的理由，其正當性也開始變得疑點重重了。我常常看著熱衷於表態的朋友在我的facebook上洗了一版又一版，偶然我也會走到一個又一個旋起瞬滅的抗爭現場，看著一個個疲憊而堅定的身軀，正在遊行靜坐罷工罷課，腦海裡就會浮出了一張熱血賁張正義凜然的臉，指著我的鼻子開口便罵：既然社會無道，而你又早已站在安全線後，為何你還是如此沉默？說到底，你就是麻木不仁！對於這個超我式的心魔，我只能有一個回應：沉默，終究是逃亡的一種特殊形式。

長期站在這條看似穩當的安全線後，使我們對待自己的言論和立場也輕率起來。有時為了逞一時的義憤填膺，就隨便動用判斷政治責任的邏輯來審判這個社會，卻毅然放棄另一種個人的道德責任：持續追問世界的真相。

抵抗，抑或沉默？好些時候，這是一個偽問題。更正確的提問方式應該是：對抗世界，抑或追問世界。抗爭是一種介入性的社會實踐，更是一種公共身份的高度體現，但卻未必是一種對世界的有效判斷。沉默者拒絕表態，只不過是放棄了主動抵抗強權的政治責任，卻不代表放棄承擔追問真相的個人義務。依然有不少政治潔癖症患者，總是高調地宣稱要跟「政治」劃清界線，但其目的卻是在確立一個更明確的政治立場；現代逃亡者則需要必須「沉默」來跟一切與抗爭或不抗爭的政治立場劃清界線，甩掉公共身份和政治立場的羈絆，從混濁喧鬧的社會規範中逃脫出來，以便保持審時度勢的清晰度和敏感度。這樣一來，才能看清這個行將腐朽的建制世界。

古代逋逃之士小隱於野，隱之大者則隱於市。我一直尋找的，不是抵抗或不抵抗的理由，而是一條抵抗「抵抗」的逃逸路線。

2012.9

想像他人之痛

一

聽說自焚是最痛苦的自殺方式，但到底有多痛苦，我不知道，至少我是沒有能力想像得到的。應該是一種正義感作祟吧，近幾年每次聽到有西藏人自焚的消息，我都格外關心。這些消息網上流傳較多，篇幅也較長，反而主流媒體報導很少。我幾乎不會分辨消息真偽，也條件反射地把滲雜其中的煽情用語過濾掉，剩下那堆乾巴巴的資料，我才開始去讀。第一件我會留意的事，是人數，截至某年某日為止，至少已有××名藏人自焚，以抗議中共高壓統治。句式多是這個樣子，冷淡得如止痛劑般把自焚者的痛苦都消除掉。

聽說痛苦有分身體和心靈兩種。自焚藏人的痛苦兼具兩者。心靈之痛源於對中共無情打壓自己族人的現實深惡欲絕，但他們的宗教卻容許他們以割肉餵鷹的犧牲精神，捨生而取義，以焚身來反抗這種心靈痛苦的外部根源。浴火點燃佛前燈，焚身化作自由魂，宗教的崇高感足以抵銷肉身之痛，這是對自焚者心理狀態的最佳寫照，藏人亦以此把自己的行為合理化，以反駁自殺不合佛教教義的指控。

當我反覆閱讀著這些報導時，我會感覺到左胸近心臟部位的肌肉突然抽搐起來。抽搐時間很短，大概只有半秒，程度也輕，就好像心臟剛好移到體外，在胸口跳了一下。沒錯，是一下，不是如心跳般連續不斷。而且這抽搐是突如其來，毫無徵兆，有時是在我讀到報導標題時就已經出現，有時是讀到中段、末段時，有時則是在看到那些烈火熊熊、自焚者已在火焰焚成焦黑，卻仍在到達死亡的路上掙扎未完的配圖之時，但更多時候，還是在讀畢報導、看罷配圖，卻仍有一小段無聊時間呆坐在電腦前，手指還未使動滑鼠將cursor移向下一則新聞前的那個小時刻，我會格外感覺得這肌肉抽搐確鑿出現，而事後的回憶也輕易確認這抽搐的而且確發生過。有時我會把這種感覺記下來，然後用上一個很古雅卻老套得很的詞語：心有戚戚然。

這戚然，大概一種程度最輕的身體之痛吧。相對於自焚者的痛，自然是微不足道了。可現實偏偏是，我的心有戚然仍可大模斯樣寫在我分享新聞時的題字上，可他們之痛卻從未出現在吃了止痛劑的報導裡。痛的主體消失了，自焚者成了數字，他們心靈痛楚，都化作只有普遍形式的集體抗暴精神和宗教情操，肉身之痛更早早在只有火沒有熱的烈焰影像裡，灰飛煙滅了。

典型到不行的旁觀他人之痛。雖然我不願承認我是在消費別人自焚，或者是消費其他任何形式的戰爭、屠殺或災難，總之是遠在他鄉，只有靠臉書來觀看的集體痛苦事件，但這戚然之感就好像一個烙印，不斷地提醒我，我這吹噓出來的義憤填膺是多麼的淺薄，多麼的貧瘠啊。世界在受苦，人類在愈益華麗的文明外衣內持續墮落，這點我十分清楚。問題是知道和體驗是兩碼子事，對於肉身的痛苦，我所知道的只是各種被新聞化了的社會事件，多少人死了，多少人受著跟血肉有關的痛，但對於痛苦的可能形式、程度和層次，卻一無所知。自焚者所受的痛跟我給一百度的熱水燙傷指頭差別有多大？又跟給西瓜刀在大腿割出一條三吋長半吋深的傷痕又有哪種程度和層次上的差別？如傷痕多長一吋多深半吋又如何呢？總是，即使我翻箱倒篋，把我有過的所有痛楚記憶一古腦兒撈出來，大概也無法用作我想像自焚之痛的原材料。

二

想像別人之痛，究竟有多重要？從形而上學角度來看，我不知道，但想像卻一直是我填補個人經驗貧乏的不二法門。去年中國小說家莫言獲諾貝爾文學獎，不斷遭文學界內外的衛道者追打，他們都說莫言沒腰骨，向權貴獻媚，跟展示文學家和知識份子該有風骨的基準相去甚遠。我從不諱言對莫言獲獎感到高興，也沒掩飾過對莫言小說的好感，即使現實中的他是如何窩囊，如何滑頭，如何討人厭惡，他的小說還是有著如黑洞般的魔力，把對肉體之痛的想像推向極限。我經常跟別人說的例子是《檀香刑》，裡面有這樣一段令人吃驚的酷刑描述：主角之劊子手趙甲如何執行一場完美的淩遲，而莫言所花掉的篇幅，是二十頁，大有普魯斯特寫失眠的氣勢。

凌遲是酷刑的一種，是人類想像肉身痛楚極限的一次無宇倫比，也無可救藥的嘗試。跟自焚不同的是，凌遲幾乎跟宗教的崇高感無關，發明凌遲的人當時大概沒有想到任何關於心靈的事，一心只想著如何把極端的痛感盡行延長，才令犯人死去。當然他所依仗的依然是想像，雖然歷史上沒有記錄這種滿有創意的酷刑到底是誰發明，但可以肯定，起碼在發明之時，他不知道凌遲的滋味。

中國的凌遲最遲出現於五代，然後在1905年廢除。最後一個受刑者是清末一名貴族的奴隸，聽說當時有人曾拍下整個過程，並留傳下來。我不清楚莫言有沒有看過這照片，但即使有，也得靠大量想像力才能把那二十頁寫得漂漂亮亮。這場凌遲的受刑者是試圖行刺袁世凱的軍官錢雄飛，他的刑罰是受五百刀，劊子手趙甲心中沒有絲毫惻隱之念，只把行刑視為一件作品，他要在那條肉體身上剮五百刀，每刀要割下一條肌肉或一個器官，五百刀內，錢雄飛不能死，到第五百刀時，他必須剛去斷氣，這件作品才叫做完成。

我記得那一年，我右邊大牙旁的牙肉腫得通紅，大概是熱氣加忘了刷牙，受感染而牙肉發炎吧。我一整晚沒法睡好，到了午夜，我爬起身子，開了床燈，隨手翻開正在讀的小說，就讀了這驚心動魄的二十頁。莫言筆下的敘事角度是由劊子手趙甲出發，當中講他如何手起刀落第一刀，第二刀……然後這些刀如何仔細地在錢雄飛身上割下胸肌，旋出乳頭，切下睪丸，剜掉眼睛，再戳中心臟，這才剛好五百刀。我一邊讀，胸口的肌肉也跳動著，但這次不是貧瘠的戚然了，而是一種莫以名狀的隱痛，彷彿有一道微弱卻無法忽略的電通從胸口出發，瞬間直通全身。這電擊之感隨著趙甲的刀、莫言之筆持斷加強，我的牙肉不再痛了，反而痛的感覺開始貫穿全身。當讀到趙甲「硬著頭皮彎下腰去，摳出錢的一個睪丸」時，我也下意識把手放在跨下，彷彿這淩遲之刀也猛然向我挺進了。

就這樣，文學的想像力催動了肉身的想像力，我的身體也開始懂得想像痛苦，而不是單純的消費。

三

莫言創作動力來源於對飢餓的體驗。童年時莫言經歷過飢荒，有兩年多的時間，他跟其他孩子每天所想的，都是如何找到食物。他說自己像飢餓的狗，在大街小巷嗅來嗅去，找到什麼能吃的不能吃都放入口。「長期的飢餓使我知道，食物對於人是多麼的重要。什麼光榮、事業、理想、愛情，都是吃飽肚子之後才有的事情。因為吃我曾經喪失過自尊，因為吃我曾經被人像狗一樣地淩辱，因為吃我才發憤走上了創作之路。」

我唯一的飢餓經驗大概只有年少時參加「飢饉三十」。餓的感覺不假，但「飢餓」的體驗卻真不了，因為那時我很清楚知道飢餓的期限，時間一到，我便可大快朵頤，毋須為掙口飯吃而受任何淩辱。於是這所謂「飢餓」，對我而言不過是把「遲了吃飯」的感覺稍稍放大而已，肚子戚然，胃液暖暖地流動，唾液在口腔裡黏稠著。但除此以外，我完全想像不到我跟童年莫言的共通點，我的飢餓跟「尊嚴」沒有關係，跟「存在」也毫不相干。那時我坐在已坐滿數千人的球場草地上，想像力漸漸從非洲飢民的痛苦上撤離，轉移到那些抽象的人道主義問題之上。

那肯定是一次失敗的經驗。極端的飢餓感並不存在於我的感覺圖式裡，我所知道的只有微弱的戚然和隱痛。感覺可以很纖細，卻跟別人差別不大。誰未試過牙肉發炎？誰未試過遲了兩小時吃飯？又有誰未試過在擠擁的街上跟陌生摩肩接踵，卻突然被蠻力撞痛肩胛？至於我最常思考一個關於身體的問題，卻偏偏跟痛的感覺無關：為何人總是不願走進車廂中間，好讓更多乘客上車？

城市研究早就告訴我們，城市空間是一個特殊的感覺體系。有一年我在上海乘地鐵，繁忙時間，車廂很擠，而令我驚訝的是，像我這個擠慣香港地鐵的人，居然仍覺得那擠迫感是前所未有的。四周乘客的身體都緊貼著我，卻出奇地沒有太大的壓力，反而如跟親密的人擁抱時差不多的貼密。我稍稍扭動頸項，轉動眼珠，掃視了車廂的密度一遍，只覺得人在空間裡的分佈十分平均。數學上有一個叫「密鋪平面」的把戲，就是有一些形狀可以把一個平面完全密鋪，如等邊三角形、正六角形等，但有一些則不能，不論你怎樣鋪，也總會留下空隙的。五角形就是一例了。人當然無法密鋪車廂空間，卻可以因為人對別人身體的敏感度而盡行逼近這個理想的密鋪狀態，那個上海的地鐵車廂差不多就是這種狀態了，每個人都長出了昆蟲一般的觸角，偵測到人與空位的準確佈局，再把身子擠進空位，而全不影響別人。

在香港擠地鐵的經驗並不好，密鋪空間的功課很低分，這是令我再一次又一次心有戚然的事。人對別人的身體很冷感，大家都只重視自己的身體，關注自己的感覺至鉅細無遺纖毫畢現的程度，卻經常不懂避開撞肩之痛。於是我閉上眼睛，學習某些玄幻武俠小說所講的，以心眼代肉眼，在極不規則的車廂空間裡如遊龍般蠕動，同時下定決心，好言相勸那些只用肉眼看自己的乘客：「麻煩走進去一點吧！」然後呢，一個應可寫入香港身體史的偉大情境出現了：大夥兒冷冷地順應號召，把身體內挪移了一小步，然後馬上重回垂頭冥思之狀，任摩肩接踵鑾撞胛骨繼續發生。而在車廂中間，則留下一大片可圈可點的無人空間。

我實在無法想像，他們在挪移這一小步時，到底有什麼感覺。

2013.6

我在哪裡，那裡就是阿根廷

一

美斯在長雞一鳴後的頹唐，令我想起許多年前一個差不多的場景。那時的電視還是一個肥壯的魔術盒子，名叫馬勒當拿的阿根廷人高舉著世界盃，我想到贏了跟哥的牙骹，不禁沾沾自喜。哥捧西德，而我跟他對著幹，除了意氣，還有一個很羞恥的理由：大人們都說我像馬勒當拿。不是球技，是矮小肥胖身形且略為發黑的膚色，直如那位街童出身的球王樣子。我知道他們都在逗我，但哪個孩子不是在成人善意的羞辱長大呢？於是，我開始對外宣稱：我捧阿根廷國家隊，同時學習想像這個未曾踏足但被逼愛上的國度。

正如一場藏在記憶底層的遙遠初戀，我們必須在很久以後才會突然明悟，那種酵母會一直沉睡，直至我們的情感結構在不知不覺間被改樑換柱成另一個樣子，這方可稱為成長。我是在大學之後才重新把阿根廷納入思考日程裡，那幾年阿根廷國家隊持續低迷，積蓄不夠浪遊拉美，只夠我買一張探戈演出的票。是那種把阿根廷探戈裝扮成一場遠古暗巷裡野合調情的炫技秀，每隔一兩年，總會有些以走國際埠為生的探戈舞團路過香港，一種馬戲班式的異色情調，藉無知的驚艷來擊破觀眾的冷靜情緒。我迷上我所不了解的探戈，以及那個所謂的阿根廷。

某個調查顯示，三種最可代表這個拉美南方大國的東西是：足球，探戈和烤肉。據説正宗的阿根廷烤肉是一種overcooked的牛扒，肉質粗糙，口感欠奉，不合東方人口胃。我沒吃過，也沒興趣勉強自己的舌尖，況且單是足球和探戈已夠我把阿根廷消費半生。

今年世界盃我重新大張旗鼓地熱捧阿根廷，是為浪子回頭。可是我從來沒有真正為美斯的魔腳而失態，那麼作為一個自忖為球迷的人，我必須為捧一隊跟自己無關的球隊而説一個理由。一個傳奇的綠茵戰將嗎？一種華麗壯美的戰鬥風格嗎？都不是，而僅是為了一個莫以名狀的瞬間，把陳年電視機裡如我一樣的矮胖黑漢帶到今天，而我也從中辨認出作為球迷的童年樣子。我就是從那個瞬間而來，一切都變得理所當然。

這就是一種懷舊嗎？不只如此。世界盃時我熱忱於睇波，幾乎忘記了探戈舞步。阿根廷探戈是唯一一種我要把它植入身體記憶裡的舞蹈，那是一種奇怪的社交舞，素不相識的男女可以單靠身體上的一個接觸點，就能打通兩人的經絡和情緒通，任男的如何高低跌宕，女的也能如影隨形。有好一段時間，我在香港那幾個狹小的阿根廷探戈舞池裡，經過了本來是輪迴百遍才能累積到的戀愛次數，而每次都不過是一個tanda，即四首探戈歌曲的長度。

根據阿根廷文豪波赫士（Jorge Luis Borges）可能是文學化了的考證，探戈起源於十九世紀末的妓院。作為一個拉美殖民地的繁榮商港，布宜諾斯艾利斯的男女比例嚴重失衡，高出幾倍之數的男性移工為一解鄉愁而湧入妓院，在等待解決生理需要的時候，跟素未謀面的妓女創造出這種即興的兩人舞。

我常把這個經典放在口袋裡，作為解釋我迷上探戈，而且必須要讓自己相信，這迷戀是一種終身契約的理據：探戈起源於鄉愁，而當我跟探戈翩然起舞時，我總能回憶起許多年前在那個我不曾存在的時空裡，有一種抽象空無而徒具肉身歡愉的孤寂感，將二零某某年的我跟這個陌生的歷史時空一同綑綁在命運之樹的軀幹上。

二

強說愁的nostalgia，在我成長的日子裡倒見過不少。小時候讀過很多奇怪的散文，都是一些作家懷念童年和故鄉的文字，篇名記不住了，後來才知道他們多是隨國民黨遷台的難民，極其隱晦地訴說著祖國分裂的故事。我受殖民地教育忽悠多年，不知道近代中國文人多是身患思鄉病，那些年的中小學教科書裡盡是這種軟性療藥，硬性的，比如說什麼花果飄零，民主祖國之類的政治論述吧，原來早就跟我的童年處在兩個平行時空裡。所以對我的上一輩來說，鄉愁是很實在很椎心的一件事，哪怕他們用不上nostalgia這舶來詞。

這關我什麼事?我必須忠實地向自己坦白,那種抽象的鄉愁是假的,即使我懂得用那些散文拿考試高分。

鄉愁的基本精神是:為失去之物而憂鬱。故鄉是遙遠的,是童年的,時間和空間上的距離造成失落感。時空的距離是條件,失去是狀態,而憂鬱則是心情。但我總覺得如何失去才是重點。有時我們會把nostalgia翻譯作「懷舊」,乍聽好像是說另一回事。懷舊是對舊物的依戀,少了空間性,時間上仍然無可挽回。可是,懷舊之說卻從未指出,這舊物是否曾經為我所擁有?還只是我們想像有過的?於是所謂失去也突然變得很可疑了:如何能對一件我從未擁有過的童年或記憶而哀怨憂愁呢?那坐北京的城樓,上海的弄巷,大明湖的冬天,還有那一列長長的路軌和站台上父親的背影?都是他們的愁,我實在不應強說。

我把nostalgia想像得很寬鬆,那應是一種對自我欲望的絕對忠誠,與時空無關,也跟擁有與否或是否失去無尤。一種文藝腔的說法:尋找精神故鄉。那可不必然是任何一個可以用肉身或記憶相認的故鄉,而是我們剛好迷上了某種跟自己無關的遙遠或古老之物,再予以追認,投誠和入籍。但羅馬不是一天建成,如果你有幸在年青時代躑躅過某個氣質獨特而內蘊豐盈的符號體系,那將會在你身上滋長出嫩芽,放花,聚果,再擺出一頓流動的饗宴,永遠等待你衣錦還鄉。之於海明威,當然,就是上世紀二十年代的巴黎;於我,便是那個去歷史化去語境化的阿根廷。

為此我決意把湯馬斯·曼不喜歡到底。曼說，我在哪裡，那裡就是德國。這位流亡的民族主義者最惹人索然沒味的一著是，他把故鄉想得太死了。他話裡之意不外是：他的精神故鄉跟肉身故鄉是同一的，他愛他的日耳曼精血，也毫不猶豫地刪除了nostalgia的種種可能性。反而海明威就有趣得多了，沒有人會認為他很美國，大家只會念念不忘那隻死在非洲山上的豹，那尾加勒比海的大魚，還有那個如花似錦的上世紀巴黎。迷人的世界主義，巴黎曾經是世界主義者的都城，而我的布宜諾斯艾利斯，則是拉美的巴黎，就跟聖地牙哥先生同在一片大陸之上。

以上是我最nostalgia的nostalgia。

三

活地·阿倫嘴巴很賤，把這種想像的nostalgia嘲笑得體無完膚。電影《情迷午夜巴黎》（*Midnight in Paris*）裡有一輛世故得令人雞皮疙瘩的古董汽車，每晚準時午夜，便把失意的文藝中年Gil帶回海明威的二十年代巴黎。在活地·阿倫的鏡頭下，海明威跟費滋傑羅、畢卡索、達利和布紐爾一樣，都紛紛從文藝神壇走下來，變成了一群痴痴迷迷的空想家。難得Gil還樂此不疲地幻想著這場不屬於他的流動饗宴，甚要跟神秘女郎Adriana私奔。突然，一輛比二十年代更古老的馬車駛過，竟把他們載到十九世紀的巴黎紅磨坊，就是那個Adriana以為擁有印象派大師們的美好年代。他們遇見高更、德加和羅特列克，Gil卻驚訝地發現，三人的精神故鄉居然是更遙遠的文藝復興時代。

劇透夠了，所有真偽文青全都無地自容。很多時候，只要你登上那輛古董汽車走一趟，你就知道一切憂鬱愁苦都是自欺的把戲，最nostalgia的nostalgia，就跟最exotic的exotic，或最orientalism的orientalism一樣，是在一個遙不可及的空洞符號裡釀入你的欲望和缺失，再塞進爐子裡烤至肉香四溢。我從未踏足過阿根廷，但若我真去了，我倒肯定會在La Boca前往探戈舞會milonga的路上，登上一輛古董汽車回到二十世紀初的某所妓院前，去解救一名遭人調戲的曼妙妓女。而她會猶豫要不要以身相許之間，一邊訴説身世，一邊告訴我一個小秘密：探戈是墮落之舞，她想念的是數百年前早期殖民者的彪捍勇武。

諸如此類吧。

這種不負責任且政治不正確的空想，畢竟是最無傷大雅的guilty pleasure，前提是我們不能把空想浪漫化，而必須讓它演繹成一場知識累積與催逼想像力的雙重訓練。如果只有足球和探戈，我的阿根廷就沒有那麼趣味盎然了。我起碼有我的波赫士，知道他其實跟那位妓女一樣，相信探戈是阿根廷衰敗之象。國家文豪跟國粹自相矛盾，單憑這項，就已經夠我確定一個nostalgia客體的本相，居然可以是如此複雜混亂，而不是像那塊烤熟牛扒的鐵板一般。

我自然可以把手中書包繼續掉下去：哲·古華拉是在布宜諾斯艾利斯開始棄醫從騎，再踏上革命之道；王家衛

《春光乍洩》中那扣人心弦的配樂出自探戈音樂之王Astor Piazolla的手筆，而他卻是在阿根廷探戈息微的獨裁時代，於美國大紅大紫；還有那個惱人的布宜諾斯艾利斯，原來不怎麼阿根廷，若計文化差異，它跟烏拉圭比跟阿根廷南部還親近得多……

也是諸如此類吧。沒什麼了不起。

大概是那位年長十多歲的表姐，說我像馬勒當拿嗎？我忘記了。但這又有什麼關係呢？在曼的祖國捧走大力神盃的第二天，我把那個淺藍和白色間條的小足球放在那本大學畢業不久就買下來的陳年Lonely Planet旁邊，剛滿一歲半的兒子便走過來扯我的衣角。我突然記起，兩年前的一個夏夜，我跟在探戈舞池裡認識的妻子正在大傷腦筋，為的是替即將出世的兒子改一個跟阿根廷有關的名字。

我在哪裡，那裡就是阿根廷。這是在世界主義的意義下所說的一句戲言。

2014.8

附記

本文刊出時，編輯曾提出，由於坊間多將湯瑪斯·曼的名句譯作「我在哪裡，哪裡就是德國。」故建議我將文章題目改為「我在哪裡，哪裡就是阿根廷」。我當時的回覆是這樣的：

你好。

第一個「哪」指一個不確定的地方，即表示「我」在任何一個沒有指定的地方。第二個「那」則是指一個特定的地方，這裡是特指第一句「我在哪裡」中所指稱的某一個「我」所在的地方。因此全句「我在哪裡，那裡就是╳╳」的意思是：不論我在「什麼地方」（哪裡），「我所身處的地方」（那裡）就是╳╳。

至於「哪」、「那」之辨，古代一般通用為「那」，而沒有「哪」。「哪」是後來才有的。

坊間譯法我不反對，只是我覺得現代中文既已有「哪」、「那」之分，便可以把文句的意思弄得更準確。「我在哪裡，哪裡就是╳╳」的意思似乎是：我在任何地方，任何地方都是╳╳，但若按英文，there 一詞應指「那」，而where才指「哪」。而若按湯瑪斯·曼的德文原文：Wo ich bin, ist Deutschland （直譯英文為Where I am, is Germany），句中雖沒有對應「there」之詞，但按文意似已隱藏了意指「Where I am」的「there」，即：There (where I am) is Germany。

據以上理解，我才把句字寫成「我在哪裡，那裡就是╳╳」。當然我的分析未必一定對，但起碼是傳達了我想表達的意思。因此我希望能保留文句原樣。

謝謝！

禁片與暴力

一

網上時有流傳一個「世界十大禁片」名單，據說是騙人的，實際並沒有一個真正有公信力的禁片名單，原因是禁片之所以犯禁，往往因時地不同而各異，電影史上不少所謂禁片，現在看來根本沒什麼大不了，卻在某時某刻觸動了當權者和社會主流的神經，終至被禁。有人會把些舊片以「禁片」包裝再發售，我看不過噱口而已，實在辱沒了「禁片」之名，你總不能再把一齣鼓吹納粹的藝術片，像雷里芬斯坦（Leni Riefenstahl）的《意志的勝利》（*Triumph des Willens*, 1935），或一齣揭露六四真相的電影，如紀錄片《天安門》（*The Gate of Heavenly Peace*, 1995），都說成是禁片了吧？

但我相信，禁片確實有著某種超越語境的本質。幸好那張十大禁片名單還算有看頭，羅列出來的電影皆有一個共通點：跟性有關，或跟暴力有關，這方是禁片必要條件。弗洛依德（Sigmund Freud）的一點銳見：人的欲望驅力是一把雙向箭頭，一指向生，一指向死，前者代表創造，後者象徵毀滅。而性與暴力則是此雙向箭頭的具體呈現，按照弗翁之說，性慾是向生之慾，自我更新，也創造繁衍，而暴力之慾則是摧毀秩序的向死之慾，要將自我或他人驅回前生命狀態的神秘慾力。

因此弗翁的理論，尤其是他晚年之言，並非道聽塗說所言是一種泛性論，而是驅力理論。但人類文明卻是建立在對這兩種驅力的壓抑上，性代表創造，也是更替現有社會秩序的根本動力；暴力則代表毀滅，表現為對既有規範的徹底厭惡。我們社會的本質，或說社會的定義，則來源於一種維穩邏輯：維持現有秩序恆定不變。性和暴力之犯禁，正在它們提取了個人內心的反秩序欲望。

若按此說，暴力比性理應更為犯禁。性在社會的投影應是一種更新秩序的革命力量，而暴力卻是嚴格意義上的「反社會」：拒絕秩序的存在，反對任何社會存在的可能。

叫我瞎猜的話，這大概是我們暗地裡容許性工業的存在，卻連暗地裡也容不下暴力作為社會潛規則中的依附物。

二

所謂禁忌，往往不是真的禁止，而只是收編，讓被禁的東西悄悄地以另一個樣子存在。這是傅柯（Michel Foucault）的啟示。在他的性史研究裡，我們清楚看到性話語的大爆炸如何被包裝成一套禁忌之說：表面上，我們對性噤若寒蟬，實際上卻以各式各樣被規範化的方式說性，神父前的性懺悔，學校裡的性教育，還有醫生眼底下的性病性倒錯話語。弔詭的是，當社會愈把性說成是禁忌，我們就愈懂在性話語裡得到犯禁的快感。而從快感和禁忌的表面對立之間，我們甚至發現了一種解放的幻象：一說性，就自由了。

暴力則沒有獲得跟性同等的解放地位。傅柯說性，是要展示在規訓權力和微觀生命政治交匯的性話語裡，現代人的主體性如何被生成。但暴力則現代性出現之際就被排除掉了。傅柯沒有闢出專線研究暴力話語史，他只是在其規訓社會圖式裡，勾勒出暴力與現代性文明唯一的交點：法律。在法未立的蠻方時代，暴力非但不是禁忌，反而是生存條件，當盧梭式（Rousseauian）社會契約的出現，意味著人與人之間的衝突不能再以暴力解決，須改由法律仲裁。而暴力則以不文明和反人道之名被禁止——除了以暴力形式存在的法律本身。

法律即暴力，這幾乎是當代政治哲學的共識。世界上只有一種施行在他人身體的暴力行為是法律所容許的，那就是刑罰。傅柯提及過一個關於酷刑的有趣觀點：在神權和君權鼎盛的中古時代，酷刑特別流行，這些酷刑不只是刑罰發明者挖空心思，盡行加大受刑者的肉體痛苦和延遲因酷刑致死時間所設計出來的玩意，當權者更是要藉公開行刑，彰顯君神之權在國家（教會）體制下的絕對合法性：國家（教會）意志不只有權剝奪人命，更有權對罪犯身體作出任何形式和鉅細無遺的控制和展示。

三

中學時有一個老師眼中的品學兼優學生，而我們同學之間私下都知道，他其實很變態——嚴格地說，他是很喜歡變態事物才對。某天在他負責的課室壁佈板上，赫然出現了一個相當嚇人的題目：「中國十大酷刑」，什麼凌遲呀，炮烙呀，車裂呀，剝皮呀，圖文並茂，看得我們心驚肉跳，同時也暗笑這位同學以研習中史之名，實情是滿足他一己變態獸慾。

在一段相當長的日子裡，我對自己曾經目不轉睛地細讀這張酷壁佈板上的暴力圖文而心感不安。後來我才明白，我之所以怕看又要看，為的是一種特殊的美學崇高感——我稱之為暴力美學。

暴力作為一種社會禁忌，跟作為一種美學的根本差異，是暴力美學總是建基於單向的觀看行為。在古代酷刑的例子上，施刑的國家意志透過公開展示痛苦肉身和血泊殘肢，達致震攝儆尤之效，其前提是，必須有一群對圍觀酷刑感興趣的群眾百姓，酷刑才能完成。可是現代社會並不需要酷刑，按照現代性啟蒙話語的說法，酷刑是反人道的，必須被禁絕。而傅柯卻清楚闡明酷刑的消失乃是規訓社會出現的結果，社會不再需要酷刑景觀嚇唬人民，取而代之是監獄式社會機制，把我們身體的叛逆性都訓服下來。

於是，暴力的殘渣只剩下在現代法律裡，例如人道地以靜脈注射執行死刑，文明地進行笞刑等。在法律以外，暴力則需借藝術作品以借屍還魂。那張壁佈板以後，我第二次看到車裂之刑是在張徹的電影《十三太保》裡。戲中嘴臉輕狂如周杰倫的青年姜大衛飾演唐末戰神李存孝，最後卻遭奸人所害，身受車裂之死。車裂，又稱五馬分裂，當時姜大衛誤中陷阱，頭頸和四肢被鎖鏈綁在一空置軍帳各端，五條鎖鏈各自綁著一匹烈馬。其時鏡頭特看著姜大衛臉上暴怒中暗現驚惶之色，忽地軍帳震動，霎時他的面容由驚怒變成痛苦，然後鏡頭一跳，馬上高速變焦至軍帳上空的鳥瞰鏡，只見五匹烈馬分從不同方向自軍帳跑出，背後拖出五道鮮如繁花的粗大血河。

評論常以暴力美學標籤張徹之作，我看其作時雖則趣味盎然，卻對這標籤總有疑慮。問題不全在於以今天電影特技標準來看，張徹式的鮮血未免太像顏料，刀口對位也未免太不準確了，以至那高潮場口必備的腸穿肚爛顯得太過虛假，而是問題在於這種幾乎純以血與殘構成暴力畫面，除了大肆催逼著觀眾的官能經驗之外，未有再為暴力賦與更複雜的倫理意涵。堪與張徹美學相比但特技水平更高的例子有塔倫天奴（Quentin Tarantino）的《標殺令》（*Kill Bill*, 2003-2004），全片血腥味烈，斷肢內藏橫溫溢到底。我意思不是說這些電影空洞無物，只懂渲染暴力，事實上只有像張徹和塔倫天奴這種品位水平的導演，才有能力把暴力上升至美學層次。我只是要說，這種暴力美學並未直接回應忌違暴力的社會意識，更枉論是挑釁和顛覆。

四

很少人會拿電影裡的暴力當真。根據某些觀眾接收理論的觀點，「中止懷疑」（suspension of disbelief）是觀眾看戲的常態。意思是說觀眾明知戲中一切都是假的，卻暫時假設其為真實。但暴力美學之有效，卻是因為觀眾在中止懷疑之外，亦同時保持懷疑，以防止暴力經驗越過了社會禁忌的籬藩。情形就好像當年我觀看那酷刑壁佈板，既要讓自己的肉身想像那些慘絕人寰的死亡經驗，但又安慰自己這不過是歷史殘痕或空想光影，無涉今天的道德規範。

在禁片列表裡，像《十三太保》或《標殺令》這類將暴力美學化卻懸擱暴力與道德矛盾的片子，肯定榜上無名，取而代之的，是將暴力掛在道德涯邊的作品。我說過性或暴力是禁片必要條件，畢竟說輕了，現實是幾乎所有偉大的禁片都是性與暴力相互扣合的場所，而非二擇其一。只有關於強姦和性虐待至血流成河一類題材，才能是嚴格意義下的禁片。這些作品不僅觸及社會禁忌的最深處，更掰開了人性至惡的內核，令人無法以懷疑真偽作藉口，逍遙於外。

侯爵薩德（Marquis de Sade）常被捧為情色文學的古典模範，但他更堪大書卻是他將性暴力提升至形而上層次的雄心。性虐待（Sadomasochism, S&M）中的S，正是來自薩德主義（Sadism）一詞，薩德的毫妙之處，就是他深信只有將性暴力中細如微塵的部份都清清楚楚地描述出來，人性的秘密才能揭開。他並非否定人性之善，而是拒絕按世俗規範去看善惡，以離經之道築構另一個世界。因此，薩德的性暴力挑釁不在於單個的惡人惡行，而是另起爐灶，用禁忌為我們的社會打造一個敵托邦（dystopia）鏡像，戳破現實道德的幻象。

當意大利導演帕索里尼（Pier Paolo Pasolini）將薩德名作《索多瑪120天》（*Les 120 journées de Sodome ou l'école du libertinage*, 1785）拍成電影《沙勞，或索多瑪120天》（*Salò o le 120 giornate di Sodoma*, 1975）時，禁片名單裡早就預留了一個很高的位置。當我第一次看到戲中沒完沒了的強姦、吃糞和虐殺場面時，對於禁片之禁並不在於暴力畫面，而在於其反社會世界觀這一事實，突然間心領神會了。

2015.9

蕭紅的食相

《黃金時代》的片名典出蕭紅名句，但編劇李檣卻說「黃金時代」還代表著大師林立的民國時期，以及一種浪漫而虛無的氣質。片名改得特別好，因為它完全穿透了蕭紅顛沛流離於時代和命運中的生命質地。1936年，蕭紅與愛人蕭軍正起著情感波瀾，她從日本寫信給蕭軍，突然冒出了一句：「這不就是我的黃金時代嗎？此刻。」接著又說：「自由和舒適，平靜和安閑、經濟一點也不壓迫，這真是黃金時代，是在籠子過的。」匆匆幾句，便把蕭紅三十一年的短促人生勾出一個玲瓏浮突。她的生命既自由又不自由，她很早就輕身衝破傳統社會的枷鎖，大膽擁抱自主愛情，憑著一支敏銳的鋼筆掙得幾口茶飯，魯迅筆下〈傷逝〉裡的女性困境都不成問題了。可惜蕭紅畢竟命薄，她為自己築起了籠子，將自己從大時代中區隔開來。從民國到抗戰，整個時代都是屬於波瀾壯闊的革命，而她偏偏渾忘所身處的當下，遊盪於她的細膩觸感和深古記憶中，例如《商市街》裡把飢餓寫滿寫盡，《呼蘭河傳》中以幾乎嘔吐的方式寫出終生無法揮去的童年記憶。蕭紅自築的籠子，就是她的記憶，當中滿佈肉身悲苦的印記，飢餓既成了她的文學母題，也是將她從自由安逸的黃金時代裡趕回籠子的生命驅力。

所以《黃金時代》其實是關於飢餓和記憶，而不是革命與愛情。有論者嫌戲裡不夠餓，但飢餓不好拍，也太煽情，所以許鞍華寧可拍「吃」。《黃金時代》裡的食物和吃飯場景特別多，甫開始，祖父就叫童年蕭紅多吃，家鄉生活困苦，長大了，便沒事。可祖父的訓言並沒有實現，「吃」一直伴隨著她的逃離路線，成為她與別人之間的紐帶。從家鄉逃出來，她就一直跟「吃」打交道，在哈爾濱與弟弟相約在咖啡館，鏡頭特寫別人桌上兩件嬌艷得有點庸俗的蛋糕，弟弟問她打算，她沒正面說，雙手捧著臉龐大的咖啡杯一飲而盡；後來她懷著孩子逃難到武漢，袋裡大洋不多，坊間資源貧乏，她仍慷慨請朋友喝啤酒吃沙冰；到流落香港，身體已被顛沛流離折騰得疲病不堪，鏡頭裡的蕭紅睡死在大床上，駱賓基靜坐一旁寫作，突然端林蘋良闖進來，二話不說便把一個蘋果放在她床邊。她悠悠一醒，也不問戰情，抓起蘋果便大嚼起來。

這幾場跟逃難有關的「吃戲」，在蕭紅斑爛生命中不過是瞬間花火，閃念即滅。更令人念念不忘的，反而是她在安逸生活裡的食相。文化圈裡飯局特別多，戲中描述的文人交往都是在大大小小的餐桌上過，桌上琳瑯繽紛，桌前口沫橫飛，這時蕭紅已和蕭軍走在一起，二蕭聯袂出席飯局，紅綠男女，高談闊論的都是男人。友人胡風即席點評二蕭的作品，說蕭軍下筆勤勉深刻，而蕭紅則仗著天分，把作品都寫得動人。 蕭紅沒有文人爭勝的習氣，她聽罷不語，任由別人去說了。很久以後她說，自己沒什麼朋友，朋友都是蕭軍的。

蕭紅缺乏跟文壇打交道的欲望，在飯局上，她總是笑得很淡，跟現場格格不入，跟在書桌前那個專注得把世界的飢寒和喧鬧都排除於外的她，總是迥然不同。真實的蕭紅善寫男人的涼薄無情，但《黃金時代》裡的蕭紅卻沒那麼厭男，戲中男角很多，如萬花筒般在蕭紅身邊團團轉，可她卻始終保持著一種冷漠的自若，把男性都擺在她自築籠子之外——例外的只有蕭軍，或者還有魯迅。

戲中的魯迅很平實，平實得差點令人認不出他就是那位在怒向刀叢橫眉冷對的魯迅。他跟蕭紅之交也是文壇來往，但味道卻非比尋常。戲中他倆見面不多，卻有好幾場飯局，其中一場是在西餐廳初次見面，魯迅請客，也接濟了她；另一場是在魯迅家裡，閒話家常，飯後更親自到門外冒雨送別。兩次都是四人飯局，蕭軍、許廣平都在。另肯定不是一般的文壇飯局，而更像是晚輩對長輩的問候，長輩對晚輩的關愛，席間沒談文藝，甚至也沒提及魯迅對蕭紅作品的賞識，卻特別拍到蕭紅提醒蕭軍把《八月的鄉村》的手稿交給魯迅，魯迅也沒提什麼。這一著很妙，故意把魯迅對蕭紅創作的影響隱藏起來，而留下同枱吃飯冒雨送別的線索。後來蕭紅心情不佳，常到魯迅家裡蹓躂，卻不見魯迅踪影，戲中只拍到許廣平一邊在廚房裡幹活，一邊大讚在灶頭上的《商市街》寫得細膩。魯迅對蕭紅的情份，就由直接的提攜和讚譽，化作一飯之恩的隱喻，這對終於揮不去飢餓之感的蕭紅來說，可真非同小可。

當然刻骨銘心的始終是蕭軍，尤其是還在哈爾濱的蕭軍。最初蕭紅被汪恩甲始亂終棄，被困在旅館裡貧餓交逼，蕭軍前往探望，第一個印象就是蕭紅塗鴉裡滲出的靈氣，以及一碗冷餿。後來蕭紅脫險，兩人同居旅館，蕭軍奔波生活，為的就是糊蕭紅的口。有一場蕭軍買來一件磚頭大的黃糕來，二人一邊吃得狼吞虎嚥，一邊同喝一杯大水，共度飢寒的小患難，其情莫過於此。然後蕭軍生活改善，他馬上便帶蕭紅跑到夜市開葷，這裡蒸氣騰騰，人聲鼎沸，觥籌交錯，一幅東北極寒之下的飽暖之象便躍於幕前。兩人吃得忘形，胡亂把紅肉、丸湯和水酒一古腦兒叫來，此時二人吃得豪邁，世間的飢寒悲苦也突然退去了。蕭紅和蕭軍早年愛得乾淨，不用無情話綿綿，也毋須肌膚之親，他們大部份的愛，都在一糕一肉之間，變得如此血肉俱全。

後來，蕭紅漸被逼離開安逸的沿岸城市生活，開始流亡。從武漢到西安再轉重慶，她吃得愈來愈少，逃難和送別戲份愈來愈多，而她與蕭軍的關係也變得支離破碎。《黃金時代》裡的「吃」是一個巨大隱喻，蕭紅來自極地飢餓，她的愛情、文學事業和生命溫度都隨她吃得豐盛而持續上升，也隨她忘了進食而黯然消退。她在武漢和西安再沒有跟蕭軍同吃，她倆的分歧已無可挽回，蕭軍庸俗地投向革命事業，而蕭紅則堅持躲在小房間裡寫作。蕭軍打開了他倆的籠子，投奔時代，而蕭紅卻馬上把籠子關上，她不再用食物來跟世界交往，她返回書桌上，稿紙裡，以文字餵飽自己飢餓的腸胃。她什麼身外物都不要了，她不介意睡在友人的辦公室裡，不在乎身上還有沒有零錢，甚至對初生孩子夭折也不大動情。所以她跟端木蕻良的結合便顯得勉強了，兩人沒有同吃的場景，他彷彿只作為她跟世界保持聯繫的救生圈。在結婚一場裡，蕭紅當著賓客面前，說出她不過要當個尋常妻子的願望。可是，既然連「吃」這一紐帶也斷，蕭紅也不可能再自由，至死囚禁於自築的籠子裡。

《黃金時代》裡幾乎拍不出餓的感覺，但正如飢餓的記憶一直如青苔般寄生在蕭紅的人生和文字裡，戲裡的飢餓感也沿著鏡頭下的食物豐度、形態，以及她在吃時的身心素質而高低跌宕。香港是蕭紅流徙生涯的終點，也是她文學生命的最後爆發，她在病中寫下《呼蘭河傳》，在鏡頭裡的她卻是長期臥在床上。床是一場華麗的歐式大床，蕭紅躺在床上顯得更加瘦弱，她對唯一陪伴在側的駱賓基說，她的作品將湮沒在歷史裡，後世只會記得她的緋聞，她將不會得到世人同情。這時她的丈夫端木蕻良經常不在身旁，他倆的關係竟是如此淡薄，彈吹可破。端木蕻良唯一一次出現在這張華麗的床前，是他為她帶來一個蘋果。冷冷的一個蘋果，端木蕻良什麼也沒說，蕭紅也是，兩人甚至連互看一眼也沒有。戲中把端木蕻良和蕭紅的關係描述得如此多餘，如此薄情，這時蕭紅已無法寫作了，她看著蘋果，她重拾飢餓記憶，蘋果彷彿是她跟這個世界的最後紐帶，然後她輕輕吃了一口，眼裡只露出了無喜無悲的空洞。這種神情，正跟後來她孤獨地死在病房地上時一模一樣。

駱賓基是蕭紅最後的摯友，鏡頭裡沒有敘述他看到她的最後一面。當蕭紅的身子一鬆，永遠地離開這個為她帶來飢餓的世界之後，鏡頭突然一轉，便看到駱賓基隨意在日軍處處的街上亂走，把順手牽來的零食塞進嘴裡。他用力地嚼，淚水便愴然而下了。他哭蕭紅，以大嚼牽來之食來祭奠她的飢餓。

蕭紅死後，鏡頭才拍得她坐著桌前寫《呼蘭河傳》，然後穿插著如春嬌艷的故鄉幻景，直至童年蕭紅闖進房間，突然被父親的大手推倒。這一下把蕭紅從混沌裡推向殘酷的現實世界，祖父死了，童年亦永遠離她而去。只是湯唯的靈氣大過逼人了，她演不出蕭紅文字中的清冷，她跳脫，溫熱，自若，也確鑿不夠飢餓，大抵許鞍華要為蕭紅悲苦一生添上的些許希望吧。戲裡借用大量角色對著鏡頭述白的間離技法，與其說是把戲喬裝成紀錄片，倒不如說是模擬著一位從不露面的文學研究者，帶著觀眾爬梳零散如煙的書信、文獻和訪問，試圖重組蕭紅的一生淒酸。但湯唯的蕭紅卻偏擺出一副剛飽不餓的姿態，任由別人紛說，也滿不在乎。

2014.10

愛國的品味

家父名字中有一個「國」字。在他那一代，以國字為名十分常見，什麼國棟、國強、國偉、國明之類，合成主謂結構，用以期許祖國昌隆興盛。當然家父沒有因為名字而特別愛國，祖父為家父改名只為流行好聽。國字方正端莊，字形硬朗而富正氣，很符合上代人對男性氣概的想像。甚至有一種臉形叫「國字口面」，腮額起角，臉邊平正，相學稱有這臉形的人性格剛毅，處事正直。我小六時的班主任正是這樣一種臉形，而他的名字，剛好也有一個「國」字。

大概是反叛情結使然，我一向覺得以國字為名十分老土——當然張國榮除外——連帶對任何愛國情懷也不懷好感。家父生於抗戰時期，我很明白他們為什麼會替初生兒子改這樣的名字。那個年代的人，尤其是平民百姓，思想單純直接，對國家的感情也有點偏執。當然知識份子的情懷會比較複雜，可是他們說起國家來，鏗鏘有聲，像什麼「艱險我奮進，困乏我多情」（錢穆）、「每個人被迫著發出最後的吼聲」（田漢）之類，姑且不看背後的黨派性和意識形態之爭，單單是那份青澀的理想主義，壯闊波瀾，已足夠令人動容。

現在把「愛國」掛在嘴邊的人不會比過去少，但沒品味的愛國者肯定比過去多很多。而最沒品味的大概就是直接用「愛」這個字來形容自己跟國家的關係了。如果你愛一個人，可以如膠似漆，可以驚天動地，也可以細水長流，即使你不說一句，別人看來，仍然浪漫淒美。但如果你拿了一千朵毋忘我，老遠跑到迪士尼樂園的煙花之下，當著幾百個陌生人和一隻米奇老鼠面前大叫「我愛你」，那肯定是一種庸俗，或者文藝一點可喚作刻奇（kitsch）。有很多人自詡愛國者，但掛在嘴邊就只有「我愛祖國」、「血濃於水」幾個字，多問幾句對國家的看法，他們會臉色一沉，然後便說不上去，於是又再搬出「我愛祖國」、「血濃於水」那些囈語來推諉，要不然就是猛叫你捐錢去四川，或者砸破日本料理的玻璃。

我絕不懷疑這些人的真誠度，我只懷疑他們的品味。問題不是他們的愛國情懷是否盲目，或者背後有沒有什麼陰謀，而是竟大膽宣稱自己「愛國」這一行為本身，就已經爛得開花了。用黃子華的說法，這叫「肉麻」，而我會說，這是「肉酸」。開口閉口愛愛愛，肉麻骨痺躍然紙上，就好像逼我看你跟國家魚水之歡一樣，叫床之聲連連震天，口味之重，實在不是亂倫人獸可以比擬。

還好這個時代的品味還未徹底崩壞，大家還懂得坎普（camp）、戲謔（parody）的妙諦，也知道感情之事絕不簡單。年前國民教育爭議，大家都說怕下一代被洗腦，我倒不大擔心。那些國民教育材料品味之低下，遠超我這一代香港人的容忍極限，學校教下一代盲目愛國，我們便以身作為則，教好他們感情的品味，著他們上網看看，那就可以防麻防酸。知品味才不會亂愛，這叫曾經滄海難為水。

如此看來，上一代雖然老土，總算愛得有點轟烈有點深度。幸好家父的名字不叫「愛國」，否則我羞也羞死了。

2013.4

黑衣、鴉片與簽名

關於黑衣和鴉片，我想起一個故事。

異見作家余杰曾經討論過一個捷克式選擇：我們選擇昆德拉，還是哈維爾？在《生命中不能承受之輕》裡，昆德拉寫過一個醫生，雖然他反對專制，卻拒絕在一份聲援政治犯的聲明中簽名。醫生的理由是反魯迅式的，他認為思想不能救人，但作為醫生，他確實救過幾個人。哈維爾則是親身體驗這項抉擇。他對「簽名」這行為毫無保留，理由是：簽名體現了知識份子氣節，也是對獄中政治犯的精神支持。我們的異見作家說，這是一個「智慧」與「心靈」的選擇，中國人偏愛前者，而他則是義無反顧地選擇後者。

我對余杰沒有好感，有時他站的道德之地太高了，高處寒風大，自然吹昏了他發達的知識份子腦袋。為何不可同情昆德拉呢？昆德拉沒有背棄良知，他只是拒絕別人硬加上來的道德。當有人帶上光環，背著荊棘，拿著一份簽滿名字的聲明來到我面前，我可能不是看到一份必須承擔的責任，而是一把刀，架在我的良心上。不簽，良心便被割一下，再不簽，又一下。我的良心將會被宣判遭已沾污。而我只可選擇沉默，我逃避的，不是責任，而是庸俗。這是昆德拉說的話。

但現在呢？昆德拉依然有罪，卻不及哈維爾罪孽深重。他現在的罪名是：販賣鴉片。

只有人才會有罪，鴉片不會。在古代，鴉片是常用的麻醉藥。例如我不幸給人當街斬了六刀，生命懸於一線，你告訴我：鴉片令人麻木，有害的，別抽。你要我勇敢地忍著痛楚，鐵著心，堅著志，手術馬上就會完了。結果呢？我沒失血過多而死，也痛得氣絕身亡了。這才叫做They can kill us all，而你卻沒救過一個人。

我們常說，離地者，不懂人間疾苦，不知人性兇險，還假惺惺在問：何不食肉糜？離地者冷漠愚昧，是沒有同理心，沒認清當權者的惡，沒看透受壓迫者的痛。一個溫和的新聞工作者血泊街頭，到底有多痛？我不是問他有多痛，而是我和你到底有多痛。我嗅到的血腥味是在文字和圖片裡，那時雙腿還暖在被窩裡。我不痛。我又怎會痛呢？我跟他沒親，我沒讀過他多少文字。我又怎會痛呢？因為事情已經很清楚了：誰幹的，天網恢恢，為何幹，大家心照。我還要耐著心性去慨嘆我城已死，蝗禍連年嗎？不早就是常識了吧？

衣櫃裡沒有黑衣。煙槍裡沒有鴉片。

孟子說，今人乍見孺子將入於井，皆有怵惕惻隱之心。如果你口中總是掛著良知公義，總會相信人性本善吧？反正我就信了。所以鴉片還是不抽白不抽，那不是井，而是血。

當然了，誰都有自己抽煙的手勢：痛哭流涕，高聲指罵，冷嘲熱諷，都是在鍵盤上的英勇也好，或者是殺入西環的壯烈也好，又或是沉默下來，如常生活也好，那些選擇，都非關大是大非。哈維爾從來不罵昆德拉，罵人的，向來只有指指點點的旁人。

人最害怕的，不是強權，不是不義，而是異鄉人的情緒。有天我去到異鄉，那裡的人都興高采烈，似在慶祝什麼的，而我卻無法投入，不在狀態，即使站在慶台之上，聽著炮竹喧鬧，還是愁苦著臉，如奔喪樣。沒有人怪我格格不入，他們只怪我否定他們的情緒，說他們的快樂，是建築在害人的鴉片之上。

有人開始說自己是故鄉的異鄉人了。這個城市有人仍然興高采烈，更多人卻是愁雲慘霧。我不愁，我愁的是別人的愁，居然給其他人嘲諷了。誰沒有嘲諷別人的權利？人所不能的，是將自己的冷漠強加於別人。昆德拉也不罵哈維爾，相反，他尊重他，也承認他們有權選擇自己保持激情，還是保持冷漠。當一個人發現，在這個充滿激情和傷痛的時勢裡，只有自己是冷漠，他可以拒絕簽名，緊閉衣櫃，扔掉煙槍，卻最好不要嘲諷正在抽鴉片療傷的人。那泊鮮血，不是史前的紅旗和坦克，也不是遠方的黑獄和窗花，而是他們的老師，他們的朋友，一個跟他們同困愁城的人。而且那不過半天之前的血案。

我只是傷心時才抽一口文青的煙，而有人卻是抽煙如抽水一般兇狠，抽得心也麻得發黑了。

寫於劉進圖吃了六刀之後
2014.2

布萊希特的例外，或本雅明的暴力

一

一個商人要到別處傾談生意，途中要穿過一個沙漠，為此他臨時僱用了一個響導和苦力。旅程開始了不久，商人便懷疑響導故意繞路，便解僱了他，最後剩下商人和苦力。但商人一直疑心重重，他認為苦力只是為工資才跟他來這些不毛之地，萬一發生什麼意外，苦力一定會撇下自己不理，甚至會為自保而傷害他，即使苦力才剛為他弄傷了手臂，他的看法也沒有改變。

沙漠很大，兩人的水也差不多喝完了，商人悄悄地喝著水壺裡所剩不多的水，心裡一邊想：不能讓苦力看見我還有水，否則他的水一喝光，他就要來殺死我。就在這時，商人突然看見苦力拿著一塊石頭向他走近，他心下一驚，便拔槍將苦力射殺。商人走近一看，只見苦力拿著的原來不是石頭，而是水壺，裡面還有些喝剩的水。

這個故事出自布萊希特[1]早期的一個短劇《例外與常規》[2]，屬於其教育劇作品中比較重要的一部。本來，布萊希特寫這些教育劇[3]是為了到學校和社區演出，希望透過

1 布萊希特（Bertolt Brecht）特立獨行，把馬克思主義挪用改寫成一套二十世紀最具創意的戲劇理論，但其作品裡的馬克思主義卻不夠嚴謹，極其量只是一種抽象的左翼關懷而已。

2 《例外與常規》（*Die Ausnahme und die Regel*）成劇於1930年，跟布萊希特很多作品一樣，故事框架抄襲自遙遠的古老中國：研究者認為商人殺死苦力的情節源出自元雜劇《相國寺公孫汗衫記》。

3 教育劇（Lehrstucke）是敘事體劇場（episches Theater）的初始版本，敘事體劇場中的間離效果（Verfremdungseffekt）、以敘事取代對話等劇場技巧的雛型早就見於教育劇。早年布萊希特經常參與工會運動，為此他創作了大量以教育工人為目標的作品，社會主義色彩鮮明，寓意也較其晚期多在劇院上演的作品簡單直接得多。

討論劇情來啟發學生，以對抗資本主義的填鴨式教育。故事寓意不難閱讀，不外是資產階級商人自私麻木，而忠心耿耿的苦力卻被欺壓，最終無辜被害。但布萊希特要寫的並不是一宗兇殺案，而是借這宗兇殺案引出劇中最後一場法庭戲。

原來苦力的妻子之後告上法庭，要法官判商人謀殺罪。商人的抗辯理由是：苦力在旅程經常被他虐待，一定很恨他，所以他懷疑苦力會為食水傷害他，是情理之內。這時嚮導突然拿著苦力的水壺出現，並當著法官面前把水倒出來，因而證明了苦力是一個善心的人，他根本沒有要傷害商人的動機。可是法官笑了，他宣判：商人認為苦力要傷害自己是合理的，因為他不可能知道一個與被他折磨的人竟是無辜的，正如一個警察向示威群眾開槍是合理的，因為害怕自己下一秒會被群眾大揍一頓。這就是常規。

「人必須守住常規而忘記例外！」這是商人的一句對白，即使劇中法官的判決荒謬絕倫，這句對白依然如魔鬼一般有力。顯然，布萊希特不是要觀眾討論情節是否合理，而是後設地指出：「合理」這個概念本身也是含有階級成份的。

法官依照一種僵化的階級矛盾想像來判案，苦力被商人壓搾，定必對商人懷恨在心。我們自然可以說，法官的潛台詞其實是：法律只為富人服務的邏輯。但對布萊希特來說，他的辯證法主要不是批判法律與資產階級的共謀，他要說的其實更加複雜：苦力的身體被商人欺壓，他的善心也被法律否定，劇中的法律暴力不只在於沒有公平對待不同階級的人，也在於法律把人道精神排除於人心之外。

「在他們寫的法律裡，人道就是例外，誰要是同情別人，誰就要受害。」[4]

劇中幾句歌詞，道出了常規與例外的可怕辯證：所謂例外，就是沒有刻寫在法律的任何事情。任何例外之事，既然無法被法律辨認，就不會受法律保護，甚至無法被習慣生活幻象裡的人所辨認。例如苦力的善心。

布萊希特很喜歡寫法庭戲[5]，最著名的莫過於《高加索灰欄記》裡對這宗經典爭子案的改寫。劇中法官的判案策略跟元雜劇裡的包公一模一樣，就是在地上畫上灰欄，任二母拉扯兒子，誰不忍心，就判給誰。唯一的差別是：包公藉此判定誰是生母，而高加索法官卻把兒子判給真心愛他的養母。[6]

布萊希特複製了原故事情節，卻巧妙地把判案標準從法律認可的「血緣關係」，悄悄改為法律不認可的「親

4 出自《例外與常規》第九場「審判」。

5 布萊希特抄襲過很多中國戲曲的故事，其中不乏將公堂審案改成法庭判案的情節。元代政治黑暗，人們總是渴望有賢明清官可替百姓伸冤，因而投射出大量有關審案的雜劇。布萊希特改寫法庭戲，第一件事就是刪去這類跪求青天的迂腐想法。

6 《高加索灰欄記》（*Der kaukasische Kreidekreis*） 寫成於1945年。「灰欄記」的故事可說人類史上其中一個最漫長的二次創作範例，故事原型在不少古文明中皆有流傳，其中最著名的莫過於《聖經．列王紀上》中的所羅門王斷子案，故事中所羅門王以把孩子劈為兩半，以測試生母是誰。在中國，灰欄斷案早在漢代已有記載，布萊希特的改寫則參考自元雜劇《包待制智勘灰欄記》。故事的演化，前後已歷數千年之久。

情」。法官對這個標準秘而不宣，卻硬指養母是生母，為爭豐厚遺產才認兒子的生母才是騙子，他當著群眾面仍是以法斷案，但觀眾卻對他以「例外」斷案的詭計心知肚明。

《高加索灰欄記》跟《例外與常規》是布萊希特辯證法的兩幅鏡像：世界沒有善惡之分，只有例外與常規之別。他是一名左翼批判者，當然毫不猶豫就站在例外一邊了。

二

有一段時間，布萊希特跟本雅明[7]過往甚密。他們惺惺相惜，政治立場相近，也曾一起辦過雜誌。布萊希特性好熱鬧，樂於成為友儕間的焦點，當他在1930年代因逃避納粹而被逼流亡，很快便成流亡人士之間的穿花蝴蝶。相反本雅明生情孤僻，不擅交際，難以適應流亡生活，布萊希特幫他不少。他唯一是嫌本雅明的左翼思想裡滲雜太多猶太教神秘思想，不夠唯物。[8]

本雅明寫〈暴力的批判〉這篇文章寫得太早，沒有受過《例外與常規》的共振。[9]但它們卻有著一種關於革命想像的隱性聯繫，使兩者變得十分相似：左翼就是永遠的例外，它以行動方式挑戰著一種被冠名為「常規」的社會幻象，背後正是靠法律作支撐的法西斯暴力。本雅明在討論這類法哲學問題時，竟然仍是按照他的土星氣質[10]，提出了一個神秘玄妙的論題：有沒有一種外在於法律的暴力形式存在？

在本雅明的構想裡，把法律和暴力對立起來，其實是一個偽命題。法律本來就是以暴力支撐，當權者以法律之名施行暴力[11]，抗爭者則以針對法律的暴力反制之[12]。而在這些以法律之名的暴力與對抗之外，本雅明卻出心裁提出了一種他稱為「純粹暴力」[13]的可能暴力形式。純粹暴力繞過了守法與犯法的二元對立，既非捍衛法律，亦非抵抗法律，而是中斷常規秩序，把法律懸擱起來，任其失效流血。

如何實現？本雅明沒說得很具體[14]，但從他帶著濃厚猶太救贖觀的歷史哲學看來，我們大概可以猜想，他心慕的例外狀態[15]應是一個突然降臨的彌賽亞時刻，常規停止運作，法律失效，舊世界秩序中法律跟暴力之間的眉來眼去被揭露出來，終把法律毀掉。因此，伴隨純粹暴力的動詞不是「施行」，而是「展現」：一條名叫「例外」的法律罅隙。

罅隙，總是某種令人震驚的東西：一場革命事件，一個異托邦情境，一個不可用慣常史觀辨認的歷史時刻。本雅明說，所謂例外，就是震驚：當我們的感觀被推展到一

7 本雅明（Walter Benjamin）生前是一個半紅不黑的文化人，他的文筆思想奇詭玄思，絕非主流，雖然獲得如阿多諾（Theodor W. Adorno）等少數名家點名欣賞，他卻終生不容於學院。直至他死後很久，才被後人追認為二十世紀最具原創性的思想家之一。

8 本雅明同樣欣賞布萊希特，寫過不少關於布萊希特的文章，但礙於兩人思想氣質迥異，本雅明始終比較接近卡夫卡、普魯斯特和波特萊爾這類文藝世界的憂鬱小生。本雅明分析布萊希特的文章不是第一流的，相反他討論卡、普、波三人時的眼光，卻深刻銳利，別豎一幟。

9 〈暴力的批判〉（"Zur Kritik der Gewalt"）寫於1920年。英譯本 "Critique of Violence" 收於其文集*Reflection* 之中。

10 關於本雅明的土星氣質，桑塔格（Susan Sontag）是這樣說的：「他是法國人所謂的鬱鬱寡歡者（un triste）。青年時代，他似乎被標記為『深刻的悲傷』（舒勒姆 [Scholem] 語）。他自視為憂鬱症患者，蔑視現代心理學的標籤，反而引用傳統的占星學術語：『我在緩慢運行的土星標誌下來到這個世界，那是一顆迂迴延宕的行星……』。」見桑塔格的經典文章〈在土星標誌下〉（"Under the Sign of Saturn"）。

11 本雅明把法律之下的暴力分為「制法暴力」和「執法暴力」。前者例子如立法機關所通過的惡法，後者例子則如警察執法時「最低武力」。

12 這是一些針對個別法例或社會議題的抗爭行為，本雅明以改善工作條件為目標的一般罷工為例。今天的例子可能是各式各樣以「公民抗命」之名的示威遊行。

13 純粹暴力（reine Gewalt）中的「純粹」，是指一種「外在於法律的單純存在」。

14 他只提過，「無產階級總罷工」是一種可能形式。

15 這是阿甘本（Giorgio Agamben）的用詞，本雅明本來的的用詞是「緊急狀態」（Ernstfall）。

個極為誇張的程度，足以改變我們對歷史觀，例外便誕生了。[16]所以例外狀態注定無法被一群食古不化的舊派左翼份子所辯識，他們死命擁抱昔日的政治空想，卻沒有審時度世的智力，不願放棄早已過期的革命信條，他們更沒有想像未來的能力。本雅明說，這就是一種左翼憂鬱症：抗爭成了常規，沒有例外，未來也變得遙不可及。[17]

由此看來，高加索法官不但沒有承繼包青天為民請命的「青天」精神，他反而跟宋世傑、陳夢吉之流的股惑民間狀師更加親近。這種人油腔滑調，卻機智狡猾，能將貪官污吏土豪劣紳玩弄於股掌之中。《韓非·五蠹》曰：「儒以文亂法，俠以武犯禁。」原來亂法犯禁都不過是制法暴力，而阿甘本[18]對本雅明這一構想的評價，卻隱然是衝著韓非子的觀點而來：純粹暴力打開通向正義和善的缺口，它不是刪除法律，而是解除法律的武裝，就像壞孩子一樣跟法律權威捉迷藏。[19]

高加索法官借灰欄斷案，玩弄程序，欺騙法律，使法律解甲歸田，無可奈何。[20]而人既生於亂世，也確是需要這種胸襟。[21]

2014.11

16 《歷史哲學綱論》第八段是這樣說的：「被壓迫者的傳統告訴我們，我們生活在所謂的『緊急狀態』其實不非例外，而是常規。我們必須有這樣一種歷史概念，是保持著這種眼光的。這樣我們可以清楚明白，我們的任務是引發一個真正的例外狀態，從而改善我們在反法西斯鬥爭中的位置。法西斯之所以有機可乘，原因之一是在進步之名下，法西斯的對手將它理解為歷史常態。我們正在經歷那些當下的驚異之物，在二十世紀「仍然」是可能的，可它們卻不是哲學性的。這種驚異不是知識的開端——除非生產這種知識的歷史觀已站不住腳，那才是這樣的一種知識。」

17 〈左翼憂鬱〉("Linke Melancholie")寫於1931年。他在文中把憂鬱分為「生產性的憂鬱」和「癱瘓性的憂鬱」，兩者分別在於，前者懂得哀悼過去，並從哀悼中找到開啟未來的生產力量，而後者卻是盲目哀悼過去，在情感上死抱著那些已成幽靈的過期夢想，拒絕接受現實。現在香港的通俗政治輿論中常以「膠」(plastic)來嘲諷一些僵化的抗爭思維，跟本雅明的思路也大有互相參照之處。

18 阿甘本(Giorgio Agamben)是當代例外狀態(德：Ausnahmezustand；意：Stato di eccezione；英：State of exception)理論最出色的詮釋者。他的立論基礎主要是由施密特(Carl Schmitt)對本雅明說法的回應開始。施密特對例外狀態的演繹跟本雅明相反，他是從主權如何藉例外狀態，製造一種繞過法律的統治方式。阿甘本借施密特來描述當代全球治理的最新模態，卻在其理論中留下本雅明這一條針，用以反擊施密特式的全球治理機器。

19 阿甘本的說法是：「玩・法」(giocherà col diritto)。見阿甘本，《例外狀態》，薛熙平譯(台北：麥田，2010)，頁182。

20 最後的問題是：如此玩法，是為行惡還是善？如何判斷孰善孰惡？這是留給抗爭者的思考題。

21 正是有此胸襟，使高加索法官的腦筋跟左翼憂鬱症患者有著結構上的差別。布萊希特的間離效果把觀眾從戲劇幻象中驚醒過來。在例外狀態的問題上，我們顯然也需要這樣一種間離效果，治療左翼憂鬱症患者的僵化思維：反抗有正道與詭道之分，而左翼憂鬱症患者的鬱結，就是缺乏敢於思考「詭道之正當性」的胸襟。

在拜年地獄裡看見鄂蘭

哪年開始不用去親戚家拜年呢，我記不起了。我只記得有一年，母親無意中跟我說，她不再去拜年了，話說得輕鬆，只是嘴臉間流露出一絲看似微不足道的厭惡。我恍然大悟，原來我家沒到親戚家拜年，已有好幾年了。

肯定有人說過，每個年代都有其顏色。我生於二十世紀，跟世紀之交距離不近，於是成長記憶仍留著不少二十世紀的墨跡。我的二十世紀顏色很多，其中一種是紅色，不是革命的火紅，而是農曆新年的大紅。那幾年我的小手牽緊母親的手，她則傍著益壯的祖母，連同家中不同成員組合，在香港各區作掃盪式拜年。印象裡，我到過新界鄉村、舊式公屋和新式私樓，拜年時候，人聲錯落，窗明几淨，室內掛紅貼綠，糖果糕點美不勝收，利是多得墜壞口袋。這些都是關於拜年的美好記憶，就只有一樁例外：總有一大批我說不出名字記不著關係卻笑臉迎來輕摸我小頭摵我小臉的所謂「親戚」，在我面前擾擾攘攘，令人惶惑不安。

「親戚」真是一個奇怪的概念。

時至今日，拜年已成演繹「他人即地獄」的絕佳場所。網上流傳如何竅衍親戚侵略性提問的攻略，好些朋友不諱厭惡拜年，更揚言最痛恨過年。我知道大家心裡不是不喜歡中國新年的繁文縟節，而是不喜歡與親戚打交道。但就在不久前的二十世紀,當農曆新年仍是大家喜氣洋洋要過的大時大節時,「親戚」卻是構成人際網絡的重要元素。在我祖父一代的香港人,大家都是新移民,沒有在地人脈,依傍的就只有同姓同鄉之間互通聲氣。小時候我喜歡追溯各位親戚關係的叫法,表舅是誰人的誰,姨婆是誰人的誰,很快我就發現,拜年遇見的那堆所謂親戚,在家族樹上的距離其實都很遠,有些上數四五代才是同一戶,有些甚至連血緣和姻親關係都沒有,不過是數代前同住一村並鄰而居的同鄉,同姓或不同姓。到了我這一代,幾乎已無法理解這種宗族近親性對生活的意義,但祖父母應該暗自明白,那是他們主要甚至唯一的社會關係。

所以拜年不只是上一代人遺給下一代的人際債務,也是二十世紀香港新移民套給二十一世紀本土香港人的社會想像。有一個關於同枱食飯的小故事是這樣的:想像一群同枱食飯的人,席間言談甚歡,忽然一個神秘巫師作法,圓枱離地而起,再騰空消失。刹那間各人之間全無阻隔,大家沉默了,互相對望,困窘焦慮之感籠罩全場。過年時候,免不了團年春茗的親戚飯局,每次我看著枱上琳瑯滿目的飯餸,和席間琳瑯滿目的親戚,我都會想起這個故事。飯枱構成我跟他們的關係,隔著枱,我跟他們可如朋友暢所欲言,只是同枱食飯,各自修行,你別問我私事,別理會我枱底腳邊的勾當。

問題是姨媽姑爹不是這麼想。他們壓根兒就是那神秘巫師，甫開席就變走圓枱，自恃親戚上頭之誼，毫不害臊地追問你最私隱的事。

這個小故事來自漢娜·鄂蘭（Hannah Arendt）。她的原話是說，圓枱是理想中的公共領域，人們通過自由對話，跟共同體中其他成員保持聯繫，又各自分隔，大家都保有自己的私人領域。而現代社會之所以難以忍受，卻是因為過於強調共同體的同一性，當圓枱騰空消失，公共領域全面撤退，私人領域無限擴張，人們再沒分隔，也失去了聯繫溝通的媒介。

在拜年的事情上，我總覺得錯怪了「親戚」，他們不是有意冒犯，而是「我們」跟「他們」對社會和公共性的想像，著實大相逕庭。上一代人世界不大，但由家族親屬構成的私域卻放得很大，偏生下一代人的世界大了，公域私域壁壘分明，公域很大，私域卻很小。下一代人既是家族中的後來者，那麼這個同枱食飯小故事的更新版本便應該是：圓枱本來就不存在，是遲來入席的子侄輩搬來大圓枱，硬生把長輩的統一世界改成公私分明。長輩看不順眼，其來有自。

在二十世紀末的顏料還浸染著二十一世紀初的幾個年頭裡，香港流行著一個關於香港人政治冷感的社會學解釋，叫功利家庭主義（utilitarianistic familism），簡單說就是將家庭利益置於公眾利益之上。我仔細端詳母親說不再拜年時的厭惡表情，想起她身為家族裡的大媳婦，入門遠比小叔媳婦早很多年這個事實,便不禁設身處地替她想,當年她一個小女人嫁進我家門來,眼前卻是一個社會大小卻妄稱「家庭」的親戚網絡時,她是怎樣走得過這片大薄冰的。

「家庭」一說,令人低估了家族親戚網絡的大小和緊密度,也高估了上一代人的自私自利。

每逢過年,我總憶起祖父母對待親戚的親厚和慷慨,甚至遠勝於對子女。二十一世紀本土香港人的公私概念不適用於他們,他們把公德用於親戚頭上。那時是二十世紀,揮春的紅色,政府天高皇帝遠。

鄂蘭說過,公域的概念早在古希臘時期已經存在,而當時是喚作「政治生活」,意思是城邦裡的公民之間透過對話,「政治」便如此誕生了。但古希臘人十分鄙夷相對於「政治生活」的「家政生活」,反而更懂享受生活的羅馬人,則比較重視公域和私域之間的嚴格分野,不可互相入侵。只是他們萬料不到,此等區隔在近代世界被衝擊得體無完膚,當民族國家興起,一個稱為「社會領域」的東西出現了,圓枱至此消失。

每念及鄂蘭的論證,我就特別珍惜過節拜年的日子。

二十世紀香港的親戚網絡已名存實亡,全面公域化的趨勢使我們的私域愈來愈小,也愈來愈封閉,而二十一世紀的少年我們,亦已失去羅馬人平衡公私的能力。幾年間，香港政治風起了，拜年之原罪，已不只限於讓姨媽姑爹侵犯我們私隱，更漫延到政治立場上的張弓拔穹。鄂蘭分析公私域的遷界，其實是要探討人在現代世界的存在條件，她劈頭便道，她討論的是一種「行動的生活」（vita activa），當中包括三種人類活動：一是勞動，即與人體生物性歷程對應的活動，例如結婚生仔；二是工作，即人類透過改造自然規律而進行的社會活動，例如讀書和打工；三是行動，即人們彼此交流從而突顯人類多元性的活動。如果置換成拜年話語，顯然易見的是，前兩者就是親戚冒犯我們私隱的舊話題，後者則是今日足以叫親屬家人反目的政治敏感題。

雨傘運動後一度出現unfriend潮，至今不絕。是怎樣的魔力叫人狠心放棄十數載的私交，換來一次表現政治立場的機會？常言道：道不同不相為謀，但亦有言：相逢一笑泯恩仇。對於「行動的生活」，鄂蘭所給予的描述是：交互主體性（intersubjectivity）、處於人群之中（inter homines esse）、在世界中存在（being-in-the-world）。人只不是沉思者，更是行動者，而「行動」則是按古希臘的古老政治理念——跟別人說話——來實踐。這就是政治，這才是政治。我之前並不知道，我們中了什麼蠱，居然以unfriend這類堅拒對話的偏執方式來搗毀公共領域，直至我看見，二十一世紀的少年我們紛紛以沉默和支吾應對姨媽姑爹，以免破壞過年時節的喜慶幻象。

雨傘之後，拜年不再可能。弔詭的是，我們卻一直歌頌在佔領現場跟陌生人無所不談的高尚情操。

於是我再沒有央母親跟我去拜年了。她老了，就讓她依著性子過活吧。而我就躲了個閒，捧讀鄂蘭厚厚一冊《人的條件》（*The Human Condition*）。母親是上世紀的人，她只有上世紀的顏色，可是她的時代過去了，我卻要相信自己尚有大半個二十一世紀的時間，思考怎樣更體面地過年，恰當地拜年，而不是一味討厭它。

2016.2

漢娜・鄂蘭（Hannah Arendt），《人的條件》（*The Human Condition*），林宏濤譯。台北：商周出版，2016。

人類學家的好奇心

我對人類學的認識接近是零，極其量只是對剛辭世的人類學大師李維史陀有點認識，也胡亂讀過一些人類學的著作，現在亦正把這部《後事實追尋》讀得津津有味，僅此而已。一個對人類學的典型偏見，也存在於我的想像裡：人類學是一門研究土著的學科。為此我曾跟一位正在讀人類學的朋友談過，我問他，這些土著看來跟我們身處的現代社會毫無關係，為何人類學者對此偏偏樂此不疲？我這樣問，言下之意有二：一，人類學者如何為他們的研究甚至學科賦與意義？二，人類學者研究的都是「無用」之物。我這位讀人類學的朋友，沒有為我的挑釁感到困窘，卻也沒有為此雄辯滔滔，力陳人類學的社會意義和學術價值。他只是說了一句：「沒什麼的，只為滿足人們的intellectual curiosity。」實在是輕描淡寫。

我又跟一位沒有任何學術背景的朋友談起。他問我，為何人類學家總是花那麼大的精力去做田野考察，他實在無法理解。他曾經讀過一本關於中國工廠女工的書，為了研究，書中作者曾親身到工廠當了很長時間的女工。我這位朋友說，他也曾在中國工廠裡待過一段時間，書中所描寫的東西他知道得十分清楚，實在沒什麼稀奇，根本不值得大費周章去研究。當然，這位朋友對世界學術潮流和學術圈的風氣不甚了解，不過他的說法倒令我想起一個關於學術研究的說法：有些事情，如果你可以在坊間找到一些知情人仕的話，那就去問他們好了，根本犯不著花時間去研究。

很好，都是匹夫之言，卻又是對學術研究最深刻的鞭撻。深深植根於學科規條裡，跟深深陷進於自我質疑中，是兩種最極端的學術意識，也特別常見。我最近正為碩士論文苦惱，論文導師說我的論文論點很多，但總是無法把論點之間的關係梳理清楚。我頹然地把論文拿回家，畢竟導師的批評是對的，我也改得心甘命抵。但最令我不甘的是，為何一定要把論點連起來，好讓論文「看起來」更加嚴密？為何一定要為論文建立一個框架，以突顯其中心思想？如果只是要玩好「學術」這個遊戲的話，一切便好辦。問題是，即使我有能力把論文的邏輯寫得密不透風，讓我能順利畢業，也仍無法令我完全相信，這就是我一直希望追尋的「事實」。

《後事實追尋》（*After the Fact*）這一書名對我的啟發到底有多大，我仍然不大清楚。本書的作者，美國人類學大師紀爾茲（Clifford Geertz）總是把「人類學」一詞琅琅上口，因為他相信：「人類學或許是最質疑自身到底是什麼的學科。」在這部一半是自傳，一半是討論何謂人類學的著作中，紀爾茲回溯了他跨度四十年、經歷摩洛哥和印尼兩個國家的深度田野生涯，到最後仍是將這門學科置於被懷疑的境地之中。在人類學中,最令人引以自豪也最需要被懷疑的核心,正是民族誌的研究方式。人類學家不訴諸既有觀念,也反對傳統社會學式由上而下的框架建構,乾脆將自己拋進被研究的田野之中,然後才從中發現真相。人類學中有一說法是:在你開始進行田野考察時,是不知道要研究什麼的。這是因為,研究結果總是在事後才出現。這正是紀爾茲在本書中要反省的焦點。

「After the fact」一詞是語帶雙關的。紀爾茲說,「after the fact」有「追尋事實」之意,即是在追尋之後方能獲得對事實的詮釋。不在事前建構事實,正是田野考察神妙之處。然而,紀爾茲卻提醒一眾從事人類學研究的朋友,即使是在事實之後的「事實」,也仍是需要謹慎處理的東西。人類學的研究往往把一個又一個的故事說好,這些故事總是起承轉合、有始有終。但現實卻又偏偏不是這一回事。紀爾茲說,我們總是傾向以第一印象來理解事物,即使是最訓練有素的人類學家,面對著七零八落的事物碎片,他們所關注的也是故事的連慣性,於是在整合事物碎片的過程裡,很容易便會套上了他們的第一印象,無意間便建構一個理解的框架。情形就好像我們在玩拼圖時,先拼好四條邊,好讓在拼其他小塊時能有所依循。事情如何被呈現,自然深受這個框架影響。

但美妙的卻是,在這種幾乎是無藥可救的自我質疑裡,這位人類學大師居然仍能心安理得。他說:「在如此不確定的追求下，在這樣不同的人群裡，在這麼分歧多樣的時代中，並沒有太多的確信或是封閉的感受，甚至連到底在追求什麼都不是很清楚。但這是一種度過人生的絕佳方式，時而引發興趣、時而令人沮喪，既有益處又充滿樂趣。」

於是乎，問題又回到我那位讀人類學的朋友的說法裡：intellectual curiosity。研究本身是否具有意義，結果研究是否嚴密精闢，到頭來原來都不再重要。任何研究，只要能滿足我們的好奇心，讓我們有一個比較理想的人生，那就已經很足夠了。對我這個正為論文掙扎的研究生來說，這是讀過人類學的朋友們最美妙的啟示。 2010.3

克利弗德•紀爾茲（Clifford Geertz），《後事實追尋》（*After the Fact: Two Countries, Four Decades, One Anthropologist*），方怡潔、郭彥君譯。台北：群學，2009。

地鐵是複數的孤獨

地鐵是一個奇怪的城市有機體。有時它很冷酷，就說香港地鐵吧，近一年我們對港鐵印象最深的，不是它擠逼，不是它延誤，也不是它加價，而是它冷酷地攔截了古箏，桌球棍和大畫框，卻放生水貨客的行李。我總是納悶，為何輿論幾乎是一面倒批評港鐵選擇性執法，而不去質疑所謂「港鐵附例」是否合理呢？

譬如說，單車客必須把單車前轆拆掉才能上車，早有單車團體指出，手推一輛健全單車，不會比一手拿前轆一手拿車身更危害乘客安全。我不騎單車，較影響我的可能是我要在車廂裡偷偷摸摸地吃一個作為早餐的麵飽（又不是吃湯麵或榴槤！）；還有原來替小孩量身高的一米長頸鹿，被無聲無色換成95cm的猴子，並刪去三歲收下免收車資的字樣（小兒三歲未到，身高已過95cm了。而在不少地方，未來三五年他都不用買票）。

對於這些無聊規矩，我不打算花很大力度去批評。我只覺得，如果一個城市的地鐵只有這類事情給當地人記得，其實是很可悲的事。幸好我們的地鐵不是經常都如此冰冷，它尚有很多溫熱如家的時候。1980年，地鐵通車第二年，陳百強推出了一首名叫《幾分鐘的約會》的歌，歌詞頭幾句是這樣的：「地下鐵碰著她／好比心中女神進入夢／

地下鐵再遇她/沉默對望車廂中」一曲穿透了很多人的愛情記憶。此曲後來在九十年代和二千年後都曾被翻熱過，至今聽來，雖然詞風已舊，跟網絡世代的愛情觀也沒太大牴觸。

我們在地鐵月台上等待愛侶，跟她/他靠在車廂玻璃前親熱，無視旁人側目和手機鏡頭。或者我們不去偷看他人私穩，把頭頸低到手機屏幕前，跟他人保持世界最遠的距離。又或者我們該把手機換成《紅樓夢》、托爾斯泰和普魯斯特，再次無視別人的怪異眼光（這次該沒手機鏡頭了）。從地鐵路線的拓撲圖來看，地鐵是個由點和線構成的網狀社會場域，我們遵守港鐵附例進入網絡，乘列車在城市空間裡轉移。但我們總是沒有移動之感，反覺被困在一個封閉空間裡，（被逼）跟一大群陌生人（乘客）共同生活。我們經常選擇孤獨，避開他人的眼和臉；我們帶上手機和書，視線卻不由自主地偷看著：一個坐在關愛坐的年輕人和一個撐拐杖站著的老人，一個給母親大罵嚎哭的小孩，一個素未謀面卻一見鍾情的純愛客體……我不是要把地鐵寫成浪漫故事的場景，而是要將地鐵放回思考桌上，考察它怎樣編織我們的社會生活和集體記憶，同時感受它僅存的熱情。法國人類學家馬克·歐傑（Marc Augé）在1986年出版過一本名叫《巴黎地鐵上的人類學家》（*Un ethnologue dans le metro*）的小書，二十二年後的2008年，他又出版了續篇《重返巴黎地鐵》（*Le Métro revisité*），兩書跨度巴黎地鐵的兩個世代，記載了一個老巴黎怎樣透過地鐵重構自我跟城市、社群與生活之間的關係。

在城市研究範疇裡，歐傑頗有盛名。他最著名是提出了「非地方」（non-lieu）的概念。一般而言，「非地方」是指城市裡一些無歷史感無地方的空間，例如大商場、新式車站、高速公路等，常遭城市愛好者唾棄。而歐傑卻頌讚「非地方」的非象徵化特質，正在其於缺乏既有歷史也無特定認同方式，「非地方」才有被不斷修改，生產和配置的可能。

作為「非地方」一種典型的地鐵，它的冷酷不過是常給我們放大的面貌，對歐傑來說，巴黎地鐵的熱情幾全來自他視地鐵為社會縮影的生活經驗上。例如，他童年時經常在某一條地鐵綫上漫遊，綫上每個站名都背負著一段巴黎城市歷史，但小歐傑卻按個人回憶去辨認這些車站：某站是祖父母的居所，某站是有他十分喜愛的公園，等等。對歐傑來說，由漫遊和個人回憶繪畫出來的地鐵圖，是他進入社會化過程的印記，城市人每天都搭地鐵，生活中每個節點，學校、工作、朋友、家庭，都必定會跟某些地鐵站掛勾。

用歐傑的話，地鐵綫就如掌紋一樣，是一些彼此交匯的綫，一段段來回往返的路程，岔口和轉車站。進入地鐵，不只是進入一個當下城市的場域，更是進入一個複雜的社會複合網，其中有你自己的全部生活記憶，也有他人的，然而你跟他人的記憶並不完全重疊，也不互相平行，而是像地鐵綫與地鐵綫的關係一樣，在某個轉車站上，你跟他人終會相遇，然後再次各行各路。

所以地鐵是「整體社會事實」(un fait social total)的一個隱喻。曾深受人類學大師牟斯(Marcel Mauss)和李維史陀(Claude Lévi-Strauss)啟迪的歐傑，認為地鐵所展示的社會性格，就是一種低度的集體認同：我相信我跟他人同屬一個社群，同時我亦無法忽略日常生活中的孤獨感。歐傑以「複數的孤獨」(solitudes)來描述這種現代社會的弔詭。在地鐵裡，人們聚集，彼此接近，大家都依循著地鐵的法規共同經驗和行動，直如節慶儀式一般。但這種儀式性的集體經驗短暫又不穩，我和他人互相防備，各自保留自己的私密想像，節慶的共同感實際上並不存在。

歐傑說：「再沒有任何東西，比個人的地鐵路綫更加的主觀，但同時，也沒有任何東西比地鐵綫更具有社會性，不只因為地鐵綫是在一個過度符號化的時空裡展開，更是因為在地鐵裡展現的主體，在不同情況下給予地鐵定義的主體，讓主體就像整體社會事實一樣，將自身發展得更為完整。」(《巴黎地鐵上的人類學家》，頁81)

我在1985年開始搭地鐵，跟歐傑初寫巴黎地鐵只差一年。那時我住在維園附近，每天上學都會經過一座名叫「銅鑼灣裁判司署」的殖民地古典建築，但那裡卻常被人稱作「北角」。後來裁判司署給拆卸了，換成一座龐然很多的栢景臺，地下則變成地鐵站。從此這區就有了一個新名字：天后。所以我很能體會歐傑說地鐵作為社會整體事實的意思，因為地鐵於我，恰恰是一個社會化的起點，我有了新的地區身份（天后人），目睹了城市空間的士紳化，亦被渡進了一個需付費和被規範的地鐵網絡。我的社會生活便依著港島綫順藤摸瓜。

亦正因如此，當我讀到歐傑廿二年後續寫《重返巴黎地鐵》時，卻遭遇到巨大的脫節感，我不禁也有種類似的垂老之慨。在他筆下，巴黎地鐵就如波特萊爾詩句裡的拱廊街，是現代性的一張剪影。然而廿二年間，時代加速，當現代世界跨過千禧年，不居和永恆間相互辯證，他發現地鐵已悄然變得奇觀化了：票務員退場，站內永遠在施工，免費報紙的流動消失，換成了鋪天蓋地的電子廣告，光鮮無礙的通道和出口，還有效率，舒適，自動化，貧乏和奇異感。

歐傑最後總結說：「我在地鐵裡發現的是，青春、貧窮和現代性的怪異結盟。」（《重返巴黎地鐵》，頁98）此書成了他個人的回憶錄，一個人類學家的普魯斯特式書寫，孤獨感自複數集體的內在間隔裡蔓延開去，在新世代的陌生洪流裡，追憶那個巨大的「前——後現代」（pre-postmodern）社會隱喻。

在掩卷當下，我正好在地鐵車廂裡，眼前是個攜著兩孩的母親，一邊餵哺小兒，一邊督促長女做功課。過去關於香港地鐵的全部印象突然一哄而上，管理主義，奇觀社會，公共生活，文藝交託，一概能在地鐵裡找到蛛絲：我們得在地鐵裡好好觀察自己，同時扮演土著和人類學家的角色。

2015.12

馬克·歐傑，《巴黎地鐵上的人類學家》，周伶芝、郭亮廷譯。台北：行人文化實驗室，2014。

馬克·歐傑《重返巴黎地鐵》，周伶芝譯。台北：行人文化實驗室，2015。

讀書記（二則）

一個書評者的多餘話

第一次讀蕭乾的《書評研究》，是在我正式寫完第一篇書評之後。這篇書評登在哪裡，寫些什麼，已完全不記得了。我只記那應該是一個仲夏的下午，天氣翳悶得令人討厭，圖書館也冷得著實可怕，我蹲在森然的書架面前，一頁一頁地翻著。這位笑容出奇可愛的中國文人，居然把書評這一活動當成一項志業，還成了他的學位論文的研究題目，可真把我這個剛展開評書生涯的小子嚇住了。蕭乾在書裡說，寫書評既要有平衡心，不以一己之好惡而胡亂評介，也要有豐富的知識和崇高的品味，才能對書作出最佳的判斷。寫書評就像做人，必須良心未喪，貪愛智慧，擁護真理，這才不枉書評之聖潔。這種態度，我把它稱之為文人的「傲骨」。

真至很久以後我才明白，這種傲骨，原來是蕭乾那一代文人的普遍性格。他們習慣把文字活動看成是民族靈魂的展現，聖潔還是腐朽，取決於文人對待文字的態度，文字只能成為道德的載體，讓文以載道，不僅是寫文章的金科玉律，更是救國之一大路徑。

天下萬物，若不是「道德的」，難道就只能是「不道德的」？難道就不能找到一些與道德無關的領域嗎？書評寫得多了，我有時會不禁納悶：評書難道就不能誇大偏袒嗎？

就不能感情用事嗎？書評也不過是文字一種，既然可以載道，自然也能載情。當然蕭乾研究書評的貢獻是有的，但比起譯出多部包括《尤利西斯》等巨著，可真不算是什麼豐功偉業。在他的文字當中，我彷彿讀到一份這樣的「迂腐」。

這種「迂腐」是現代評論者的大忌。它不是説你有原則、有堅持，而是説你偏執狂、戀物。我所寫的第一個書評專欄是很莫名奇妙的：每星期一篇，八百字，兩本新書。專欄就是這樣怪誕的，用印刷的頻率、紙張的大小和編輯的喜好來決定文字的屬性。於是每星期我的工作就是：找兩本書，各用二百字介紹內容，然後再各用二百字來點評一下。我一直都想不通，到底有沒有人能用短短二百字分別介紹和評論一本二百頁的書，然後居然可以再融合成一篇上佳的書評文章。起碼我當時就做不到，只能拼拼湊湊，蒙混過去便算。

自覺寫得不好，也寫得不爽，後來就不寫了。然而不久我就發現，續寫專欄的那位朋友，寫得甚至比我爛，也比我更沒誠意。大概那位編輯所需要的，只是填滿版位，而不是一篇書評。沒為有發表機會和微薄稿費而堅持下去，算是我的「迂腐」。

沒有像蕭乾一樣的迂腐書評者，也沒有人認真對待書評這一回事。在現代書評工業裡，關於書的文字可以分為三類：第一是書訊，用最簡短文字，告訴你最近有什麼出版物；第二是書介，或一個比較時尚的名稱叫作「書短」，就是用有限的文字推介一些經過篩選的書；第三是書評，即用盡可能長的篇幅，深入評介和分析某一本有價值的好書。當然，用現代報紙雜誌的標準，「盡可能長」是指一千字左右的篇幅，沒可能再長。

至於寫書評的人呢？我很少聽過有一種寫字的人會叫「書評人」，現在的書評大都是以下三類人寫的：第一類是記者和編輯，他們拿了出版社的樣書，或向書店借來新書，便用上傳媒工作者特有的衝死線能力，努力爬格子；第二類是學者和專業人士，他們要主是評論自己專業領域裡的新書舊作，像大企業老闆評商管著作，文學教授評新著小說之類；第三類則是一些職業寫手，他們有個很沒趣的名呼叫「文化人」。文化人的全天候特殊技能，就是你叫他寫什麼，他就能寫什麼。沒有人能明白這些人何來資料和靈感，信手拈來也總寫得頭頭是道的。寫書評這回事，自然難不了他們。

文化人踏地不穩，也無處容身。現代社會日趨專業化，若你有點本事，自然能找到容得下你的專業領地，文學創作也好，學術研究也好，政論也好，影評也好，總能為你找個名目。文化人看似什麼都是，其實什麼都不是，看似什麼都能寫，其實什麼都寫不出名堂。至於我，著實對「文化人」這個叫法厭惡得很。不願當文化人，也需要找個填在卡片上的銜頭。寫書評多了，「書評人」的叫法就顯得順理成章，況且我也算是一個「掛名」的書店店員，以書店店員的身份來寫書評，聽起來也算得上有點「專業資格」。

重讀蕭乾的著作，才發覺他的理念雖有點迂腐，分析功夫卻是一流的。他把書評者的角色分為兩種：批評家和書評家。批評家需要有寫書評必須具備的各種素質，譬如說什麼精闢見解，崇高品味之類，不一而足，但當書評家則要多做一件，就是「為人民服務」。蕭乾要求書評家除了做足批評家份內事之外，更要懂得寫得夠快、夠準、夠淺白，別故作高深。這與其說是對書評者的分類，倒不如說是對書評格調的區分。但打造書評格調，不在於書評者的心態，卻往往跟書評欄的大小和位置有關。我曾經寫過這樣的一種書評：一頁報紙，擠十來個格子，每個格子寫一本書。可想而知，這些書評根本無「評」可言，極其量只是書介書短，輕描淡寫的告訴你有如此一本書。快是夠快，至於什麼深入淺出、分析透徹之類的書評格調，抱歉，實在容不下來。

或者我應該認真想想，到底什麼才是好。這樣說吧，一篇屬於當代的好書評，到底應該是情理兼備的。詩人評書感情洋溢而說理不足，學者論書分析深入但文筆乏味。寫好書評並不在「評」，而在「書」，這也是蕭乾區分批評家和書評家的另一方法。文藝評論的對象是藝術作品，是一個可供分析的文本，但「書」卻不是文藝意義下的文本，哪怕你要評的是一部文藝小說，書評也不能只針對書裡究竟寫了些什麼。內容只是「書」的一部份，「書」也包括裝禎設計、出版大勢、時代背景等等的事情。當代文化理論中有一個很好的說法，叫作「互文性」，書評者實在不應該把「書」看作文本，而應該把「書」看成世界中的一個節點，用書評把各式各樣的「事情」連結在一些，一拼討論。這就是文化上的「互文性」。其中最重要的一個連結，就是書評者自己跟「書」的關係。情理兼備者，無非就是書評者把自己視作詩人和學者的合體，既寫情，又說理，而書評的格調，也就在這情理之中累積出來。

夠理想了吧？是的，結果我也走上了這條「迂腐」之路，跟蕭乾不惶多讓。大概所有幹著文化人的勾當，卻又不願做文化人的朋友，都有著同樣的迂腐：不願為稿費折腰，要為真理而戰。

但當然，我也不是一個什麼文人，所謂迂腐云云，不過是吹噓而已。稿子仍是提筆就寫，稿費繼續伸手就要，區區一千幾百元自然捨得，而是我就是沒有勇氣，承認自己是多麼的多餘和淺薄。或者我唯一的願望，就是能像瞿秋白一樣，調侃地說上幾句真心的多餘話。 2007.12

夏讀戰記

以書為伴，是一種被虐狂。我很少覺得閱讀是消閒好玩意，每當深陷閱讀的狀態時，書便成為了敵人，它要讓我戰勝，讓我征服。可閱讀是一場終身大戰，我總是被擊敗，被嚇倒，尤其在香港的七月天，這個號稱閱讀的季節裡，我們都以為可以大快朵頤，讀個不亦樂乎，誰不知這才是書本盛氣凌人之時，我們之敗，自然在於形勢比人強，好書太多，時間太少，早已是閱讀的金科玉科。但更多時候卻屬非戰之罪。

大概是第一屆的香港書展吧？我跟哥各湊了幾百塊零用錢，浩浩蕩蕩來到書展現場，買下一套三十六冊的《金庸作品集》。然後媽便說，先別逛了，馬上坐的士回家吧。自此我也再沒有為書展而「打的」回家，然而直至很久以後，我才明白，為了保持與書本作戰的狀態，「打的」此等安逸之舉，是決計不行的。書展其實不是「逛」，而是「戰」，書展根本就是一個「與書抗爭」的戰場，沒有戰意，你便不會有猶在百萬軍中穿插遊走，突破重重人海的勇氣和決心；沒有戰意，你就無法在面對堆成書山、砌成書堡的攤位前不動聲色，冷靜地尋找山中寶藏；沒有戰意，你亦沒可能按奈得住，靜待書山將近崩塌的書展尾聲，在減價牌子下搜出大堆十元八塊的好書。於是，我堅決讓自己變得幹練，置好大背囊、購物袋、以至旅行喼等裝備，清楚盤算好在展館內外的長征路線和主要戰場，然後等待一個最佳時機，通常是平日下午或書展結束前一兩小時，便昂然邁開大步，逆水之寒，紛至沓來。

買書跟閱讀都是殘酷的，書展過後「打的」回家，只會讓我自覺懦弱，無法駕馭書的重量。是的，書的重量，首先在其物質重量，然後才是它的價值重量。有一個說法是這樣的：在香港，如果你拿著一部沉甸甸的名著，比如說是喬伊斯的《尤利西斯》吧，然後坐在地鐵車廂內細心閱讀，你很可能會遭到無情的白眼歧視。遭人白眼我絲毫不怕，怕的僅是書的重量。

與書作戰的首要條件：力量。打閱讀的仗，時間一長必敗無疑，這便是「時間太少」之迷。我們只能效法毛主席打游擊，偷來坐車等人吃飯睡前的時間，翻上兩頁，細讀幾行。沉重的書，攜帶不便，捧著不順，不利於站著閱讀，尤其是在搖晃擠迫的書廂裡。我常努力練習握好各式重量形狀大小的書本的竅門，但歸根究柢，力量淩駕一切，你有本事一手捧著一本七八百頁的《尤利西斯》，另一手緊緊握著車廂扶手，再開出一個四平馬，在顛簸的車途上仍能穩住馬步，穩若泰山，你才有跟重書拉鋸的資格。

所以我才一直是喬伊斯的手下敗將，是曹雪芹的手下敗將，也是杜斯妥也夫斯基的手下敗將——除了《地下室手記》一役之外。後來我轉戰小書，以為書身輕了，就有勝利的把握，於是我把本雅明的《機械複製時代的藝術作品》放進小背囊裡，拍手便走。手執不上百頁的小書，自然游刃有餘，然而我還是輸了，而且輸得相當難看。只能慨嘆時不與我，七月之夏果真是好眠之時，這時的公眾地方彷彿都是供人經過，而不容人們駐足。當然夏陽未必毒，但配上煙塵廢氣，還有經過精密設計的短窄街路，夏日街頭，盡成荒漠沼澤。於是我急急攜著那本輕巧的本雅明，撤出日照之地，退入冷氣瀰漫的場所裡。

從沒有人說過公眾地方是不准閱讀的，事實上一眾考生學子早就進駐了快餐店和咖啡室，但對於我輩與書作戰的戰士來說，難道不是應該追隨巴黎左岸知識份子的身影嗎？為何偏偏要跟考生學子爭一日之長短？他們所到之處，遍地筆記，討論之聲此起彼落，靜心閱讀的氣氛蕩然無存不在話下，我甚至曾經試過在某星巴克裡瑟縮牆角，為跟旁座的學子共享一盞甚具「情調」的暗燈，得被迫把他們的微積分都聽得清清楚楚了，反而任由本雅明的消逝靈光真的消逝了。後來我也試過轉戰麥當勞、大家樂、商場food court以至樓上cafe，所到之處，雖然偶有勝仗，但還是損兵折將、敗陣而回居多。

幸好，我終於讀完這本多年前從書展買來的本雅明，儘管為了戰勝它，我已不知轉戰了多少個冷氣場所和擠迫車廂，也不知受了多少可能遭人白眼的心理折騰——是的，那不過是心理折騰，而不是真正的白眼，事實上歧視我在公眾場所讀本雅明的，可能只有我自己，而狀況更可能是：根本從沒有人注意你看什麼書，更枉論是歧視白眼了。可是，這種不經已的漠視，難道不是一種更大的歧視嗎？每年書展過後，總有朋友問我這年買了多少書，花了多少錢，而我卻總是期待他們能問我買了什麼書。可惜每次期望也準是落空的。這個自然，好書既多，朋友們不是藏書家也非出版商，縱使我能如數家珍把書名一一說出，他們也只會報以一臉茫然，讓我弄個自討沒趣。若連朋友也都如此，何況別人？

少年時候，我常有一個俗庸的幻想：在咖啡店內，我捧讀著一本頗有水準的書，忽然眼前出現一位美貌女郎，亦拿著相同的書，迎面而來向我搭訕。當然這種青澀情節從未發生，如今想來，不是美貌女郎也行，不是相同的書也行，不跟我搭訕也行，我唯一所願，有人跟我一樣看著書，也願意花上一瞥的時間打量一下我所讀的書，然後報以或是欣賞或是鼓勵的眼神——這不為吹噓我這故作文人的姿態，而只為對我與書作戰作出一點精神支援。起碼讓我知道，閱讀雖是一個人的戰爭，從未進入公共視野，卻仍有很多的跟我一樣的同志，在夏日的長街上，而不是躲在靜寂家中，與書本孤獨地作戰，以保存艷陽下的閱讀靈光，僅此而已。

2008.7

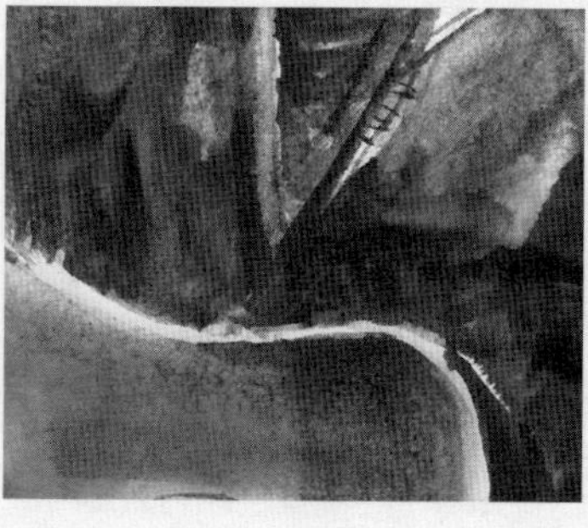

輯四：Fashionable （Non）sense

我如何走過文化研究的歷練之路？

一、老師們會教什麼？

一個令人討厭得很的說法：「讀書不是求分數」。這句話本身並不虛假，虛假的只是說這句話的人。這句話的意思本應該是：「讀書不應該為求分數」，而當教育工作者說出了這句話時，就是為了表明他們對填鴨式教育的拒絕。但很多人都暗地裡知道，中學老師所教你的學科知識，除了一小部份之外，其他都是為了考試的。因此，這句話本身已是充滿意識形態：教育制度實際上是言行不一，但在「教育理念」這類意識形態之下，真相被隱藏了。

如何揭露這類意識形態，就是文化研究老師教的其中一種東西。在文化研究的課程裡，同學們通常不會聽到這句廢話，反而會在老師身上學習到四種東西：「常識」、「常識背後的運作邏輯」、「對待常識的方法」、以及透過學習前三者所得到的知識、能力和性情。

為何「文化」值得研究？根據一位文化研究理論大師的說法，「文化」是「生活的全部」(a whole way of life)，而「常識」正正是構成生活的重要部份。所以文化研究的第一課所教的，就是「常識」。常識大家都懂，自然不用老師來教，他們所教其實是「常識的本質」。我們平常視常識為必然，例如「賺錢才能出人頭地」、「男性的數理能力比女性好」、又或者「讀書不是求分數」之類，但我們往往忽略了這些常識到底從何而來。透過分析各種文化現象，我們就會發覺植根在生活裡的種種說法和觀念，原來都不是自有永有的。文化研究的首要任務，就是要揭開這副「常識的面具」。

文化研究的老師通常不會告訴你：「別相信常識，因為常識是虛假的」，反而有兩個關於文化研究的關鍵詞，我們就必須要記住：「意識形態」（ideology）和「權力」（power）。這兩種如鬼魅般的「東西」，正正支撐著「常識」的運作，因此在文化研究的領域裡，揭露常識的本質，就是要梳理清楚背後「意識形態」和「權力」的具體運作。比如說，「賺錢才能出人頭地」這句本身並沒有錯，因為在現今社會的狀況下，它是切實地反映真實的。而文化研究則會問：「出人頭地」是什麼意思？為何必須用「賺錢」來衡量成功與否？為何我們的社會要有這樣的集體想法？若再追問下去，我們大概會得到「資本主義」這一答案。老師自然不是只告訴你「資本主義」四隻大字，他們可以用一整個學期的時間，告訴你「資本主義」這一種統治全球的意識，到底是如何運作的。

老師會教的第三種東西是「方法」。方法不只是推理方式，也是更多迷人的理論思潮。文化理論可謂博大精深，若任何一位文化研究學生能在畢業前掌握到一兩套理論，已經是很大的成就了。不過歸根結柢，所謂的文化理論，其實也可以稱為「批判理論」(critical theory)。「批判」不是罵人,還是大哲學家康德說得好,「批判」應該是指「從頭問題」:在我們認同或反對一個說法之前,首先應先從最根本的前提問起,方可破除固有的成見,看見真理。文化理論既是一種工具,也是一種思考方式,它不是要為我們提供答案,而是提供走向真理的路徑。但至於能否到達,就要看各人的造化了。

於是,透過反省、發掘和批判,一個文化研究的畢業生會帶著很多知識和能力離開校園,然而,這都不是老師最希望同學得到的。他們的願望是,同學既懂得如何批判世界,也能領略到一份包容的心。張愛玲說過,「因為了解,所以慈悲」,借用在文化研究的學習歷程裡,居然也熨貼得很。

二、文化研究是什麼

任何老師都會明白一種所謂「老師的宿命」,就是他們永遠無法主宰每一位學生的發展,他們只能創造學習的氛圍,然後讓學生各自修行領悟。以上所說有關文化研究的種種,正正就是我上課三年所經驗的那種氛圍,老師從沒有直接教授那些技巧和方法,而是透過文本分析開啟同學們對「文化」的敏感度和使命感。不過,除了那些朗朗上口的理論術語之外,同學之間對「文化」的理解和關懷的差別都很大。這並沒有什麼不好,因為從不斷的討論甚至爭論中，我們得以迅速成長。

但成長往往意味著是焦慮的開始。我們常常都會自嘲，文化研究不是要釐清思想，而是要搞亂思想，這就是焦慮的由來。

李歐梵教授曾經說過，在美國的大學裡，文化研究是一門跟社會脱節的科目，學者很懂得如何「政治正確」地談理論上的「政治」，卻從沒有真正關懷過社會。文化研究的「跨學科」特徵，過份強調當代文化的意義，反而失去了對人文學科傳統的承傳。我想，如果美國文化研究學者的陋習是「政治正確」，那麼文化研究學生的問題則是「感覺良好」：由於太懂得如何批評別人，自然會很犬儒地無視「文化實踐」的重要性。

文化研究就只是糾纏於「政治正確」和「感覺良好」之間了嗎？這是我學習三年不斷思考的問題。老師在課堂上不會教這些，況且，他們也無法教。於是，我開始從「文化研究」的源頭裡，尋找如何排遣矛盾的方法。

任何一本教科書上大概都會說，文化研究這一門「學科」乃是源於二十世紀六十年代英國伯明翰學派（Birmingham School）的當代文化研究中心（Center for Contemporary Cultural Studies）。當時一群學者對學院只著重研究傳統高級文化的風氣深惡痛絕，他們深信，作為學者必須懷著一份知識份子的骨氣，要面對群眾，直視生活，而不能長期躲在象牙塔裡顧盼自豪。於是他們開始深入民間，透過研究大眾生活，力圖重現當代文化的本質。

對於這段歷史，我通常都不置可否。反而有三個大名鼎鼎的德國人，可能更有資格被奉為文化研究的「老祖宗」。他們是：馬克思、弗洛伊德、還有尼采。有人說，他們的學說顛覆了整個西方文化，令現代社會朝著一個不同的方向發展。而我會補充說，他們為後世帶來的最大貢獻，應該是他們提供了思考「現代」的絕佳方法。我年少時曾經以為，今天是人類歷史上最好的時代，但文化研究會為我你證明了，當世界發展得太快，文化便得面臨「現代性的詛咒」：這不是說世界會因「現代」而滅亡，而是剛好相反，世界會因「現代」而繼續昌盛，但同時卻出現了更多前所未見的難題。

文化研究裡有三個相當重要的領域：種族（race）、性別（gender）和階級（class）。在這三個領域中，我差不多看到了關於現代的所有問題：壓迫、迷惑、欺騙、剝削。而文化研究的力量也正好在於：由於受到學科界線上的限制，傳統學科始終無法從宏觀上拆解這些問題，而文化研究則合時地成為馬克思所講的「批判的武器」，它帶領我們到達一個一般學術活動都無法到達的地方，並且教導我們從各種眼見耳聽的文化實踐形式中，發現其中的秘密：現代性的真實狀況。

這大概就是文化研究的原貌。可是，這又如何為我排遣「政治正確」和「感覺良好」之間的矛盾呢？

三、文化研究不是什麼

學習三年，我最終得到的，是一個學士學位，一個碩士課程的入學資格，以及一場觀看世界歷程的回憶。我開始相信，學院原來不是實踐文化的地方，學院裡的文化研究，只能教曉我如何在生活中實踐文化，用知識，用批判，也用寬容。

佛家有云：「見山是山，見水是水；見山不是山，見水不是水；見山又是山，見水又是水」，原來這不是什麼玄妙道理，而是最踏實的生活歷程。當文化研究的老師告訴我，常識充滿意識形態，就是要我破除「見山是山，見水是水」的想法；三年的課堂和論文訓練，我漸漸學懂了如何使用「批判的武器」，將生活文化中的山山水水一一打破，於是見山就不再是山，見水也不再是水了。然後，我跟同學都畢業了，還帶著一個尚未解決的矛盾。

直至很久以後，當我回憶起這場歷練，才忽然驚覺，原來我還尚欠一雙「把山看成山，將水看作水」的眼睛。曾經令我困惑不堪的那兩種狀態，原來都不過是這場歷練的前兩個階段：文化研究中的「政治正確」，就是必須「把山看成不是山，將水看作不是水」的原則，而「感覺好良」則是像我一樣的畢業生之狀態，為著自己有能力「見山不是山，見水不是水」而沾沾自喜。

又或者，從世俗的角度看，一個大學生追求的，是一種人個或事業上的成就；從文化研究的角度看，除了世俗的成就，一個大學生還需要學習如何從了解文化、批判文化中發現真理；然而，從生命的角度看，一個人除了成就和真理之外，還必須對生命負責，對自己的生命負責，也對別人的生命負責。當一個文化研究學生獲得了「批判的武器」之後，不僅要好好運用它，更要學習如何不去用它。我們需要認識世界，需要批判不公義，也要寬容地對待差異，平等地對待與自己不同的他者，包容地接受世界的多元性。

這，大概就是「見山又是山，見水又是水」了。

儘管我已把學習的生命獻了給文化研究，但我還是深信：文化研究不是什麼。在學院的建制裡，我們修讀不同的學科是一回事，我們安身立命待人處世卻是另一回事。文化研究可以改變一個人，但千萬別為文化研究所困住。這，正正是文化研究的精神所在。

2007.7

理論之後，思考之前

英國文化理論家泰瑞·伊格頓（Terry Eagleton）出過一本叫《理論之後》（*After Theory*）的書，他在書裡貫徹了他內行人罵行內的尖銳作風，批評搞文化理論的人過份執迷於談論文化，對世界上正在發生的一些更根本更逼切的問題視若無睹。文化理論家經常把理論當教條，言必稱傅柯、拉岡或其他大名字，口中定必後現代後結構的唸唸有詞，而偏又一再迴避許多當世的重大議題。伊格頓說：「當世界有半數的人口每天賴以維生的金額連兩美元都不到時，還可以心安理得地研究《六人行》（*Friends*）嗎？」

我第一次讀這本書的時候，大概是從本科升讀研究院的那年。現在我仍清楚記得在讀到伊格頓這指控時，心裡是多麼的不爽，也多麼的不屑。伊格頓貴為英國文化研究系統的領軍人物，名字如雷貫耳，既然他膽敢以「理論之後」此等意態高昂之説來命名新書，定必自詡有點理論上的新創見吧？很不幸，他居然放棄理論鑽營，卻重提那些幾已無人問津的老概念，如愛與死、邪惡與道德、宗教與革命等，似是有失他大理論家的作派了。他在理論生產上的怯懦，我時值血氣方剛，自然很不以為然。

當然我是沒有任何理由去否定這些看似過時概念的意義，我不過是也犯了一個讀理論太多的人常犯的毛病，就是用理論的標準去猜度他的任何言論。我那時很想跟他說：伊格頓啊，你這說法，未免太不夠理論性，太泛泛而談吧？

本來我曾一度要把《理論之後》這部「庸作」丟棄，或者賣掉，最後還是因為某個渾不可解的原因，我沒有這樣做。今年是2013年，從入讀文化研究本科算起，十年剛到，而就在我正要回顧這十年的學習生涯時，我竟然記起了它，一部早在書櫃暗角裡藏蠹納污的「廢書」。實在令我驚訝。

讀理論要講緣份，我老早就知道了。文化研究學科設計的規範性不強，縱有大批概論導論入門書目和課程都告訴你，話語權力要讀，西方馬克思要知，精神分析總得了解，女性主義、後殖民後現代也必須涉獵。但若非為滿足教授老師們的苛求，從來沒有一種理論是必讀的。

我曾經說過一個文化研究讀書心得，姑名為「山水辯證法」。大意是引佛謁「見山是山，見水是水」之典，說明讀理論的幾個階段：世界充滿意識形態之障，讀理論正是要裝備批判破障的武器，好把山水看成不是。但生命悠長，世界善變，批判不是唯一揭露真理的法門，而人生在世，最好還得知道如何觀照世界，學懂善待他者，接受多元，再把山重看成山，把水重看成水。

大約就是在考慮將《理論之後》一書棄之敝屣的那個時期，我把這條「山水辯證法」寫成一篇給學弟妹的小文章，後來文章還在好幾屆的本科新生之間廣為流傳。那幾年我的批判火氣很猛，理論也操控得熟，自然看不慣伊格頓的嘴臉。今天看來，我的理論之障很重，竟看不到伊格頓的意見恰已點出了我這種專愛玩弄理論的半吊子青年學者，總以罵人為樂，卻總是無的放失，因而常誤中副車。我口口聲聲要「勉勵」後學，不要拘泥理論，要學懂包容差異，但骨子裡卻又分明知道，這種說法陳義之空泛，是如何不切實際。《理論之後》之說一直如芒刺般弄得我坐立不安，我甚至相信，它的出現，就是要揭我瘡疤：這山水辯證根本就是讀理論讀過了火的結果，誰不知世態炎涼要批？誰說過寬待別人不對？問題是當政治氣壓愈來愈高，社會分殊盾矛盾勢難逆轉，我居然還有心情把如常識顯的幼稚園道理弄得如大理論般詭譎，也不去用心細想：我可以做點什麼實事？

於是，後來我總算勉強完成了那篇最初以為能拯救世界，最後不過是浪費木材的碩士論文，之後我決定休息一下，離開那個務虛的學院環境，一個人躲在洗手間裡苦思個人前途，順道把讀過的所有理論殘渣通通排出體外，然後沖入大海。令我驚訝的事，幾乎沒有一種理論最後能寄生在我體內，多年的閱讀竟不曾為我留下什麼，大多理論都是如酒肉穿腸而過，僅能讓我鍛練一下括約肌的功能而已。我聽過許多老師學長説，讀理論萬不可囫圇吞棗，不可拘泥一格，理論只是思辯方式，為我們的思考提供靈感和方法，諸如此類。我也幾乎搬字過紙的把這番道理灌輸給學弟妹們，好等他們在讀理論時可以心安理得。但誰可曾保證，大理論有解釋任何現實的能力？理論所知愈深，理論的局限就愈顯現，我們總是慣性地告誡後學，別亂用理論，要用就要「語境化地」用，可就連理論生產也是「語境性的」，我們又怎能「用」理論而不「亂用」它呢？

我的文化研究第九年，即2012年。我面臨著一個重大的人生抉擇：理論，還是現實？要麼繼續精研文化理論，並在博大精深的理論汪洋中忘掉現實世界的躁動，享受如把玩骨董的快感；要麼卸去一身理論習氣，返回歷史和現實現場，然後誠心地自問：若無理論，我關心的是什麼？我又是如何思考問題？伊格頓要回到受與死此等歷千年而不衰的命題，而我呢，或許是排洩理論過量，竟有點虛脫之感，心裡和腹腔都是空蕩蕩的。我走出了污濁的洗水間，只見外部世界正狂風大作，暴雨強至，那塊一直高懸著的「理論」匾額突如東亞病夫一樣被折成兩段，萎靡於地。而我似乎也終於看破了「理論」這道靡靡的山水了，至此我心念一動，馬上直奔書房，疾筆狂書，最後寫下了一份報讀博士的研究計劃書。那時我才發覺，扔掉理論家的理論，忘記教授老師的告誡，思考才有可能是一件樂事。我把伊格頓的《理論之後》小心放回書櫃，重新為它找個當眼的安放位置，就當是記念我在文化研究的十個年頭裡，一場微小私密的風波。

2013.8

巴特神話學：享受你的符號幻象

一

在我學習文化研究的漫長日子裡，「神話」(le mythe)[1]是最常聽到的學術名詞之一。說這是一個「名詞」，而不是一個「概念」(concept) 或「理論」(theory)，並不是從學理上考慮，而是要點出在嚴格學術理論和日常說話習慣之間的轉譯過程裡，總有著不同形式的誤認和錯讀。對於使用文化研究學術方法的人，尤其是學生來説，巴特 (Roland Barthes) 這套文化理論 (cultural theory) 十分好用 (applicable)，因為它顯淺、易懂，解釋力也強。[2]

人們對「神話」這文化研究理論的理解一般會走兩條大路，其一是把它視為破譯的技巧，這可遠溯至啟蒙時代的去魅 (disenchantment) 精神傳統，即把當前的社會和文化看成是一張被謊言和幻象遮蔽著的巨大帷幕，這帷幕就是「神話」，而文化理論的任務，就是要對這帷幕進行破譯、揭破，揭露帷幕背後的現實。其二是描述巴特的破譯方法，強調他跟索緒爾 (Ferdinand de Saussure) 的符號語言學方法的承傳關係，把任何文化現象生產過程都理解

1 「Le mythe」是法語，即英語中的「The myth」。在法國理論家巴特 (Roland Barthes) 的理論裡，「le mythe」並不是指流傳於先民或早期文明時期裡，被神格化的虛構傳説，因此一般把它中譯為「神話」並不十分準確。在文化研究學科的翻譯習慣上，這詞有時會被譯在「迷思」。香港文化研究的學者、研究生和學生通常會用英語「myth」指稱它，但這多不是基於學術理由，而只是語言習慣。為統一起見，除非特別説明，我會把巴特的「le mythe」姑且譯為「神話」。

2 「顯淺」、「易懂」跟「解釋力強」是有理論上的關係的。一個概念或理論若是容易明白，很可能是由於並非專指某些特殊的文化實踐，也沒有嚴密複雜的推論邏輯，而只是粗略説明了某種具相當普遍性的社會文化現象或運作邏輯。因此之故，其解釋力也可以不同地方上得到印證，這就是所謂的「強」。

為能指 (signifiant, signifier) 和所指 (signifié, signified) 之間的偶然指涉,說明文化現象中「表象」(文本、話語) 和「意義」(觀念、信仰) 之間並不存在必然關係。這種棄「必然性」而取「偶然性」的讀法,正是在文化研究學科裡一種很普遍,亦很容易引用的破譯技巧。

只要稍稍讀過一點文化理論,哪怕只是讀過一門「文化研究概論」課的本科生,都應該有足夠的理論能力可以看出,這是把「神話」跟「意識形態」(ideology) 混淆了。翻開任何一本文化研究課本,總能找到有關「意識形態」這個概念的各種定義和理論演化史。就以威廉斯 (Raymond William) 的《關鍵詞:文化與社會的詞滙》(*Keywords: A Vocabulary of Culture and Society*) 為例,其中「意識形態」一條裡就從啟蒙運動和經典馬克思主義兩大傳統中搜索,指出「意識形態」很早便帶有抽象、空想和激進之意,是貶義詞。到了馬克思和恩格斯手上,這個概念更被擴展為一套由物質關係和生產方式支配的主導觀念,「一種上下錯置的現實版本」(an upside-down version of reality)。換言之,意識形態能反映出社會的生產方式和經濟條件,這種反映有時真實的,但有時卻是虛假的,但不管如何,它都是一組源於某特定階級的社會觀念。[3]

把觀念造成的幻象理解為社會生產關係的再現,在馬克思主義傳統中相當普遍,例如法蘭克福學派 (Frankfurt School) 清楚地把意識形態看成是「虛假意識」(false consciousnes），即一種蒙蔽被剝削者真實生存狀態的錯誤觀念或信仰。阿爾都塞（Louis Althusser）把這種蒙蔽性的錯誤觀念連繫到統治階級的管治技術（即國家機器（state apparatus）之上。[4]而伊格爾頓（Terry Eagleton）更兼收並蓄地總結出六種意識形態的定義：社會信仰和價值、特定階級的世界觀、集團謀取利益的合法化工具、統治人民的方法、維護統治集團的欺騙性話語、以及社會自產生出來的虛假觀念。[5]由此，我們大概可以總結出起碼四種討論意識形態的切入點：性質（信仰、世界觀）、形式（觀念系統、欺騙性）、產生方式（反映生產關係、管治技術）以及功能（蒙蔽人民或被剝削者、維護集團利益）。

巴特的神話分析跟經典意識形態理論的確有不少對話空間，但當落入文化研究的學科話語時，神話卻經常被簡化為「意識形態」的庸俗版本（vulgar version）。人們既忽略巴特的具體推論，也忘記馬克思主義理論傳統，只是一概而論地把神話或意識形態約化為虛假或扭曲的集體社會觀念，而將陳述主體（即「我們」，文化理論使用者）置放在一個揭破幻象的破譯者位置。而破譯技術更出奇地簡化，大體就是指出，某某被社會普遍接受的觀念，其實是假的。譬如說，「婚姻」是一個「神話」，那不過是宗教、父權和現代資本義共謀產生的幻象。如譬如說，「偉大祖國」

3 Raymond William, *Keywords: A Vocabulary of Culture and Society* (New York: Oxford University Press, 1976), pp153 – 157.

4 見Louis Althusser, *"Ideology and Ideological State Apparatus (Notes Towards an Investigation)," Lenin and Philosophy, and Other Essays,* trans. Ben Brewster (New York: Monthly Review Press, 2001), pp85 – 126.

5 見Terry Eagletion, *Ideology: An Introduction. London: Verso,* 1991.

是一種「意識形態」，那只是民族主義和國家機器合謀的結果，等等。

例子不勝枚舉。但如果我只是一直舉例，以說明文化研究話語中的「神話」不過是一個「神話」，那我也只會返回原點，並未超越這個理論話語的陷阱。一個顯然易見的事實是：要說「神話」，先得重讀巴特的說法。而在此之前，我亦應先對這個「神話」的庸俗版本做一次簡單破譯。

我們可以按意識形態理論傳統，從性質、形式、產生方式以及功能作出分析，而對於巴特的神話，同樣可作相似分析。一般而言，僅從能指和所指的指涉關係理解神話，只能局部地說明神話的性質（被扭曲的觀念）和形式（符號指涉的偶然性），卻較少觸及其產生方式及功能。這是因為，這兩方面通常都牽涉到具體的社會性和物質性運作，用一般文本分析方法是難以解釋的。

對於神話或意識形態的批判分析，我們還經常忽略了兩個重大問題：接收方法，以及反抗可能。經典馬克思主義理論不重視接收問題，被剝削者要麼被想像為受幻象蒙蔽的客體，要麼被想像為揭破幻象、建立了其階級意識的歷史主體。他們很少會被想像，在認知幻象時能維持其主體性，而通常會被想像，在覺醒之後，當他們進行實踐性反抗（社會運動、革命）之時，其主體性方能夠實現。換言之，我們跟意識形態的關係是單線和單向的：「我們被動地接受意識形態」➔「我們主動地認知和揭露」➔「我們更主動地進行社會反抗」。

可是，這種思維忽略了兩點：人們對意識形態的接收方式不只有一種，而是有多種；同樣，人們對意識形態的反抗方式也有多種。我看巴特的神話分析之所以不應簡單歸類為意識形態批判，原因正是他花了相當多的精力在接收方式和反抗方式多元性的問題之上。經典馬克思主義分析跟文化研究庸俗版本的神話分析一樣，很容易會有陷入自我矛盾的危險，就是藉一套特定的觀念去批判另一套觀念，這在馬克思主義分析中尤其常見。在批評者所持的觀念未被檢驗的情況下，很可能只用一套意識形態來取代另一套意識形態。文化研究庸俗版本的神話分析的流弊也正是如此，例如以女性主義批判父權價值，後殖民主義對抗帝國主義等，那不過是以「政治正確」（politically correct）取代「政治不正確」（politically incorrect），卻未有判斷「政治正確」的論述何故合理。

我重讀巴特，正是因為他曾認真地回答這個問題。

二

在〈今日之神話〉（“Le mythe, aujourd’hui”, “Myth Today”）[6]一文中，巴特提出了著名的神話學（Mythologies）[7]分

6 〈今日之神話〉收於《神話學》一書的最末部份，是巴特在撰寫大批文化評論之後，所精寫出來的理論化文章，以從符號學角度回溯和闡釋他書寫文化評論的方法學。

7 對於Mythologies一詞的翻譯，有將之譯為「神話集」，以表現法語原詞中的複數。而內地譯本的譯者屠友祥則譯為「神話修辭術」，其原因有二：一是法語原詞中的後綴-logie有措辭或修辭方式之意；二是巴特曾直接定義神話為「一種言説方式」（une parole）。（見屠友祥，〈羅蘭·巴特與索緒爾：文化意指分析基本模式的形成——《神話修辭術》中譯本導言〉，載巴特，《神話修辭術·批評與真實》，屠友祥、溫晉儀譯（上海：上海人民出版社，2009），頁3。）我認為屠的翻譯自有其深意，唯這裡我仍採用較通用的「神話學」一譯法，是為先取一個詞意較空泛的譯法，再從重讀巴特原書的過程中，重建他對神話分析的理解。

析。然而，大部份對於神話學的理解，通常只停留在全文十一部份中的首四部份，這四部份分別闡釋了巴特如何借用索緒爾符號學的系統，拆解任意一個文化文本。

巴特首先指出，神話沒有實體，神話是一種言說方式，而且是一種由歷史產生的言說方式。[8]他的意思是說，神話並不是一種原初狀態的言說方式，它是人工的，也是因其歷史因素而成為這個樣子。如此，他就是排除了自然產生的人類語言是神話的一部份。但這樣一來，我們又如何區分神話跟前神話的自然語言呢？巴特在此便引入著名的三層符號系統圖。[9]該圖從層級上區分了自然語言（la langue）跟言說（la parole），在任何無法約化的初生符號系統（自然語言）中，能指和所指的偶然指涉關係僅具語言學上（linguistic）的意義，但當這偶然指涉所產生出來的符號，被賦予非語言學上的意義之後，這符號就會成為次生符號系統中的能指，跟非語言學上的概念，即所指，發生指涉關係，進而產生一個超越語言學意義的符號。這時候，神話便產生了。[10]

我們不難在任何一本文化理論雞精書中讀到類似的引介。但巴特向被視為一位文化理論家，而不是符號學家，這便說明了他所關心的並不可能只是神話作為一符號系統的運作邏輯，而更應該有其莫大的文化關懷。

在文章的第五部份「神話的解讀和破譯」中，巴特提出了一個我相信是整篇文章中最在點睛的問題：「神話是如何被接受的？」[11]他認為，共有三種看待神話的態度，第一種是關注空洞的能指，那就是看見為能指配上所指的無限可能性，於是人們就會毫不猶豫地佔用能指，從而製造出神話。他的意思是，神話製造者懂得從層次較低的符號系統中找尋機會，配上意義並讓著符號升上較高系統層次。

第二種是關注充實的能指，那就對要對能指中的意義和形式作出區分，並指出意義和形式在整個符號化過程中如何被扭曲變形。換言之，這是一種神話破譯者的工作，人們揭破被扭曲的部份，並把神話還原到較低的系統層次上。

第三種是關注神話的複雜性和模棱兩可，意即關注意義和形式的扭曲機制，以及破譯神話的重點和難度等問題。在巴特看來，這才是對神話的最嚴格解讀方式，這是因為，前兩種方式是靜態的，分析性的，它們要麼以用神話學來製造神話，要麼以同樣方法來揭露、消滅神話。但這兩者都沒有真正接觸到神話的核心。巴特說：「第一種是冷嘲的方式，第二種是揭秘的方式。第三種則是動態的關注方式，它根據神話結構蘊含的目的來享用、欣賞神話，讀解者以對待真實和虛構兼具的故事的方式享受著神話。」[12]不難看出，任何庸俗版本的意識形態或神話批判方法，其實

8 巴特，《神話修辭術‧批評與真實》，頁169-170。
9 巴特，《神話修辭術‧批評與真實》，頁175。
10 「一位黑人士兵行法蘭西軍禮」是巴特所舉的一個最經典例子，但我認為他的另一個例子「我名叫雄獅」更能簡潔地説明何謂神話。「我名叫雄獅」這一句話語意很清楚，就是指「我」的名字叫「雄獅」。然而當這句話出現在一本文法書上的時候，它的意義變了，「我名叫雄獅」作為一句意為「『我』這個人的名字喚作『雄獅』」的句子，突然在文法書這個次生符號系統中發揮作用，它所指不再是「『我』這個人的名字喚作『雄獅』」，而是指「一個文法上的例子」。就在這樣情況下，神話便出現了。（巴特，《神話修辭術‧批評與真實》，頁176。）
11 巴特，《神話修辭術‧批評與真實》，頁189。
12 巴特，《神話修辭術‧批評與真實》，頁190。

都是巴特所指的第二種態度。

在這裡，我想引入另一位意識形態理論家，作為巴特神話學的對話對象：齊澤克（Slavoj Žižek）。嚴格來説，齊澤克不是巴特唯一的對話者，他只是代表後馬克思主義式（post-Marxist）意識形態批判範式，來跟巴特對話而已。齊澤克的觀點之所有其新意，是因為他能大規模地徵引精神分析尤其是拉康（Jacques Lacan）的理論，修正經典馬克思主義意識形態批判方式的理論困境，也同時能點出庸俗版本的文化研究批判方式的問題所在。

在《意識形態的崇高客體》（*The Sublime Object of Ideology*）[13]一書中，齊澤克提出了一個關於意識形態的著名論斷：「他們對自己的所作所為都一清二楚，但依然坦然為之。」論斷深刻之處，在於它顛倒了意識形態作為虛假意識的經典觀點，齊澤克認為，過去我們總是認為意識形態的操作方式在於欺騙我們，蒙蔽看見現實的眼睛，使我們錯誤地跟隨著意識形態去做。但實際上我們對意識形態的操作所知甚詳，卻仍然跟著去做。因此，意識形態的幻象，並非從認識論的方式去理解，雖然我們能在在認知上揭發意識形態的虛妄，但這早就在意識形態的計算之內，它之所以行之有效，恰恰是因為我們知其虛妄，但行為上仍在鞏固它。[14]

齊澤克的分析彷彿就是巴特神話學的更當代詮釋。兩人皆深刻地指出，「揭穿幻象」並不是意識形態的最終答案，相反，那不過是幻象操作的開始。巴特認為，即使我們能認清特定神話的指涉方式，那仍只是神話的製造者或揭秘者，神話的效力依然如故。反之，如果我們把「神話」直接置換成「意識形態」，那麼齊澤克所揭示的則是更激進地把幻象的構成歸因於接收者的行為之上，那就是說，正是因為神話破譯者要麼只關注如何充實空洞能指（較弱版本的犬儒主義者），要麼只關心怎樣戳破神話的謊言（庸俗版本的批判者），後者只是從認識論上分析，而前者則正如齊澤克所言，他們對幻象之虛妄一清二楚，卻坦然維護著它。[15]

這裡我還得舉一個齊澤克式笑話，以說明以上的論斷：在一輛火車上，一名波蘭人一直向著坐在對座的一名猶太人怒目而視。過了很久，波蘭人再也忍耐不住，向猶太人問道：「告訴我，你們猶太人是怎樣從別人身上榨取金錢的？」猶太人漫不經心的答道：「我可以告訴你，但不可以分文不取的。你先給我五元吧。」波蘭人給了錢，然後猶太人便開始說：「首先，你拿一條死魚，割下它的頭，將其內臟裝在一個玻璃瓶裡。然後，在下一個月圓之夜，你必須把這個瓶子埋進墓地裡……」波蘭人打斷了他，問道：「如果我做了這一切，我就會馬上發達了嗎？」「不要心急，」猶太

---

13 此書是齊澤克第一部英語著作，也從根本上奠定了他日後眾多著作的理論方法。

14 齊澤克曾用「犬儒主義」（cynicism）來說明這種看待意識形態的立場，這種立場是，它既承認意識形態背後的利益關係，也知道幻象與真實之間的距離，但總能找到維護假象的理由。見齊澤克，《意識形態的崇高客體》，季廣茂譯（北京：中央編譯出版社，2002），頁40-41。

15 當然，這裡仍未提到齊澤克借用拉康的理論，從如何滿足大他者慾望的角度，去解釋主體如何維護意識形態。事實上，在巴特的討論裡，他並未有清楚分析接受神話的主體跟製造神話者之間的關係，這大概是因為巴特在神話學建構的過程裡，仍有著相當明顯的結構主義（structuralism）痕跡，他更重視結構（神話的符號系統）的操作機制。相對而言，齊澤克的分析要點則在主體的主體性如何在結構（意識形態）之中被生產。因此，我或會說，齊澤克的思路正如幫助我們讓巴特從結構主義的偏見中釋放出來。

人回答道:「這還不是你必須做的所有事情,如果你想聽下去,你就必須再給我五元。」波蘭人又給了錢,猶太人便繼續講下去,如是者,波蘭人不斷給錢,猶太人也沒完沒了地講下去。最後波蘭人終於忍耐不住,怒道:「你這無賴!你以為我不知道你想幹什麼嗎?這根本不是什麼秘密,你不過是想從我身上榨取所有金錢!」猶太人慢條斯理地回答他說:「好吧,現在你已經明白了,我們猶太人是……」[16]

所謂意識形態,並沒有掩藏著什麼秘密,秘密本身根本是坦露的,但既是如此,為何意識形態仍是恆之有效?恰恰是,原來被欺騙者並沒有意識到,他其實是「知道」意識形態的欺騙性,卻在「行動」上配合著。正是有他的參與,這場完美的騙局方能真正完成。

三

巴特曾為神話提供了不少性質,其中有三種性質特別值得注意:一、「神話是一種被過份地正當化的言說方式」[17];二、「神話總是一種劫掠的語言」[18];三、「神話是一種不帶政治色彩的言說方式」[19]從這三個論斷中,我們可以看到巴特並不是一味從符號學的方法去理解神話,而是暗含了左翼批判理論的思路。神話是被扭曲、被變形的語言,它是透過劫掠其他語言來充實自己的空洞,把扭曲變形說成自然,說成正當,卻將語言及神話生產過程背後的政治性悄悄抹掉。可是,對巴特來說,要解除神話,左翼的批判方式很可能不合時宜了,他甚至語重深長地提出了一種「左翼神話」的可能性：即一種沒有革命的左翼言說，「革命」成為了單純的空洞言說，像斯大林被神聖化的過程那樣，神話就產生了。[20]

那樣巴特如何看待「如何抵抗神話」這一命題呢？他曾明確提及，「零度寫作」(le degré zéro de l'écriture) 是他的基本手段，「只有零度才能抵抗神話」[21]。所謂「零度」，就是指一種迴避價值判斷和實踐介入的態度。巴特認為，足以抵抗神話的零度語言有兩種，其一是數學性語言，這種語言的意指關係十分固定，它是已完成的語言，能阻止受任何形式的劫掠，因而抵抗神話的能力也愈大。其二是詩歌語言，對巴特而言，詩歌是一種「逆行性符號系統」，跟神話不斷生產次生符號系統不同，詩歌則是力圖回溯語言的前符號狀態，神話跟詩歌的操作方向是相反的，「神話是自信能超越自身從而成為事實系統的符號系統；詩則是自信能收縮自身從而成為本質系統的符號學系統。」[22]

我認為巴特的抵抗建議，乃是在語言系統內部進行內鬥。既然語言的符號化總會導致神話，那麼拒絕神話的方式，要麼是堅守語言的簡潔（數學性語言），要麼是返回符號化尚未出現的原生狀態（詩歌）。這到底只是一種被動的拒拆，力圖把神話的影響排除在外，固守兩片未被污染

16 齊澤克，《意識形態的崇高客體》，頁89-90。
17 巴特，《神話修辭術·批評與真實》，頁191。
18 巴特，《神話修辭術·批評與真實》，頁193。
19 巴特，《神話修辭術·批評與真實》，頁203。
20 巴特，《神話修辭術·批評與真實》，頁206-207。
21 巴特，《神話修辭術·批評與真實》，頁193。
22 巴特，《神話修辭術·批評與真實》，頁195。

的淨土，卻終不是正面抗擊神話。

但抵抗並不就此中斷。巴特所批判的從來只是神話，而不是左翼，「左翼神話」所說的只是左翼仍有被神話化的可能，但左翼本身並不等同於神話。反而巴特還是相信革命的價值，他指出，當人們不是為了維持現狀，而是要改造現實，人們就會將語言和事物聯結起來，這時語言才會回到語言的對象之上，神話才不會產生。這便是嚴格意義上的「革命」。[23]

革命跟語言有關，卻不是內存於符號系統的爭逐中，也就是說，要消滅神話，單單從符號學角度揭露神話是不夠的，而是必須在現實中解放語言，讓語言返回跟現實事物的關係上，不要任神話在語言系統內部製造迷障。

最後，我還是需要回到前述那種第三種關注神話方式：巴特說：「第三種則是動態的關注方式，它根據神話結構蘊含的目的來享用、欣賞神話，讀解者以對待真實和虛構兼具的故事的方式享受著神話。」[24]在另一種意義下，「享用欣賞神話」這種曚糊的說法，似乎正遙遙召喚著齊澤克手下的拉康幽靈。按齊澤克的說法，面對現代意識形態的最後手段是「穿越幻象」(going through fantasy)：幻象不必揭破，我們需要做的並不是指出幻象是虛假的，而是跟幻象保持一定距離，體驗幻象如何支撐、修補和裝飾空洞的現實。[25]

對比這兩種說法，最堪玩味的倒是兩者都用上了感受性的方式作為我們對待幻象的態度，換言之，在巴特的神話學研究裡，早已蘊含了突破啟蒙式去魅的思考方式了。巴特提出「以對待真實和虛構兼具的故事的方式享受著神話」，便是承認任何神話、意識形態或社會幻象的版本都不是絕對虛構，而是真實與虛構相互糾纏在一起，難分難解。

我之所以提出以齊澤克回應巴特，正是他間接繼承巴特未及圓熟的思考，進一步點出作為陳述主體的「我們」，並沒有辨別真偽的能力。這是因為，陳述主體對社會幻象的介入，也是構成社會幻象的必要條件。差就是說，任何庸俗版本的所謂文化批判，皆是一種取消主體的作法，當陳述主體安於站在意識形態或神話之外，他就無法穿越幻象，無法享受神話，自然也談不上關注，那麼主體就只能是構成意識形態的一部份了。如此一來，任何文化批判也再不是文化關懷，而只感覺良好的自我慰藉。 2013.12

23 巴特，《神話修辭術·批評與真實》，頁206-207。
24 巴特，《神話修辭術·批評與真實》，頁190。
25 齊澤克，《意識形態的崇高客體》，頁103。

《兄弟》的下半身狂歡

——或,如何通往神聖世界?

一、窄門的真理

寫作就是這樣奇妙,從狹窄開始往往寫出寬廣,從寬廣開始反而寫出狹窄。這和人生一模一樣,從一條寬廣大路出發的人常常走投無路,從一條羊腸小道出發的人卻能夠走到遙遠的天邊。所以耶穌說:「你們要走窄門。」他告誡我們,「因為引到滅亡,那門是寬的,路是大的,去的人也多。引到永生,那門是窄的,路是小,找著的人也少。」

我想無論是寫作還是人生,正確的出發都是走進窄門。不要被寬闊的大門所迷惑,那裡面的路沒有多長。[1]

當余華寫這段文字的時候,或許只有感慨創作歷程無常,卻沒有注意到,當他引述耶穌的這句話時,他不只是說了一句關於人生哲學的偈語,而是道出了現代世界的真實狀態。寬門,恍如一座象徵偉大權威的巴別塔,統攝天底下的一切意識,壯闊而迷人。可惜,寬門的「偉大」原來只是神話,它的外部鍍了一層虛假的金箔,人們絡繹不絕,但都走不出重重的意識形態。幸好在寬門的陰霾之下,有一道毫不起眼的窄門。乍看起來,窄門污穢腐朽,但在敗壞的形軀之間,窄門突破了寬門的堅壁不壞,擾亂了神話的一錘定音,開啟了走向真理的道路。

但余華到底不是耶穌，耶穌指出了通往永生的窄門，而余華卻只是說：「通往真理的那道門，是『窄』的」。

世界的「窄門」究竟是怎生模樣？如果走窄門意味著反抗現實、追求真理，那麼，生活於上世紀的俄國人巴赫汀（Mikhail M. Bakhtin）就提供了一個奇妙的方案：狂歡化（carnivalesque）。在某種意義上，巴赫汀只是文學理論家，但我們卻從他身上看到了哲學家的思想高度：一種對「視域剩餘」的挖掘。任何人眼中的世界都是片面的，「我」總是看不到「他」所看到的世界，只有藉著「我」與「他」之間的對話，世界才得以有效地呈現。只是在強權當道的世代裡，強權以外的聲音必遭壓抑和隱沒，只剩下強權的獨唱。轉換成余華的說法，「窄門」沒有被開啟，開啟了的只有大而無當的「寬門」。

開啟「窄門」的鑰匙會在哪裡呢？巴赫汀發現了「狂歡化」。狂歡節是盛行於中世紀歐洲的民間慶節活動，當中沒有單調乏味的官方話語，卻充滿了熱情激盪的喧嘩之聲。巴赫汀反覆強調，狂歡節是民間的自發表演，沒有演員和觀眾之分，同時也是群眾的生活本身。只要我們徹底投進狂歡節的氣圍中，藉著各種笑話、污穢和肉體的展示和玩弄，官方話語的單一性就會被消除，呈現出眾聲喧囂的浮華景象。

1　余華，《兄弟》（上部）（上海：上海文藝出版社，2005），封底。

我們可以想像，在蒼天無道的鬱悶歲月裡，狂歡節確是一道充滿生命的熱光，它跟老是說「要走寬門」的官方話語周旋到底，令人亢奮無比。但狂歡節過後，窄門被狠狠開啟，那又會是一條怎樣的道路呢？據說，巴赫汀本人一直過著清心寡欲的生活，他的開門之法，全都只在小說和歷史的文本裡，而不是現實之中。他的「窄門」使他跌進了結構主義的陷阱裡：讓歷史失去辯證性，我們只能看見了歷史斷層中的騷動，卻沒有看見最後的烏托邦。

這時，我們聽到了法國人巴塔耶（Georges Bataille）的聲音。巴塔耶比巴赫汀小兩歲，但他一開始就沉迷於一個古老得多的狂歡節傳統裡：古希臘的酒神精神。哲學家尼采曾把古希臘文化理解為兩種並行不悖的精神世界：夢幻世界和醉狂世界，以太陽神為代表的夢幻世界創造了各種形式的理性和美學，以酒神為代表的醉狂世界則展示出豪情奔放的生命力。唯是在蘇格拉底之後，酒神的醉狂世界被排除，夢幻世界則無限擴大，成為西方文化中的理性中心思維。巴塔耶的走窄門之法，就是回歸這種在「歷史以前」的狂歡文化。

黑格爾和柯耶夫（Alexandre Kojeve）的辯證法，成為巴塔耶最主要的理論工具。他認為，人類歷史發展會經歷兩次「否定」，第一次是理性對自然的否定，人類以「生產」定義自我，獸性被排除和壓制；第二次是人類的獸性重新召回，理性世界中的「人性」假面被撕破，高度沉積的

「同質性」被推倒，非理性的內心體驗被重新釋放，展示出眾聲喧嘩的異質景象。巴塔耶說，這就是一個被理性「詛咒」的「神聖世界」，一切被詛咒的污穢、性和禁忌都會紛紛出籠，在世界的戰場上跟理性較勁。相對於巴赫汀，巴塔耶不僅把狂歡節場景理解為歷史騷動，而是讓狂歡節變成一種黑格爾式的揚棄（aufheben），為世界尋找一條辯證出路。

我們可以借用他們的構想來理解余華的那句「偈語」：走寬門是理性世界的常態，但若要發現真理，我們便必須走窄門。窄門是世界剩餘物的總稱，它破舊、污穢、被詛咒，隱藏著寬門的暗角處，從來沒有人願意走。但只有藉著這道窄門，我們才有撕破理性世界假面的機會，窺見真理的影子。

余華的窄門到底是怎樣？又是通往哪裡呢？

我們應該記得，當余華出道之時，正值先鋒派文學崛起。先鋒派者以一種否定任何意識形態主導的實踐方式，放棄對現實性的追求，展示出一種純粹遊戲和幻想的文學格局。因著對「文革」的殘餘記憶，他們沉醉於無邊際的幻想與逃亡中，對歷史產生了難以排遣的遲到感和頹敗感。他們只能以各種隱喻和象徵，盡情遠離大眾，建築起以自己為中心的語言迷宮，以圖講述僅與自己有關的歷史。

余華趕上了先鋒派的火車，卻也及時下車了。他曾經說過，一個作家應該是充滿不穩定性，任何所謂理論都應該無法羈絆他的創作。於是他開始脫離先鋒派的抽象風格，讓故事重新轉向現實生存，寫成了炙手可熱的《活著》和《許三觀賣血記》等著作，成為了中國文壇的旗手式人物。因此當余華「十年磨一劍」，寫出《兄弟》之後，他所要面對的就是人們對「文革」、「先鋒派余華」和「後先鋒派余華」的各種想像。

《兄弟》出版以來銷量極佳，但所引起的爭議也是大得驚人，論者的神經被觸動，狠批之聲此起彼落。例如在一本叫《給余華拔牙》的拼湊之作中，針對《兄弟》的指控主要有三：首先是對「文革」的虛假記憶。論者指出，小說中對「文革」的描寫只停留在紅旗、口號、毛澤東詩句等抽象符號中，就只有無聊兒戲的掃蕩腿和「搞電線桿」，這大概是余華一代對「文革」的記憶，卻不是大家所應該「認識」的文革；其次是對人性刻劃膚淺。論者實在無法忍受《兄弟》中大量重複無用的「口囉嗦」，但余華對故事細節的處理卻又顯得漫不經心，善惡衝突流於簡化，大家期望的荒誕效果也無從表達；最後就是格調低俗。從「屁股」到「處女膜」，《兄弟》中的「低俗」元素比比皆是，卻居然是出於像余華此等名家之手筆，實在是慘不忍睹。[2]

或者對於論者來說，余華作為一位萬眾期待的作家，好應該帶領讀者走康莊的「寬門」。然而事與願違，余華並不偏愛「寬門」，當他寫《兄弟》的時候，心裡所想的應該正是一道「窄門」：一場污穢不堪的狂歡盛會。

屁股、複調、狂歡主體

在小說《兄弟》中，余華要寫的是兩個時代的相遇：

> 前一個是文革中的故事，那是一個精神狂熱、本能壓抑和命運慘烈的時代[……]；後一個是現在的故事，那是一個倫理顛覆、浮躁縱欲和眾生萬象的時代[……]。[3]

在余華的筆下，兩個時代儘管格調迥異，但都沒有盛世的昇平和鬱悶，反而處處充斥著縱慾狂歡之態。上部的故事是這樣開始：

> 我們劉鎮的超級巨富李光頭異想天開，打算花上兩千萬美元的買路錢，搭乘俄羅斯聯盟號飛船上太空去遊覽一番。[4]

開首的句子往往是進入小說敘事世界的關鍵，余華自己也說過，如果一個作家在作品的第一頁沒有好好表達自己的敘述傾向，那麼很可能到了第一百頁也不知道自己在寫什麼。《兄弟》故事由主角李光頭的最後心願展開，彷彿已定下了以李光頭作為敘事主體的格局，但「我們劉鎮」這一寫法，卻從一開始就已經騷擾著小說統一的敘事聲音，為敘事主體的位置製造猶豫性。

有一套關於敘事觀點的經典三分之法：神眼、人眼和鬼眼。神眼能看透一切，人眼只屬某一角色，鬼眼則不在角色之內、遊離於敘事場景之間。《兄弟》的敘事主體不

2 詳參該書中所載黃惟群、李敬澤及蔣泥等人的評論文章。見杜士瑋、許明芳、何愛英編，《給余華拔牙：盤點余華的「兄弟」店》（北京：同心出版社，2006）。
3 余華，《兄弟》（上部），封底。
4 余華，《兄弟》（上部），1。

是作為「神」的作者，也不是「我們劉鎮」中的任何一人，而是「我們劉鎮」本身，即是被敘述故事中的那個「世界」，帶點鬼魅色彩，卻又並不盡然。有人曾經批評，《兄弟》的敘事觀點混亂不定，但這正好說明了小說中聲音的本就雜多無定。巴赫汀說過，任可小說皆具有一種複調結構（polyphony），人物不僅是作者論說的客體，也是能直抒己見的主體，這為小說的狂歡化形態提供了一個敘事基礎。

在這個「精神狂熱、本能壓抑和命運慘烈」的世界裡，自然有著不同角色的聲音，例如在故事開始時，當小流氓李光頭偷窺被捉之後，我們就聽到了群眾的話語：

> 我們劉鎮的男女老少樂開了懷笑開了顏，張口閉口都要說上一句：有其父必有其子。只要是棵樹，上面肯定掛著樹葉；只要是個劉鎮的人，這人的嘴邊就會掛著那句口頭禪。連吃奶的嬰兒啞啞學語時，也學起了這句拗口的文言文。[5]

但是，作為敘事主體的「世界」之聲音，並不只是主角的聲音，也不只是群眾所製造的雜音，更不只是作者如神般的天啟，或如鬼般的魅音。在《兄弟》的複調結構裡，我們看到角色、群眾與作者視點之間的互相滲透，互相塑造，演化出一個變幻不定的敘事「世界」。李光頭第一次偷窺，就讓他感受到女人屁股的不同形態：

> 李光頭那次一口氣看到了五個屁股，一個小屁股，一個胖屁股，兩個瘦屁股和一個不瘦不胖的屁股，整整齊齊地排成一行，就像是掛在肉舖裡的五塊豬肉。那個胖屁股像是新鮮的豬肉，兩個瘦

屁股像是腌過的鹹肉，那個小屁股不值一提，李光頭喜歡的是那個不瘦不胖的屁股，就在他眼睛的正前方，五個屁股裡它最圓，圓得就像是捲起來一樣，繃緊的皮膚讓他看見了上面微微突出的尾骨。[6]

「以屁股來確認不同的女人」是李光頭對「世界」的獨特認知方式，不過，這種敘事方式居然也是作者「神眼」的敘事方式：

圓得捲起來的屁股走遠以後，哭哭啼啼的小屁股也走了，一個瘦屁股對著李光頭破口大罵，噴了他一臉的唾沫，[……]

剩下的三人押著李光頭走向了派出所，眉飛色舞的趙詩人和一個新鮮肉般的胖屁股，還有一個鹹肉般的瘦屁股。[7]

按照巴赫汀的構想，人物意識乃是獨立於作者意識的話，「神眼」的「李光頭化」是否就意味著，李光頭的意識已入侵了小說的敘事主體位置呢？當然，我們也可以這樣設想：根本沒有絕對獨立的人物意識或作者意識，在一個敘事過程中，聲音從來都是複合的，「李光頭化的敘事風格」本就不屬於李光頭或作者的。在敘事聲音之中，既可找到李光頭的成份，也能看到作者的影響力。這才是《兄弟》的複調形態。

在複調小說裡，敘事的流程是由不同聲音魚貫進場和

5 余華，《兄弟》（上部），2。
6 余華，《兄弟》（上部），3。
7 余華，《兄弟》（上部），5。

退場所構成，作者基本上是一條主軸，但好些時候，別的聲音會操控著小說的敘事方向。在完成《兄弟》之後，余華說：「起初我的構思是一部十萬字左右的小說，可是敘述統治了我的寫作，篇幅超過了四十萬字」[8]。《兄弟》的故事開始於李光頭的「屁股事件」，他的意識因而能夠參與敘事風格的塑造。不過自上部的第三章的倒敘開始，「李光頭化的敘事風格」便隨之消失，變化成一種溫馨淒美的調子，李蘭和宋凡平的生死愛情故事亦隨即展開。

表面看來，《兄弟》上部份別包含了兩個線條分明的敘事「世界」，以李光頭為中心的新敘事「世界」，以及以敘述李蘭和宋凡平故事的舊敘事「世界」，當中正正以「屁股事件」作為分水嶺。不過，小說中的敘事「世界」其實只有一個，它的前後不一致是李光頭闖入「世界」的結果。李光頭才是最強大的敘事聲音，藉著「屁股事件」，他正式建立起能跟外部世界對壘和侵襲的主體意識，從而讓「世界」複調化。

李光頭的主體性，可以說是「下半身」的主體性，也是「狂歡化」的主體性。李光頭原名「李光」，他母親為了省錢，於是長期都為他推個光頭，久而久之就有了「李光頭」之名。這個渾號本身已具有輕視「上半身」的隱喻，它刪除了主體的原有名字，反而強調了主體「上半身」有所「欠缺」的特徵。巴赫汀說，狂歡節中讚美和詛咒並舉，在淫聲浪語之中，貴族和僧侶們一邊被髒話咒罵，同時又被美言讚嘆。這種戲謔遊藝既表現出世界的曖昧性，也讓「污穢之物」成為世界創生的動力。象徵意志和靈魂的「上部」，和象徵生殖和排洩的「下部」被顛倒，意志被肆意貶抑，反而生殖器和肛門則被高舉。在巴赫汀眼中，「下半身」正正是狂歡節的主角。

在李光頭成長過程中，「下半身」是他邁向主體之路的明燈。當「文革」的波瀾洶湧澎湃之時，所有偉大陳詞和豪情壯舉皆沒有把李光頭和「世界」連結在一起，他正式在「世界」登場，是來自性慾上的啟蒙：

> 李光頭在長凳上蠕動得越來越快，他開始臉色通紅呼吸急促起來，宋鋼害怕了，從床上跳下來，雙手推著李光頭的身體說：
>
> 「喂，喂，喂，你怎麼啦？」
>
> 李光頭蠕動的身體慢慢停下來，他起身後滿臉驚喜地指了指自己的褲襠，對宋鋼說：
>
> 「這麼動來動去，動得小屌硬邦邦的很舒服。」[9]

如何理解李光頭的性慾啟蒙與「世界」的關係呢？用拉康（Jacques Lacan）的說法，他的「下半身」主體乃是被「大他者」（Other）呼喚出來的。原來人的存在從來不是獨立的，而是依托在語言的符號關係裡。在語言的大海裡，人藉著被「命名」而獲得存在的資格，但有權命名的卻不是「父親」或其對等物，拉康告訴我們，這操命名大

8 余華，《兄弟》（上部），封底。
9 余華，《兄弟》（上部），65。

權的「大他者」不是一個實體，而是由語言符號交織出來的「符號關係之網」，人就是藉著對符號關係之網的「回答」而獲得主體性。

「下半身」不是拉康最關注的命題，但李光頭的「下半身」卻成為了他與「世界」接軌的唯一渠道。李蘭跟宋凡平結婚之後，舊「世界」便成為了李光頭的「大他者」，這對新近再婚的年輕夫妻本想不再叫孩子作「李光頭」，可惜他們不斷說溜嘴，這不僅沒有從語言之網中刪除「李光頭」這一渾號，反而變本加厲，徹底將「李光頭」銘刻在李光頭身上。而別人對李光頭「小屌硬邦邦的很舒服」的狀態依次作了「發育」和「性慾」的「命名」，不僅令李光頭知道了這一主體狀態在舊「世界」中的「名稱」，更能藉著對自身「性慾」的陳述，跟舊「世界」中的他者相聯繫，以污穢的身段一步一步闖入語言的符號關係裡。

但最具突破性意義的還是那場荒謬的「屁股事件」。李光頭躲在公共廁所裡偷窺屁股，事件曝光後，他成為了「我們劉鎮」的名人，也在母親的說話裡回到「有其父必有其子」的詛咒中：

> 李光頭母親[……]終於知道了李光頭和他父親其實也是一根藤上結出來的兩個瓜。李光頭清楚記得他母親當時驚恐地躲開眼睛，悲哀地背過身去，抹著眼淚喃喃地說：
>
> 「有其父必有其子啊。」[10]

李光頭偷窺屁股可能只是偶然事件，卻恰巧顛覆了舊「世界」中「父親」的位置。宋凡平已不能繼續穩坐「父親」的位置，李蘭也因無法令宋凡平僭居李光頭的「父親」之位而打回原形。李光頭重走生父的「偷窺屁股」之路，更打破了生父的宿命，不僅沒有在廁所裡屈辱地被糞便蔽死，反而能在污穢中再生，以偷窺者的污穢姿態闖入舊「世界」。他將「屁股」當作與世界溝通、甚至獲得了能動性：

> 李光頭從此明碼實價，一碗三鮮麵交換林紅屁股的秘密。李光頭耳朵裡還在嗡嗡響著的半年裡，吃了五十碗三鮮麵，從十四歲吃到了十五歲，把面黃肌瘦的李光頭吃成了紅光滿面的李光頭。[11]

巴赫汀說，任何一種對說話主體的具體敘述，都同是由向心力和離心力交織而成的，這些敘述既具有代表「主流話語」的向心力量，同時亦滲透著各種雜語囈語，也就是離心力量的所在。如果我們將李蘭和宋凡平的悲壯故事，視作一種對「文革」的悲慘回憶或想像，那麼李光頭所有主體意識的生成過程，就成為了「文革想像」這套大論述的離心力。

「屁股事件」後，李光頭正式登上新「世界」的舞台，以其污穢不堪的下半身主體展開了一場「一人狂歡節」。但弔詭地，命運原來也向李光頭開了一個玩笑，在他的意識

10 余華，《兄弟》(上部)，2。
11 余華，《兄弟》(上部)，19。

中，居然仍殘留了舊「世界」的因子。當李蘭要在李光頭的表格上把「宋凡平」的名字擦掉的時候，他

> [……]在擦掉自己親生父親名字時，嘟囔著說：
>
> 「宋凡平才是我爸爸。」
>
> 李蘭不認識似的看著自己的兒子，兒子剛才的話讓她吃驚，當兒子抬頭看她時，她立刻低下了頭，嘴裡喲喲地說：
>
> 「你的生父就叫劉山峰。」
>
> 「什麼劉山峰？」李光頭不屑地說，「他是我爸爸的話，宋鋼就不是我的兄弟了。」[12]

李光頭代表了舊「世界」的離心力，但他與宋鋼的兄弟情誼卻讓他保留了對舊「世界」的向心力，在他的內在衝突之中，他開始走向故事下部的終局。

處女膜、耗費、神聖世界

對於批評《兄弟》囉嗦無趣的各種指控，余華沒有正面回應。而他著實也不必回應。在小說裡，李光頭要實踐狂歡節，而小說的書寫，則成為了余華的狂歡節實踐。余華十年來所磨的這一把劍，正正是要斬斷他與文學傳統的關係，一切所謂「虛假」、「不深刻」和「低俗」的指控完全應驗了一種與先鋒文學傳統的「對峙」，余華要在小說的細節裡，實踐一種對文字的「耗費」。

巴塔耶所說的「耗費」（expenditure）到底是怎樣一

回事呢?人透過生產性的消費而獲得了在世界的生存條件,但巴塔耶卻認為「消費」還應該還包括了非生產性的「耗費」:奢侈、哀悼、戰爭、膜拜、反常性行為等。耗費乃是基於缺失原則,透過毫無實際利益的揮霍,中斷了資本主義中的「吝嗇」原則,回歸到一種先民祭祀般的耗費形式。耗費否定了物化的理性世界,它藉著對祭物的無償毀壞,人向死亡接近,或是模仿,體驗到出一種難以經歷的神聖體驗。

《兄弟》分為上下兩部,意味著上下兩部份別構成了兩段截然割裂的狂歡節。如果說,故事上部是李光頭的一人狂歡對舊「世界」的叩問,那麼故事下部的李光頭則已進佔了「世界」,令「世界」狂歡化。而耗費,就成為了《兄弟》下部的主要情調。

李光頭長大後,居然愛上了曾給他偷窺屁股的劉鎮第一美人林紅,如同肥皂劇情節一般,林紅所愛的分明就不會是流氓模樣的李光頭,而是他那氣宇軒昂的兄弟宋鋼。經過一番折騰,宋鋼和林紅終於走在一起,而被撇在一旁的李光頭憤恨之餘,也做了兩件大事:跟宋鋼分家,以及做結紮手術。

這兩件大事的重要性在於,李光頭通過了一次「賤斥」(adjection)的過程,將一些屬於自己,卻又與自己相異之物排除。克里斯蒂娃(Julia Kristeva)大幅修改了拉康的主

12 余華,《兄弟》(上部),217。

體理論，她認為在嬰孩尚未進入鏡像階段之前，並未能區分主體和客體的分別，但藉著從排洩中獲得的快感，嬰孩開始發現一些屬於自己，卻又無法解釋之奇怪之物時，就會將之排除，這就是「賤斥」。賤斥不是否認一些無法理解的客體，相反，賤斥之物正正是完全屬於主體，但嬰孩必須通過這個舉動，令主體保持穩定狀態。

李光頭與宋鋼的「兄弟關係」不只是一種符號性關係，也是構成李光頭主體的一部份，分家意味著他要將他的舊「世界」因子搗毀排除。而做結紮手術就更重要了，一方面意味著他斷絕了回到舊「世界」中婚姻形式的可能，另一方面，結紮令他可以盡情地在性慾上進行耗費，完成他的一人狂歡節。

李光頭發跡於對「世界」的第二次闖入：收破爛。《兄弟》下部故事開始不久，李光頭就找到了第一份工作：在一所只有兩個瘸子、三個傻子、四個瞎子和五個聾子的福利廠裡當廠長。不到幾年光景，李光頭就把年年虧本的福利廠搞得蒸蒸日上，勁賺大錢。後來他得一想二，便拋下福利廠於不顧，獨闖上海，結果折翼而歸。他本想重回福利廠，卻不得要領，於是便去了縣政府門外示威。沒想到無心插柳，李光頭在縣政府門外當起收破爛來，從此發黃騰達。

福利廠的殘疾工人跟收破爛得來的垃圾一樣，都是社會的廢棄物，李光頭藉著此等廢棄物而獲得闖入世界的資本。但這已不是上部的舊「世界」，而是情節意義上的真實世界：開放後的「我們劉鎮」。用巴塔耶的說法，「我們劉鎮」就是一個典型的世俗世界。巴塔耶相信，「生產」意味著人類擺脫了自然的枷鎖，否定了存在於人性中的獸性，讓人類從禽獸中區別出來。但世俗世界乃是建基於對人和自然的二元劃分，這種劃分導致了各式各樣的二元對立、排序、分類、計算等，漸漸積壓在人類文化的深層結構中，形成純功利主義的理性世界，即資本主義。世俗世界的最大弊病，在於最大限度地壓抑了人類的獸性。

世俗世界需要再一次被否定的，因此在李光頭眼中，「我們劉鎮」正好是狂歡節的場所：

> 我們劉鎮天翻地覆了，大亨李光頭和縣長陶青一個鼻孔裡出氣，兩個人聲稱要拆一個舊劉鎮，創建一個新劉鎮。[13]

狂歡節之高潮所在乃是「全國處美人大賽」，一個極盡瘋狂、污穢和耗費之能事的活動。上至李光頭和一班「評委」，下至江湖騙子周遊、全「我們劉鎮」的群眾、以至從各地遠道而來的三千個「處美人」，大家心中都雪亮明白，這根本就是一個選「處女膜」的狂歡遊戲。李光頭有著暴發戶的闊綽，他毫無節制地肆意耗費，目的卻是為了一個更耗費的理由：「睡一個處女」。巴塔耶說，禁忌規定了我們的性生活方式，同時也是壓抑著人的獸性。然而，若要追尋一種人的「總體性」，我們就必須明白，色情世界跟理性世界是互相補充的，通過反常的性行為，人才能破

13 余華，《兄弟》（下部），（上海：上海文藝出版社，2005），247。

除世俗世界的枷鎖，回復到一種總體性的狀態。李光頭過去的結紮，注定他無法進行一次具生產性的性行為，每一次性行為都是純粹的性慾發洩。「睡一個處女」不是要保證男性對女性的「擁有權」，反而是意味著一種奇怪反常的性行為。巴塔耶崇尚各種形式的反常性行為和性虐待，他相信這種「無節制的性」是一種重要的耗費形式，能使人邁向神聖。李光頭「睡一個處女」，其中一個重要環節是「看處女膜」，這已足以揭示出他對耗費活動的迷戀。所以李光頭半生以「睡一個處女」為要努力打破的「記錄」，這個荒謬絕倫的壯舉，就是他通往神聖世界的入口。

可惜，李光頭最終連一個處女都睡不成。如果「全國處美人大賽」是一場狂歡節，也不過是一場贗品的狂歡節。「我們劉鎮」原來是一個擠滿青蛙的井底，群眾全都「不知道處女膜修復術瞬間風靡全國了」[14]。所有「處美人」都不是處女，所有「處女膜」都是人工的，那即是說，這一場由李光頭搞出來的狂歡節，不僅沒有以狂歡節的姿態超越了世俗世界的枷鎖，反而在耗費和狂歡節的表象之下，隱藏著「處女們」投機功利的邏輯。或者可以說，小說中的資本主義世界已不再是巴塔耶時代所能理解的世俗世界，資本主義的無遠弗屆，甚至已有足夠的力量吸納任何狂歡和耗費的形式，作為其意識形態工具。狂歡節再不是真正的「窄門」，世俗世界依舊長治久安。

在這種「耗費式資本主義」的狂歡節形態裡，宋鋼所代表的傳統意識形態反而成為了「窄門」。可惜，他無法以「窄門」的姿態演繹出「反狂歡」的狂歡節，反而試圖要進入這種耗費式資本主義，他跟隨著江湖子周遊遠走他方，賣壯陽藥、豐乳霜、甚至做手術將雙乳「豐」起來，把自己當作生招牌，以「膺品」的方式銷售身體部位。可想而知，他的結局也注定是悲慘的：當他知道妻子紅杏出牆，去了跟李光頭鬼混之後，才驚覺自己根本承受不了那種狂歡化，最後只有以一種詩人的方式，光榮地臥軌自殺了。[15]

宋鋼死後，李光頭陽痿了，意味著他以耗費創造神聖世界的終成絕響。在浮躁縱慾的時代裡，命運終於證實，狂歡化主體雖然不致徹底失敗，卻始終未竟全功。與宋鋼的兄弟之情永遠成為李光頭的「金剛箍」，他不能將之徹底「賤斥」，他的狂歡化主體也注定殘缺不全。這就是他偶然窺見的拉康式「真實」(the Real)[16]。

在小說開始和結束之時，同是描述著李光頭的異想天開要上太空的壯舉。伴隨著這種耗費行為的是李光頭對宋鋼情誼的執迷：

> 李光頭俯瞰壯麗的地球如何徐徐展開，不由心酸落淚，這時候他才意識到自己在地球上已經舉目無親了。
>
> 他曾經有個相依為命的兄弟叫宋鋼，這個比他大

---

14 余華，《兄弟》(下部)，302。
15 中國詩人海子於1989年臥軌自殺，在此之前兩個月，他寫下了〈面朝大海，春暖花開〉，詩中所描述的意境，跟宋鋼自殺時的情景十分相似。
16 拉康所說的「真實」是指一種在語言之網以外的真實，是主體所不能接近的，因為這「真實」的呈現，正正意味著主體的崩潰。

一歲、比他高出一頭、忠厚倔強的宋鋼三年前死了，變成了一堆骨灰，裝在一個小小的本盒子裡。李光頭想到裝著宋鋼的小小骨灰盒就會感概萬千，心想一棵小樹燒出來的灰也比宋鋼的骨灰多。[17]

李光頭的眼睛穿過落地窗玻璃，看著亮晶晶深遠的夜空，滿臉浪漫的情懷，他說要把宋鋼的骨灰盒放在太空的軌道上，放在每天可以看見十六次日出和十六次日落的太空軌道上，宋鋼就會永遠遨遊在月亮和星星之間了。

「從此以後，」李光頭突然用俄語說了，「我的兄弟宋鋼就是外星人啦！」[18]

對李光頭來說，把宋鋼的骨灰盒放在太空軌道上不只是一次大耗費，也是一場欺騙自己的把戲，目的是要以幻象掩蓋「真實」，讓自己能好好活下去。

或者，這就是巴赫汀對巴塔耶神聖世界的理論反撲。李光頭的失敗彷彿證明了，歷史不是辯證地朝向巔峰，而是在固有的意識形態中，不斷生成出狂歡化，好讓主體和世界永恆保持著分裂的狀態。《兄弟》就是這樣的一個故事：

連接這兩個時代的紐帶就是這兄弟兩人，他們的生活在裂變中裂變，他們的悲喜在爆發中爆發，他們的命運和這兩個時代一樣地天翻地覆，最終他們必須恩怨交集地自食其果。[19]

人物在「裂變」中「揚棄」，在「爆發」中「上升」，可惜，他們的命運跟時代的命運一樣，進入了一種狂歡化的狀態中，那種「果」，就是永恆的內在狂歡與衝突。

余華說過，創作之中不存在「絕對的真理」，存在的只有「事實」。他相信「事實」能主宰一切，任何所謂「價值」，如果沒有「事實」作支撐，根本是毫無意義的。如果「價值」就是一種對真理的追求態度，那麼對余華來說，任何真理的對追求都是無意義的。如果我們總是要問，那道「窄門」是通往哪裡的，這就顯然誤解了他的意思了。他真正要說的是，我們只需要找一道「窄門」，因為這才是「事實」，至於門後的世界是否神聖，我們既無法得知，也無需要知道。

2007.9

17 余華，《兄弟》（上部），1。
18 余華，《兄弟》（下部），475。
19 余華，《兄弟》（上部），封底。

《沙勞》或帕索里尼的薩德主義

帕索里尼（Pier Paolo Pasolini）曾説，《沙勞或索多瑪120天》（*Salò o le 120 giornate di Sodoma*, 1975）是一部「讓人痛苦的電影」[1]。此戲以性為主題，但它既非如一般色情片那樣，要挑起觀眾性慾，亦非如某些犯禁式前衛電影一樣，要僭越社會的性禁忌。帕索里尼要拍的是「性」本身，是「性」在消費主義下的極化狀態。他曾如此描述拍攝《沙勞》的初衷：「我想從頭開始，我想拍一部電影，自始至終都涉及性問題，但不能被理解為純粹的自由，因為，性已經被消費主義大做文章而虛偽化了，問題很嚴重，簡直是一場鬧劇。」[2]很快，他便決定用性的影像來影射政治權力：「除去對性關係的隱喻，這是現實生活中的忍耐強加到我們身上的，《沙勞》中所有的性愛也是對於權力和受制於權力的關係隱喻。換句話説，它體現了馬克思關於人類具體化的思想；通過剝削而使得軀體物化。因此，性在我的電影中扮演了讓人討厭的隱喻角色。」[3]

在《沙勞》裡看見「性」的蒼白

性不再是歡愉了。性變成消費品，性變成義務，性變成權力，性變成法西斯，因此性也變得醜陋，令人難以卒睹，無法逼近。就是這樣，帕索里尼改編了可能是歐洲文明中性描述密度最高、強度最大的一個文本：薩德侯爵

(Marquis de Sade)最惡名昭著的作品《索多瑪120天》(*Les Cent-vingt journées de Sodome*, 1785),帕索里尼把洋洋數百頁的原著小說,跟其中超過六百種變態性虐待行為,提煉壓縮成不足兩小時的血肉影像。

故事設定於二戰末期位於意大利北部的「沙勞共和國」,墨索里尼最後負隅頑抗的短命政權。戲中四名掌權者:公爵、主教、法官和銀行家[4],指使屬下軍隊在民間搜刮少年男女各九名,禁錮在鄉郊大宅裡供他們淫辱。帕索里尼效法但丁《神曲》的結構,將故事分為「地獄之門」(the Anteinferno),「狂熱之圈」(the Circle of Manias)、「糞便之圈」(the Circle of Shit)和「鮮血之圈」(the Circle of Blood),戲裡男女被逼赤身露體,一邊過著規條嚴明的非人生活,一邊待在四名掌權者之側,隨時被逼性交,手淫,吃糞,性虐,最後遭殘酷殺害。過程中,作為施虐者的四名掌權者,一直保持著冷靜表情,嚴守自己定下的性虐規矩,亦不容被虐男女之間互相交溝。最後,他們發現部份男女私有姦情,在暴怒之中,便將所有男女輪流架到廣場上,有條不紊地對他們施以酷刑,再逐一虐殺。同時,他們又輪流安坐在高樓之上,用望遠鏡欣賞整個過程。

《沙勞》是帕索里尼的遺作。那時他五十三歲,已完成了足令他名垂世界電影史的「生命三部曲」(《十日談》

1 帕索里尼:《異端的影像:帕索里尼談話錄》,艾敏等譯(北京:新星出版社,2008),頁176。
2 巴特·大衛·施瓦茨:《帕索里尼傳:安魂曲》,劉儒庭、胡曉凱、肖艷麗譯(北京:吉林出版集團,2013),頁709。
3 帕索里尼:《異端的影像:帕索里尼談話錄》,頁178。
4 有人會把「銀行家」(le Président) 譯作「總統」,但按改編原意,此角色應是對照原著小說中的「包稅人」(la fiance),以示跟其他三名角色分別代表「封建」、「宗教」、「法律」和「資本主義」四大領域,故此處取譯為「銀行家」。

（*Decameron*, 1970）、《坎特伯雷故事集》（*Racconti di Canterburg*, 1971）和《一千零一夜》（*Fiore delle mille e una note*, 1974））。但在《沙勞》剛剛殺青，他開始籌備另一新戲之際，他竟被發現陳屍羅馬市郊，死狀可怖。帕索里尼之死成了懸案，按警方說法，兇手是一名十七歲男妓，但動機不明，有人說是黑手黨復仇，有人指是極右份子策劃的政治暗殺，亦有人相信這不過是一宗桃色事件。偏偏帕索里尼的死法，竟與《沙勞》裡的殘酷刻劃產生強烈共振。

《沙勞》拍攝期間，帕索里尼寫了一篇自白文章，題目相當駭異：〈摒棄「生命三部曲」〉（"Abiura dalla 'Trilogia della vita' "），幾乎就是對自己的否定，也隱然預示著自己的意外死亡。文中清楚表明，「生命三部曲」所表現的是「身體及其最高象徵——性」，但在這被消費主義強奪的時代裡，民主大幅倒退，性愛愈加虛偽，作為人類純潔根本的「身體」被徹底操縱奴役。帕索里尼感覺到，祖國意大利已變成一具乾屍，平靜，但墮落，他完全無法接受。他自覺有需要摒棄「生命三部曲」裡那種真誠而美好的性，在現實面前，那全都是虛偽的。他說：「我在設法調整我的生活，我在忘記過去是怎麼回事，昨天的美麗笑臉開始蒼白。我在面對現實——越來越別無選擇。重新調整我的任務，使其承載更大的可讀性。」他說的任務，就是把《沙勞》拍出來。[5]

帕索里尼不是忠誠的改編者。他只是借薩德的文本，對當時的意大利政治腐化和社會墮落，作出他很個人也很左翼的呼喊。原著小說裡，薩德把故事設於瑞士黑森林裡的西林古堡，一個遠離巴黎這政治文化中心的化外之域。用巴特（Roland Barthes）的說法，那是一個封閉的烏托邦空間，一切現世規條都被摒棄，新的秩序亦將被建立。[6]而帕索里尼敗改往一個具體的歷史場景裡：「沙勞」是意大利法西斯的最後餘暉，也是極權主義的微縮場景。

戲甫開始，觀眾已見到一群身穿納粹軍服，長著一張張典型意大利人俊美臉孔的士兵，隨處追捕平民。戲中除了幾名要角，大部份演員，包括那被虐的九男九女，都是毫無演出經驗的臨時演員，長著跟意大利觀眾差不多的平民面孔。帕索里尼要將法西斯暴力鑲貼在薩德的性虐故事裡，藉強烈的性暴力影像，勾起意大利人的歷史記憶，繼而將國家剝削平民之舉，轉喻為絕對的性虐關係。

薩德主義，或性慾的絕對律令

現實歷史上的薩德生於1740年，一生經歷過封建王朝的衰落，法國大革命和現代資產階級興起的幾個歷史大轉折。他貴族出身，卻是不折不扣的登徒浪子（libertin），他生活浪蕩，更常犯下猥褻之罪，最終不容於社會。即使經過法國大革命的社會大洗牌，到了共和時期和拿破崙時期，其離經叛道的言行為過於叛逆。他是少數在封建時期和共和時期都長期入獄的人，除了在法國大革命期間短暫出獄，自中年以後，共有二十八年在獄中度過。薩德自稱是

5 轉引自巴特·大衛·施瓦茨：《帕索里尼傳：安魂曲》，頁715-176。
6 羅蘭·巴爾特：〈薩德I〉，載《薩德·傅立葉·羅猶拉》，李幼蒸譯（北京：中國人民出版社，2011），頁1-23。

無政府主義者，囹圄之災叫他的性慾無處宣洩，最終化成強橫的文學創造力。

《索多瑪120天》有一副題叫「登徒浪子學園」(l'ecole du libertinage)，法文中的libertin有「自由思想者」之意。雖然青年薩德放浪形駭，但在《索多瑪120天》千變萬化的性虐描寫之中，大都來自他的想像而非親身經歷。後世很多法國批評家都對薩德讚譽有加，尤其是在《索多瑪120天》的手稿重新出土後[7]的二十世紀中葉，像巴塔耶(Georges Bataille)、布朗肖(Maurice Blanchot)、傅柯(Michel Foucault)、拉康(JacquesLacan)和巴特等名家，都對薩德馳騁力驚人的想像力驚嘆不已，甚至把其作品中的邪惡觀念上升至哲學高度。《沙勞》電影裡密集而鉅細無遺的性虐場面常令觀眾嘔心不已，但相較於小說，電影所描述的，不過是冰山一角而已。

薩德的文字特徵是直白露骨且密度奇高，用傅柯的說法，薩德一舉改寫了古典時期的文學傳統，他完全摒棄文學隱喻，以最直接最白描的方式，展示人類性行為最微枝細葉的部份。[8]電影初段，一老鴇開始敘事她年輕時的種種淫行艷史，公爵便屢屢打斷她，要求她不可放過任何細節，云云。這種對細節的強逼症式執著，源頭正是薩德。[9]

法國理論家一致推崇薩德的書寫，都是看準他演繹人性之惡已臻極致。1904年，當精神病理學家布洛赫首次出版《索多瑪120天》的手稿時，就曾說這是「重要的科學意義，使醫生、法學家、人類學家獲益匪淺」[10]。薩德所寫的是純粹而絕對的施虐者快感，沒有一絲罪疚，沒有一絲憐憫，世間上任何一件道德外衣都被狠然剝去，剩下赤裸不毛的惡性。

對某些批評家，如馬舍雷 (Pierre Macherey) 來説，薩德所暴現的人之惡性，並不如巴塔耶或巴特所言，是對既有秩序的踰越 (la transgression)[11]，而是將欲望視為絕對律令 (categorical imperative)。馬舍雷指出，薩德的書寫包含三大要素：「統治」、「享受」和「敘事」，對應領域就是「政治」、「倫理」和「修辭」，薩德把統治者 (施虐者) 和被統治者 (受虐者) 的關係兩極化，他取消了主奴辯證，統治者權力極無限放大，其根據則是以欲望取代理性，成為唯一律令。馬舍雷斷言，薩德主義 (Sadism) 實際上不是「反道德主義」(anti-moralism)，而是「非道德主義」(non-moralism)：現世的道德規條不能再構成薩德世界的秩序，取而代之的，是欲望。[12]我們可以借用一句齊澤克式 (Žižekian) 的機智話來總結：薩德即康德。[13]

7 《索多瑪120天》是薩德在收押於巴士底監獄期間所寫。他將小説騰寫在一張張闊約十公分，長十二米的紙捲上，藏在牢房的石牆縫上。但在1789年法國大革命爆發期間，他被獄卒轉移至一精神病院，倉促間來不及帶走手稿。及後巴士底監獄被暴民攻陷，手稿亦不知去向，連薩德本人也一直以為他的心血已?於一旦，並自稱為此流下「血淚」(larmes de sang)。但原來手稿被早被人發現，並輾轉落在收藏家手上。二十世紀初由精神病理學家布洛赫 (Iwan Bloch) 發現並重新出版。只是此出版錯漏百出，乃至1931年才由薩德研究者海涅 (MauriceHeine) 校正重出，距小説創作之時已近150年。

8 傅柯認為薩德超越了古典時期 (17至18世紀) 以來書寫敍事中「不可告人」的限制，即如何用文字去表達一切「不可命名」或「不可敍述」之事，從而窮盡一切可能的分析。用薩德自己的説法，這叫「全部交代」(tout dire)。轉述自賴軍維：〈傅柯論薩德侯爵〉，載《再見傅柯》，黃瑞祺編 (台北：松慧文化，2005)，頁267-299。

9 用薩德自己的説法，這叫「全部交代」(tout dire)。

10 轉引自王之光：〈薩德主最終的理性與自由〉，載薩德侯爵：《索多瑪120天》，王之光譯 (台北：商周出版，2004)，頁30。

11 巴塔耶把薩德的書寫理解為一種沒有規範、馳聘方縱的惡的書寫 (見巴塔耶：〈薩德〉，載《文學之惡》(北京：燕山出版社，2006)，頁76-100)；而巴特則視他為一個「作家—逾越者」(ecrivain-transgresseur)，並發明了一種拒絕秩序化的新語言 (見巴爾特，〈薩德I〉。)。

12 馬舍雷：〈薩德與無秩序之秩序〉，載《文學在思考什麼？》，張璐、張新木譯 (南京：譯林出版社，2011)，頁186-227。

13 當然齊澤克 (Slavoj Žižek) 還是會引述拉康的話，指薩德對性慾的絕對化呈現，其實是康德實踐理性的翻版。換言之，薩德是暗藏的康德主義者。見齊澤克：〈康德同 (或反) 薩德〉，載《實在界的面龐：齊澤克自選集》，季廣茂譯 (北京：中央編譯出版社，2004)，頁1-22。

鏡裡慘絕人寰，鏡外左翼人道

因此，當帕索里尼以一種左翼人道主義立場，藉《沙勞》批判法西斯式社會權力，他實際上是把施虐者與被虐者之間的主奴辯證收復過來。薩德原著的敘事觀點主要落在施虐者身上，對被虐客體可謂毫無憐憫之情[14]，而帕索里尼的鏡頭則隱晦而複雜得多。戲中四名掌權者和一眾爪牙主宰一切，隨時抓捕少年男女性交，逼令吃糞，最後更被殘殺，令觀眾毛骨悚然。鏡頭常常先特寫拍著四名掌權者猥瑣的嘴臉，待他們大放闕詞之後，鏡頭隨即轉向受虐者被虐的場面。這些場面大多以中鏡表達，或只拍到受虐者的裸體，觀眾很少能看到他們被虐的痛苦表情。

例如一幅經常拿來作電影海報的劇照：一群赤裸的肉體被鎖住頸項，在地上如畜牲一樣爬行；又如結尾他們在廣場上被逐一虐殺，鏡頭不是以大遠鏡將他們的痛狀死狀模糊化，就是以高樓上窺看行刑的掌權者望遠鏡景窗作視框，聚焦在被殘害的身體部位上，卻完全聽不到他們的慘叫之聲。於是，在大部份令觀眾嘔吐大作的場面裡，受虐者都只是以景觀化或物化的無臉肉體呈現，也是掌權者眼中的他者。

但在某些骨節眼上，帕索里尼又會借鏡頭將受虐者的主體召喚回來。例如在少男少女被逼扮畜牲一幕，法官偷偷將鐵釘混在食物裡讓一少女吃，這時鏡頭才以特寫拍著她吃至口吐鮮血的痛苦狀；又例如當公爵逼令一少女吃掉自己排在大廳地上的糞便，整場戲不是特寫公爵面容，就是以中鏡拍著少女被剝光衣服然後逼令爬到糞前。直至最後一鏡，才以跟拍著公爵差不多的特寫，將少女在嚎哭漸收之際將糞便放入口裡的慘痛表情清楚表現；而在稍後糞便宴會一幕，兩少女在席間一邊用匙捍吃糞便，一邊悄悄說話。這時候，鏡頭特寫著她們的臉：一少女說她實在受不了，另一少女則露出極度嘔心的表情。

這些受虐者的特寫，不全然是施虐者的主觀視角，同時亦暗藏了帕索里尼的旁視觀點，帶引觀眾代入受虐者的位置。換言之，施虐者的絕對權力只適用於戲中故事，卻沒有伸延到作者的敘事觀點上——薩德有的是他超乎常人的書寫力，電影裡則是帕索里尼的鏡頭和調度。帕索里尼的鏡頭實際上鬆動了原著小說中由文學書寫所築建出來的絕對律令，他較多是站在被虐者的角度，或感受或呈現被虐者的感官與情緒；他更會站在不存在於戲中的人道主義立場上，旁觀戲裡的慘無人道。

戲到末段，四名掌權者突然發現少年男女竟背著犯下不可私通的規條，其中一人更勾引黑人女奴，在暴怒之下，四名當權者終於大開殺戒，把戲推向「鮮血之圈」的高潮。此節清楚說明了施虐者的絕對性是何等軟弱，他們藉欲望築構的權力秩序無法完全控制被虐者的欲望，這是在薩德

14 除《索多瑪120天》，薩德另一個著名的小說系列是茱麗葉特（Juliette）和茱斯蒂娜（Justine）兩姊妹的故事。妹妹茱斯蒂娜生性善良，有著天主教傳統女性的全部美德，但她一生坎坷，常遭眾多登徒浪子蹂躪摧殘，最後還不得善終，被雷劈穿陰道而死。而姐姐茱麗葉特一生作惡不斷，視傳統道德如草芥，但她卻左右逢源，逢凶化吉。透過這兩姊妹的故事，薩德完全顛覆了「善惡有報」的思想。

主義的「施虐——受虐」關係中的最大破壞。四名當權者只有在盛怒中才執行虐殺，而非純粹以殺人為樂，眼看森嚴的欲望律令已然崩壞，他們只有負隅頑抗。[15]

至此，帕索里尼徹底把薩德及其《索多瑪120天》改寫成一個反法西斯的喻言。如果說薩德的書寫精神是「反象徵主義」（anti-symbolisme）[16]，那麼帕索里尼則將其「再象徵化」：西林古堡裡所發生的事，是一個關於百多年後發生在歐洲大陸的法西斯政權的寓言，也是對二十世紀七十年代歐洲資本主義的古老符象：我們每天被資本家雞姦和餵糞，連快感為何物也忘記了。

電影必定比小說嘔心

無可否認，《沙勞》是電影史上最驚心動魄的文學改編電影作品之一。薩德對性行為的刻劃以鉅細無遺見長，但相比起電影鏡頭，文字再精細，亦不能同日而喻。當小說反覆表達「敘述」對性快感的關鍵作用，電影影像的出現恰恰是對這種口述敘事的嘲弄。電影中老鴇講述她們的風流韻事的鏡頭，是戲中最無力的部份，觀眾還是被那些氾濫的肉體、糞便和鮮血鏡頭所震懾。薩德的文字是催逼讀者想像力的春藥，逐字逐句在我們的腦海中勾勒出種種邪惡與快感交錯的情境，而帕索里尼僅則以數格菲林，就構出了百倍駭人的畫面了。

因此，電影生產的視覺震撼完全扭轉了小說中快感敘事的方向：在螢幕面前，我們放棄了閱讀文字所必要的主動性和想像力，卻輕易越過「中止懷疑」（suspension of disbelief）[17]的籬笆——我們的眼球被逼接收高密度的視覺衝擊，並不假懷疑地為那些借位的性交、用朱古力做成為假糞、和不見破綻的血惺殘殺場面而寢食難安。[18]

帕索里尼的改編不只是政治性的，也是敘事性的。《沙勞》製作了一個經典薩德主義的當代版本，它以象徵現代的「影像」，取代古典時期的「文字」，實行以肉身快感為絕對律令的基本精神。我們大可以說，現今的色情片本來就是薩德主義的庸俗版本：撇除一切沒必要的情節，以（觀眾的）純粹性慾為唯一價值。《沙勞》當然不可歸類為一般的色情片，正如帕索里尼所言，《沙勞》展示了性的商品化和虛假化，它走著跟色情片截然相反的方向：再沒有「純粹」的性慾了，性慾本身就是社會權力的呈現。在這種意義下，《沙勞》的薩德主義是「現代的」也是「激進的」，它將性慾盡行放大，然後我們看到現代社會的末日幽靈。如果說，薩德要藉書寫建立一個純粹性慾的烏托邦，那麼帕索里尼的《沙勞》就是將「烏托邦」改寫成「反烏托邦」，用以反擊偽稱「烏托邦」的現實世界。

2016.1

15 慾望律令的崩壞亦暗喻著法西斯政權的倒台。劇末當四名掌權者沉醉於虐殺的狂喜之際，一直負責師琴的女子突然跳樓身亡，而副官爪牙們有些悄然離開，有兩人則在悠揚樂聲中共舞，此最後鏡頭宛如暗示了虐殺行為所象徵的慾望高潮並不是最後結局，而是一幕平靜得如世界末日的景像，才是他們的終點。

16 巴特語。

17 英國詩人柯勒律治（Samuel Taylor Coleridge）的名言，意指在閱讀虛構性作品時，讀者自行停止對故事的真偽作出質疑。

18 但亦有評論指帕索里尼的電影過分象徵化，大大破壞了小說的豐沛想像力。見劉森堯：〈薩德——情色象徵的偉大修辭家〉，載《索多瑪120天》，王之光譯，頁57 － 59。

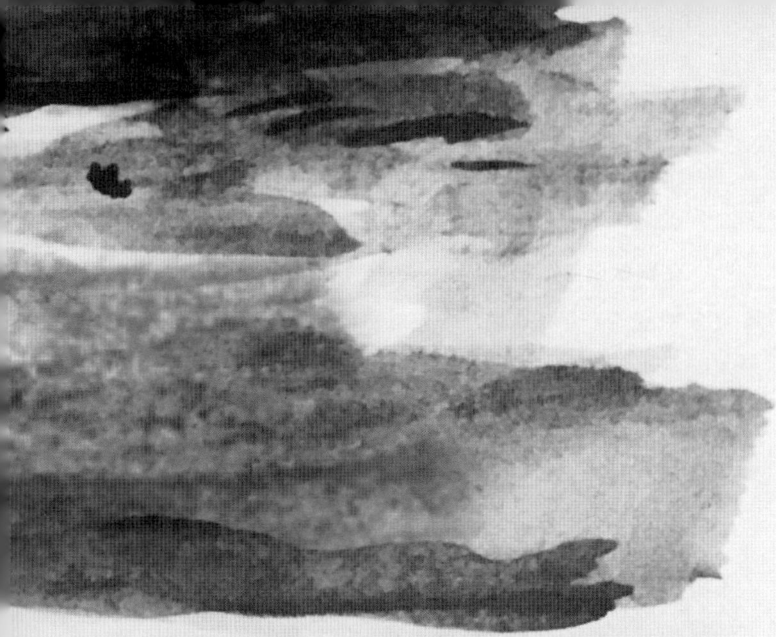

輯五：多餘的話

多餘的話（十二則）

牆頭草文人

在瞿秋白自知將死之時，曾寫下一篇絕筆的萬言書。〈多餘的話〉大概真的出自瞿秋白之手，雖然也有學者持不同意見，但我在情感上總是斷然否定這偽作之說。他的自我解剖實在太真實了，真實得令我無法不以他為榜樣，無情地解剖自己。

有道是：人之將死，其言也善。瞿秋白終肯冒歷史之大不諱，承認自己骨子裡是一個布爾喬亞。可他不是叛徒，他始終信奉馬克思主義，至死不渝。犯上錯誤的不是他，而是歷史，因為歷史容不下牆頭草，在意識形態之爭的時代，背叛信仰不算背叛，左右逢緣才是背叛。

誰不是牆頭草？別以為生活上沒有意識形態之爭，試問誰能拿定一套巔簸不破的信仰？縱使你能，又有誰敢保證瞬息萬變的世界不會衝著你而來，讓你骨子裡的個性欲望霎時湧現？信仰跟個性的矛盾才是現代人的最大難題，我們總不能經常都那麼「感覺良好」吧。

我常常有一種焦慮，就是如何看待金錢。金錢本無罪，金錢是萬惡，無非是因為我們已習慣把金錢跟「資本主義」、「消費社會」、「中環價值」這些東西扣連起來，再將之一古腦兒妖魔化。於是，自詡文人的我，到頭來只嗅得出金錢的銅臭，卻無法領略金錢的芳香。

瞿秋白的文人氣質是布爾喬亞的，但當代的文人氣質卻是反資本主義。我只好取其折衷，當一個賣書賣文的人。可是賣書不浪漫，因為連台灣誠品也長期虧蝕；賣文不好受，因為文字生產者都是廉價勞工。但我總得在賣書賣文的崗位裡繼續堅守氣質。當一條不背叛自己的牆頭草，以免死前還要自我解剖，弄個死無全屍，這才算是腳踏實地。

文學書的孤獨

書架上寫著分類書種的貼紙已脱落了一半，我把它重新貼好，才發覺上面寫著的「文學」兩字已開始褪色。書店裡，這書架算是最整齊的一個吧？大小不一的書按照內容分為「小説」、「散文」、「本地文學」、「翻譯小説」等，俐落地排列著。只是我怎麼也看不順眼，依著小書店的營運邏輯，這書架上的變化未免太小了。

沒有一種書比文學書更具小書店品性，也沒有一種書比文學書更令賣書人痛心。我始終相信文學書才是萬書之王，尤其是長篇小説。非文學類書種，工具性太重，或消費性太強，閱讀的目的總在書本以外，那怕是最令人心安理得的「吸收知識」。只有讀文學書，閱讀才變得純粹，書才能以自足的身段跟我們交流。長篇小説通常能剛好填滿一本書，於是小説的文學性便能以最大程度注入書頁縫間，展現出書本身與文字內容的同一性。

但香港的文學書卻是孤獨的。香港文學只能在台灣出版，早已不是新鮮話題，不過，在這流離失所的狀態以外，香港文學顯然也欠缺恰如其份的文化濃度。文學向來都是任何一種文化的內核，沒有文學精神的文化只能是腐爛的文化。然而，香港文學多不耐讀，原因不是香港文學差勁，而是我們的文學精神似乎都已流進了我們的流行文化之中。學院內外每當論及文化身份，最熨貼的文本還是流行之物，如電影、流行音樂之類。至於文學嘛，儘管學者們有法子指出其中的身份意涵，我也實在讀不到其中與生活相關的質感，感覺很遠。

那年奈波爾得獎，我很媚俗地拿了本《大河灣》來讀。文字是上乘，可偏偏讀得很不順心。而我讀香港文學時，居然也常有如此感覺。

流行，批判？快樂！

在《被背叛的遺囑》裡，米蘭·昆德拉提到哲學家阿多諾曾經對勛伯格和斯特拉文斯基作過不同的評論。阿多諾欣賞勛氏，認為勛氏音樂的純粹性是現代文化的救贖；但他卻討厭斯氏，因為斯氏音樂象徵了大眾文化的庸俗。然後昆德拉寫道：「我常常自問，在聽斯特文斯基的音樂時，阿多諾是否從來就沒有感到過一絲絲的快樂。」

不用去問阿多諾，我也知道如何「正確」回答。在批判思維裡，快樂是邪惡的。這不是說不應奉行快樂原則，而是說當社會日趨大眾化和單一化，快樂往往意味著淺薄空洞的純感官快感。正是斯氏音樂讓人快樂，阿多諾才會將其音樂與流行曲視作一丘之貉，然後肆意批判。

我從沒認真聽過他們的音樂，不過對這些論調卻格外熟悉。我跟朋友常愛批評流行曲，隨便胡扯也能說出夠寫一篇論文的論點，道盡平凡人看不透的詭譎，就如阿多諾附體一般。但到了午夜夢迴，家中唱機悄然響起庸俗的流行情歌，我還是心神一盪，豪情壯語也煙消雲散了。

我快樂嗎？對。阿多諾錯了嗎？卻未必。昆德拉說阿多諾「思維短路」，隨便把藝術跟政治搞在一起，實在輕率。思維短路不是邏輯出錯，只是著力不對。還是阿多諾的好朋友本雅明說得妙：事物如繁星，概念如星座。繁星散落天際，只有把夜空繪成不同的星座，我們才能有所理解。阿多諾不了解本雅明，流行之物也自有其藝術性，他的思維短路，就是越過「快樂」，把「文本」跟「批判」直接連上，結果畫成了一幅批判的世界星圖。但圖上星座卻始終不太像樣，因為當流行的「快樂」沒有給認真畫上去。我們的世界，看來還未成型。

理論之翻譯

翻譯的目的，在於破除巴別塔詛咒，讓我們能讀懂別人的文化。在西學東漸的火紅時代，人們說翻譯，首倡「信、達、雅」，但我始終懷疑這不過是一種空想，除非你相信巴別塔的神話，真的有一種前巴別塔的普遍語言，否則的話，如何能保證翻譯前後的文本是完全一致？

在我的書架上，幾乎有一半的書都是西方文化理論的譯本。老師們都說，讀理論原典最好讀原文，要不然也應選讀英譯本，這總比看譯成方塊中文字的譯本來得強。但我老是賭氣要讀中譯本，還自恃了解出版行情，染上了一身收藏不同中譯本的「惡習」。

譯本水準參差自然有礙學習，但只要有轉螺絲釘的學習精神，多讀幾本書的話，除了學識增長，還可練得一身鑑別譯本的本事。讀中譯不是問題。

況且，理論著作終非文學作品，真正學理論的人，最終不是要徹底弄懂理論家之言，而是要在有限度的理解之上，跟這群理論界先哲前輩神交對話，然後開創治療世道崩壞之法。我不相信歷史唯物的結論，也懷疑精神分析的前設，自然也不願拜馬弗二老為隔世恩師了。我讀他們的書，和跟朋友談天一樣，不過是要激發思維，震盪腦袋。在這個層面上，一部不錯的譯本，已經綽綽有餘。

所以閱讀理論也算是一種翻譯，因為翻譯本身就是一種詮釋再現，而不是什麼信、達、雅。理論的本義，若非要滿足學術遊戲的要求，根本不必拘泥，因為當理論能被「翻譯」到你的手上時，那就已成為你自己的理論了。自說自理論，怎能會錯？

很多人借用理論，就是畏首畏尾，為保不敗之地，只會淺引幾句，就說是藉此解釋了眼前的狀況。誰不知，這才是對理論的最大誤用。

書架上的思潮

每逢新書到貨，書店的店員都要為如何把新書上架而大費周章。不是每一本書都會清楚列明應上哪一個書架，亦不是每一家書店都具備足夠的資源去作圖書館式分類。我常常遇到一些合脾胃的新書，既非傳統意義下的文史哲，亦非盡然是社會心理經濟學著作。當我捧著沉甸甸的這一大疊新書，呆呆地看著琳琅滿目的書架，心裡便暗自著急，也不知如何是好。

書籍的歸類，是一門學問，也是權力表現。書海無涯，懂得好好把書歸類，意味著一份對書籍和知識的深刻理解，卻同時也展現出賣書人對定義書籍屬性的權力。當然，書籍分類可以是常識，當賣書人尚未被公認是書籍專家，自然不能在書架上胡作非為。但世界愈益複雜，真正具有思考高度的著作都已大大傾向於跨學科，或超學科，一般書架分類實在負荷不了。我的方法是，既然都跟思想潮流有關，那就乾脆歸類為「思潮」算了。

「思潮」之詞不是權宜之計，反而正好揭露了「歸類思維」的流弊。學院裡有社會學、經濟學、心理學、人類學、文化研究等學科，亦有人說學科千百，卻萬變不離其宗，一切皆是哲學。可是，學院式哲學自也有其學術系譜，最終也逃不過被歸類的困局。「思潮」之魅力，正在於我們能回歸質樸，只從思想（思）之發展（潮）去考量問題，而不拘泥於任何學科、或書架的分類制度。

哲學從不可愛，只有不拘一格的思潮流動，才堪滿足思想的欲望。所以若非為了顧客之便，我寧可拆掉所有書架分類的牌子，用自己的方法，重新裝配書與人之間的關係。這就叫做「書架上的思潮」。

書病

只要翻查一下帳目，賣書人就能知道暢銷書有哪幾本，但暢銷書榜上的書未必就是最好賣的。調校書店品味，催化個人格調，選書都是好方法。最近內地雜誌《城市畫報》洋洋灑灑地弄來一個「荒島圖書館」專題，有選書的人，有選書的店，亦有分類選書，湊足百頁，驟看起來，氣魄宏大。我也為書店交上書單一張，只是跟別的書單一拼刊出，總覺拼湊味濃，書種之廣雜實在罕見，卻令人眼花繚亂。

由從封底抄錄下來的二三十字簡介，到四五千字重量書評，莫不是書訊的一種。現在文字傳媒很需要書訊，因為書訊既有文化性，也具資訊性，書籍出版的品種繁多，各取所需，不難找到合適的調品料，調校好報章雜誌的色香味。我算是個典型的書訊提供者，卻開始失去對書訊味道的敏感度。印象中，在普通讀者的認知裡，一年內的也是新書，傳媒需要近兩三個月的書訊，至如像我這樣的前線賣書人，出版月份過去已算舊書。堆積下來，書訊於我已成了焦慮的來源。

「書太多，時間太少」早成老調，但也有不同演繹。過去我以為這句話只解作：「我有很多想讀的書，但讀書時間實在太少了」；後來我將解釋修正為：「我知道有很多好書必須讀，卻一直苦無機會」；患上「書訊焦慮症」之後，病症便呈現於以下的說法：「我知道古往今來有很多好書，是我從未知道的。但生有涯而知無涯，既然不願回頭是岸，只要豁出身子，拼讀書去了。」

看來我已病入膏肓，到了「閱讀強迫症」的臨界點。都是書訊惹的禍，唯一的良藥，大概只有大隱於市，好好閉門讀書。

革生活的命

「革命」的精神，不在「革」而在「命」。孫中山說，「革」指「改變」，「命」是「天命」，但我寧可將「天命」改寫為「生命」，再淡化為「生活」。我堅決拒絕將暴力視作革命的本質。

政治哲學中的革命倫理富有道德承擔，但生活革命的邏輯卻充滿遊戲意味。過去曾有所謂「法國68一代」：出身於68年法國學運，浪漫激情，反叛上輩，迷戀救世，甚至還激活了如列斐伏爾、德錫圖、德波等人的「日常生活實踐理論」。當然，理論不好懂，神髓卻簡單不過，就是「過前衛藝術家的生活」：生活議程千奇百怪，但實踐原則相同，去「革」生活的「命」。

但怎樣幹呢？從68學運走來的人，有不少是毛主義者：他們信奉還未成為「神」的毛澤東。毛澤東的革命智慧在於「游擊」，即逃跑和打架。二萬五千里長征是逃跑，但光跑不行，還是要邊打邊跑。後來蔣介石敗了，毛澤東不用跑，革命也就完了。

毛澤東的策略不是他首創的，二千多年前的孫子早就說過：「凡戰者，以正合，以奇勝。故善出奇者，無窮如天地，不竭如江海。」「正」是認清敵人，兵來將擋；「奇」是異軍突起，出奇制勝。革命者的敵人，無非都是那些被稱為「建制」的概念，像什麼資本主義、父權制度、專制極權之類。從前的革命者相信暴力反抗，那是「正」；但生活革命者卻懂得以「奇」取敵，在建制裡鑽營漏洞，再施以游擊突襲，打完便跑。這就是「奇」。

生活革命的兵法並不神妙，不過是捨正取奇，搞搞惡作劇而已。只要看看《天使愛美麗》，你便能心領神會。

小店是寶

我經常在街頭巷尾的小店遊走，後來書讀得多了，才知道有一個「第三地方」(the third place)的說法。第三地方的精神不在於「三」，「三」只是衍生工具。老子曰：「三生萬物」，第三地方不僅是說在公司與家居之外的第三個地方，更是指涉一種生活空間的意義生產，以及空間意義的再再再生產。

如此，咖啡連鎖店會是「第三地方」嗎？別笑話了，那種僵硬無趣的裝潢格調，故作親切的店員笑靨，怎能體現「三生萬物」的神妙之處？「第三地方」云云，不過是個虛有其表的口號而已。只有那些我常蹓躂的小店，方算是真正的街頭寶藏。

連鎖店咖啡我依舊常喝，因為品質有保證，但殊無驚喜。而「小店是寶」的秘密，則在於其千變萬化，令人猝不及防，深諳兵法中之「奇」。香港的小店多已被「迫上唐樓」，而其特徵則是格調錯配。小店的「錯態」多不勝數，比較經典的莫過於店員態度古怪、咖啡味道冷僻、裝潢異想天開、或店子位處七層之高，等等。不習慣的人總是覺陰陽怪氣，但說它們錯得離譜，罪不可恕，卻又並不盡然。

小店之「錯」，本不是刻意經營出來，反而多是源於資源不足、經驗未夠、或者實驗出錯，結果都犯上了現代管理學中的種種死罪。誰不知錯有錯著，此等「錯態」，反而成為一種因緣際會下的「奇態」：打破僵化因循的慣性消費和審美模式，品質不會得到任何保證，卻能在意料之外發現驚喜。

我實在迷戀於這種「不大對勁」的消費模式，在意料與失望的落差之間，我遇見了生於「三」的大千世界。其中的解構主義之味，比咖啡還要濃郁。

我這一代弒父者

文學評論家布魯姆（Harold Bloom）曾說了一個所有創作人的潛意識機密。他說，創作講求原創，每一個創作者都不願重複前人的風格，然而面對著偉大傳統的影響，創作者在繼承和背叛之間猶豫不決，最終便會產生焦慮。

精神分析常說，一切欲望皆源於性。創作者渴望破格，難道不也是弒父情結作祟嗎？藝術創作大多指向表現形式上的突破，而文化思想的創造卻是來自思考範式的轉移。任何富創造性的思潮皆是對傳統的反叛，而亦只有在偉大傳統的陰影下，文化才有茁壯成長的驅力。

當年陳冠中寫〈我這一代香港人〉總結一代人的文化，不久便出現了一本名為《香港的鬱悶》的書，也對下一代人作出總結。書中的鬱悶，跟這種「影響的焦慮」不是十分相似嗎？我也算是「鬱悶」一代，卻始終無法承認陳冠中一代是我們的「父親」。只是沒有父親，如何反叛再造？因此先不論跨代論述是否合理，毫無疑問，它的確為我們製造了父親的像，好讓我們冒出頭來，試試弒父的快感。有人說，跨代論述令人倒胃，還引出很多針鋒相對的討論。可是，論述的合理性是一回事，「進行討論」本身已是一種後於情結的徵候性行為，防禦意識早已然啟動，將弒父情結狠狠地壓抑在文化潛意識之中。

我們的「父親」到底是誰？我們又應該找誰來弒？中國傳統嗎？西方文明嗎？還是在這片渾然天成的雜種土地上，尋找父親之舉已是「政治不正確」？當本土性如此簡陋，拒絕認賊作父，便無法讓弒父情結重新爆發，那麼推動文明發展之驅力又從何而來？借用弗洛依德的說法是：我們還未準備為摩西造像。

亂世情結

從戰爭創傷中走出來的人最痛恨戰爭，但生於治世的人卻總是對亂世充滿憧憬。有一種電影最令我血脈沸騰，就是那些被稱為「史詩式」的電影。「史詩式」大概不算一種電影類型，而我亦只能以觀影感受去理解何謂「史詩式電影」。不管是歷史改編還是虛構，故事背景必定是亂世，那怕是一個濫情虛偽的爛故事，我仍會期望電影中浩瀚宏大的戰爭場面，將會挑動我身上的每一個毛孔。這就是我的「亂世情結」。

生於安逸的人，若不願活得異化，便得把平靜生活顛倒過來，搾出一些憂患和悲觀，這叫做「啟蒙」。戰爭場面能搾出憂患，除了因為戰爭殘酷血腥，更因為戰爭與文明的密切關係。電影中的戰爭，往往不是描寫野蠻，而是敘述文明的衰敗，我既不能遭逢文明衰敗，就只有在電影院幻想文明的敗亡，從而得到生命的啟蒙。「戰爭是殘酷的」，雖然我毫無經驗，卻是我不可或缺的修辭。

或許香港注定是安逸得令人愚昧。我記得九七前曾隱若浮現過一些充滿真實感的亂世意識，但在解放軍開入羅湖之後便漸漸消失，也不曾再為大部份人所記起。只有像我這類懷念前朝亂世的人，才會把相隔十四年的兩次大遊行場面，都想像成香港的亂世，還鍥而不捨地寫成論文呈上學院。

亂世出奸雄，治世卻出文化騎士，就像堂吉訶德一樣，沒亂找亂，小亂化大。但亂世的奸雄卻有著一種「大統一情結」，竭力小亂化無，讓穩定壓倒一切。這是人與人之間的對立，也是文明中的內在矛盾。可惜，或可幸，我從不曾在本土文化中看見任何一個廢墟，而被電影搾出來的一切憂患，好像都並不實在。

長篇之必要

在專欄裡寫我不愛讀專欄文字，也算是自打嘴巴？事實上，我花在閱讀的時間愈長，讀的短小文章就愈少。當然專欄文章是香港文化中最精采的一環，可是這些文字有利於風花雪月，卻往往不利於討論問題。大眾傳媒愈加發達，社會意見也愈來愈多，有說這是公民社會百花齊放，但正如先哲柏拉圖所說，「意見」不同於「知識」，「意見」只是片刻感興，「知識」方是恆久真理。專欄文字太短太快，根本容不下能任何複雜的社會知識。

不過，說法也不是只有一種。常說西方文化中有所謂「小冊子」傳統：以短小精準的文字，配合強大的傳播機器，好讓知識份子介入社會現實。我常以為，這種方式的最佳實踐者不是革命時代的煽動者，而是五四時代的魯迅。魯迅的雜文如何作為「文字批判社會」的典範，已不用多說，但我始終相信，他的文字之力，既在即時性批判，也在長期的思想醞釀。現在已沒有人研究魯迅文字的批判性，反而研究他的思想，卻大有人在。

魯迅不寫長篇著作，不過是歷史的偶然，這並不意味著短小雜文可以代替長篇著作的社會意義。魯迅的思想永留人間，並非因為他寫了很多膾炙人口的雜文，而是因為有人為他出版全集，也有人窮畢生來提煉他的思想。現在的傳媒文字缺乏這種循環之力，尤其是社會意見氾濫成災，我們根本沒有讓「意見」深化「知識」的機會。

出版長篇著作不是將用完未棄的文字搬字過紙便拉雜成軍，而是要幹小文章幹不了事，解拆社會，深化思考，提煉智慧。可惜，我們都沒有如此欲望，因為書寫長篇的孤獨，是難以承受的。

怎樣寫評論？

我是一個書評人，有時也寫寫文化評論。這是歷史的偶然，幸好尚未是歷史的錯誤。作為一種書寫類型，書評的位置實在糟透，書寫的人迷戀創作，講求原創性，但書評卻是依附在另一個被稱為「書」的文本之上。「書」的原創性強勁，也是讀者的注目焦點；書評出身寒微，也先天不足，只能站在「書」的身旁，聊作點綴，自然沒有多少讀者會認真對待它。文化評論會幸運一點，因為對象是抽象得離奇的「文化」，書寫者因此有機可乘，能在書寫過種中有所發揮。

寫評論的人應該經常自問：評論的標準是什麼？官方的說法是：「客觀持平，實事求是」，但這所謂「標準」，無疑是一種考試式設題寫作，是評論的緊箍咒，窒礙評論水平的提升。我從不相信評論上的客觀性，因為我們作評論，不是要大家都點頭稱是，而是要展示評論者的思想姿態，進而讓人的思想跟世界萬物互相溝通激發。所以寫評論的第一規條，就是評論者思想的深度廣度。所謂「客觀持平」，不過是寫「議論文」的標準而已。

寫書評於我也不是壞事，起碼我的書評有人會讀，小說詩歌之類卻毫無保證。不過，直到最近我才開始明白，我既然迷戀文學創作，何不用文學的方法去寫評論，或將評論寫成文學？「我手寫我口」是媒體文字的寫作方法，並不合用於評論文字。有人說過，若媒體可完成文字的工作，那就根本不用寫文章了。我覺得，正正是評論文章也是文學，我才會繼續去寫，繼續沉迷於創作的快感。若一切能以口說，我們就不再需要文學了。這算是寫評論的第二規條。

2008.1

幽靈(四則)

死神的詭計

我睡醒了,那個被稱為「死神」的古人就坐在床邊。他猙笑著,然後説了一些我聽不懂的話。但我肯定那些話我都懂,只是記起不知在什麼時候,我遇見了一種光,是暖熱的,也是暴烈。光有熔掉肉體的能力,幸好我寸膚無損。唯一是在左邊胸口的暗處,多了一個小洞,洞口鑲著跟那種光色澤相同的粉末,跟心房跟的血混在一起。然後,我便聽到那種語言。

那肯定是一種神的話語,但不知是哪一位祂。有人説過神是沒有意義,只有天使才最真實,因為天使長了一對壯碩的翅膀,能迎風翺翔。我見過天使,就在睡醒之前,那個夢跟現實之間的的小狹縫裡。天使是黑色的,臉龐沒有表情,當他,或應稱其為祂,或它,張開翅膀,足足有那個小狹縫兩倍那麼長。他或祂或它的翅膀開始拍動,便掀起了那陣怪風,那時候,我那鑲著光的小洞開始流血,流到我的胸前,流到我的腹部,流到我的下體,流到我的大腿、小腿和腳掌,然後開出了一條血路。那名黑色的天使就背著那陣怪風,昂然地飛向血路的盡頭。

於是,我的身體開始腐爛,化成一個據説是歷史上最古老的廢墟。這個廢墟本來就是廢墟,它沒有「之前」,也沒有「之後」,只有之間。「之間」屬時間的範疇,但廢墟

「之間」卻是一個空間，也就是我所生活的那個充滿雜音的空間。當廢墟開始存在，我便從小狹縫間醒來了。

他的話我一直聽不懂，我只知道那必定是一個「死神的詭計」。「死神的詭計」的經典定義是：一句真實的勸告或提示，卻令你誤以為是死神的謊言，誰不知勸告或提示的相反方向，正好就是死亡之路。可是我仍然為之所迷惑，竭力地不去聽他說的，好讓我再次昏睡過去。

他挪近了身子，我的眼睛仍然睜著，並試圖像閉上眼睛一般閉上耳朵。一種像花一般的清香霎時紛至沓來，那是花香嗎？不，那應是一種在城市中生鐵跟石屎混合而成的味道，據說奇臭無比，而我居然嗅得清香。他輕輕擺了下手，香味就更濃了，我胸口的小洞再次流血，漸漸在床邊流出一條鮮甜的血路。難道這也是一條詭計？

我終於放棄了，便把臉湊到他面前，嘗試嗅清楚那是一種怎麼樣的香。這時候，我發現了三件微不足道的小事：一、那種味道根本不香，而直奇臭無比；二、當我湊近他，才發覺他就是那位黑色的天使，他，或祂或它，的翅膀仍是張開著，但那小狹縫和最古代的廢墟卻不見了；三、我的耳朵一直無法閉上，但卻忽靈光一閃的聽到他，或祂或它，說：「現在正是世界死亡的時候。」

然後，我再次醒來了。或曰：我醒來了。其實那不過是一個「死神的詭計」，把我哄騙到現實世界之中。

2007.9

幽靈，走著瞧吧。

當我要做一件事，比如說，是拯救世界吧，自然會有一些智者來指點我。這些智者的思想軌跡著實深刻，有時甚至嚇得我不敢思考，生怕會犯上膚淺庸俗之罪。

沒關係的，在通常的情況下，我們根本看不見「思想」。智者們說過，思想會在世界留下痕跡，把握痕跡不難，問題是如何保證這痕跡是思想留下的。我記得在開始密謀拯救世界之前，我曾閉門苦思，苦苦思索如何走出第一步。第一步之難走，實在足為外人道，我自然不敢造次，於是我努力將智者們的說法反覆思量、仔細斟酌。不久之後，歷史便終結了。

聽說思想的痕跡必須劃在泥濘之上，才能久存。但有道「一將功成萬骨枯」，深的痕跡會把淺的痕跡擦掉，不，應該是掩蓋，也不，一條深痕並沒有廢去淺痕，只是讓我們看不見淺痕，結果誤以為淺痕不存在，最後最深的痕跡就是世界上唯一的痕跡，它可以被稱之為「意志」、「精神」、「物自身」、「烏托邦」之類的。但從來沒有一個熨貼的說法，我寧可把它叫作「幽靈」，用以紀念我的救世事業一敗塗地。

到底出了什麼問題？沒什麼的，智者們說。那該算是歷史對我的承諾吧，它保證我在讓思想進入世界之初，就能懂得考慮關於淺痕的問題。智者們常有一個經典答案：我們注定無法看見淺痕，但仍必須心中有數，淺痕總是存在的。這個說法我聽了何止百次，卻從沒聽過有一個智者會補充說：既是如此，痕跡的問題也沒想得那麼多，先走著瞧吧。

我檢討過事情失敗的原因，結論是這樣的：沒有任何一個智者對我說過那經典答案的後半部。我自然不能怪他們，智者們向來是關心痕跡多於思想的。當然還有另一個較個人的原因，就是我始終沒有把痕跡稱作「幽靈」。

幽靈並不可怕，因為根據定義，幽靈本是「我們」的剩餘之物。之不過，當我決心要把智者們口中的痕跡叫作「幽靈」，原來就已經揭露了這幽靈實在不是屬於思想，相反，我們應該反過來，把思想指認為世界的幽靈。我要拯救世界，就是要幽靈回到它的母體，當中甚至也包含了智者們的活動。可惜智者們生性輕浮，一直不願承擔這偉大事業，他們寧可安坐椅上，思考一大堆關於「痕跡」的無聊問題。於是，他們通通都退化成沒有母體的無主孤魂，在三界之外繼續逍遙快活。

到頭來，拯救世界的問題還是我的心結。第一步著實難走，我也得咬緊牙關走下去，跟智者的思想相比，這顯然跟「歷史的宿命」更加靠近、也更加親熱。往下來的，應該是清風送爽、步履輕快，在泥濘上走出一條深刻的痕跡。就像一個滿佈青苔的陰森墓碑，用來紀念著像我這樣一個甘願「走著瞧」的人，如何展開一場化成幽靈的死涯。我迎著令人窒息的空氣一路走著，也留意著遺下的各種痕跡，腳步卻不敢絲毫減慢，踏得出奇堅實，也充滿了回歸原初的快意。大概就是幽靈的氣息。

至於事情呢，我想還是要做的。

2007.10

魘中漫遊

我將那條幽暗的街當成一條逃逸路線。其時距離黃昏和日出，同樣都是一個不可想像的時距，我把這稱為「臨界點」，可你並不理解。你說，所謂黑夜，只是一種方便的叫法，好讓街上的人明白，為何要把街燈通通開著。實情是街燈沒有亮過，正如你不曾知曉從白晝到黑夜的辯證法，於是你下了班，沒有換上夜行的輕裝，便跟我走著。

那時候，街道只是一個抽象的概念，對於我，看見街道的自身是不可理解的。你挽著我的臂彎，就像流行曲所描述般那麼庸俗、那麼誘惑，你看見的只是街上的熙攘人影，你能清楚分辨出一隻高跟鞋的存在，跟哲學家的生命到底有什麼關係。於是我問你，能看見城市的秩序嗎？你攤開雙手，然後說了一句我聽不懂的話。著實迷人得很。

走的時候，我並沒有逃亡的心理狀態。說這條街「幽暗」，只是權宜的說法，嚴格一點的話，這根本不能稱之為一條街，這只是一條路線，沒有實體，用作定義的就只有一大堆意義不大的意象和幻覺。我記得那種被稱為「蒙太奇」的小玩意，原本只是想像世界裡的邏輯，現在都充滿了路線的兩旁，閃動著，然後開始變形，構作出我跟你都數不清楚的符號。但蒙太奇從來都不是這個意思，你說你想起老師說的，街道上的蒙太奇，就是把符號的意義甩掉，任它，或它們，在空間中飄流，然後我們，一同在色彩紛亂的街上，把自我徹底忘記。我誠心誠意地大笑著，你也笑了起來。

你終於發覺我是盲的，這並不是一種不幸，而是一種「苦其心智」的考驗。每次晚上，我便會盲起來，這足以證明我沒有將黑夜當成白天的能耐。你問我，一個盲人的黑夜街頭到底是怎生模樣的？顯然你就是不理解，一條街本來就沒有「街頭」與「街角」之分，這通通都是被意義甩掉的無聊修辭。我傾聽著街上的鐘所發出的滴答聲，那是不規則的，於是我決定不回答你，便邁開步子，順著滴答聲迅走。你也隨我走著，用的卻是極規律的步子。這時候，我聽得出你的脈搏，原來跟我的步伐一模一樣。

那算得上是一種巧合吧？原來這一場夜行疾走，居然證明了一個只有我們才能明白的寓言。就在那個據說是城市剛被建造的時空裡，人的使命就是要興建一條街。但街是不能被直接建造的，於是有一個在城市裡漫步的人，有一天他開始不用眼睛看城市，順著潛意識便走。人們初時以為他醉了酒，直到他把大部份街都走了出來，人們才發現，這個原來根本是個瞎子。

聽到這裡，你嘆了一口氣，然後幽幽地問我，那個瞎子是不是要死了？我又大笑起來，這次卻出奇地焦躁不安，好像聽到了規律的熙攘人聲一般。這不算是一個理性的提問，城市裡的瞎子不可能死，正如我，一個充滿焦慮的逃亡者，才堪稱城市存在的第一因。沒有逃亡者，街不可能存在，這是城市的唯一真理。

那個瞎子最後在青史裡留了一個名字，原因是人們沒有把他殺死，僅僅將他流放。城市人的流放方法是這樣的：他們把城市當成是一張地圖，先在地圖上畫上筆直的街、街頭跟街角，然後才在街、街頭和街角之間嵌上各種城市的屬物和符號。結果是，由於蒙太奇的魔力，城市的意義被榨了出來，瞎子順著潛意識走久了，早已不懂得「意義」究竟是什麼鬼東西。當他在充斥著意義的路線上走著，便發覺路線並沒有意義，只有街，才是城市精華所在，也是一切符號甩掉意義的場所。瞎子最後退化成一個徹底的漫遊者，那就是嚴格意義上的「流放」。

當我說完了這個典故，你跟我的步伐開始變得一致。我愈走愈規律，而你卻慢慢走成滴答聲的調子。終於在一盞路燈之下，你小心翼翼地問我，怎樣才順著潛意識走？我的步伐停了下來，彷彿連脈搏也停住了，這時我才看見我的影子，跟影子的影子。我沒有回答你，只是靜靜地看著影子跟影子的影子，它們正玩著「猜樓梯」，一個比城市還古老的遊戲。這時候，鐘的滴答聲已經聽不見了，而我，卻居然看得見影子跟影子的影子，一直猜著玩著，就在那條無法存在於那幅地圖上的樓梯上，漸漸從路燈的光影中沉下去，真至影子的影子也失去影子，一切便完結得乾乾淨淨了。

你吃吃地笑著說，潛意識逃亡了。我不置可否，心裡只擁著一個夢魘，仔細思考「流放」的真實意義。

2007.10

幽靈，在香港遊蕩

我醒來了，床邊坐著我的祖宗。他沒作聲，只木無表情地望著我。我給他望得心慌，他的眼神彷彿穿透了我的身體，直視我的靈魂。但最可怖的卻是靈魂沒感覺到他的凝視，我也沒感覺到靈魂的存在。

怎麼樣？要帶我走吧？我問。不，他開始說話了，我要告訴你一個故事。我吃了一驚，用商量的口吻問他：一定要現在就告訴我嗎？他沒有回答，便開始說故事：

直至很久以前，造物者才開始考慮造人。祂在大地上抹上一把泥，這泥便變成跟造物者相似的模樣，第一個人便出來了。造物者看見了這個可愛的人在地上行走，很高興，便依樣葫蘆造了很多很多的人，都讓他們在地上行走。祂把這些人喚作「子民」，這樣，這片有很多很多子民的土地，便開始繁榮起來。

造物者看見子民懂得各式各樣的勞動，耕種、捕魚、修橋、補路，還懂得商品交易，從一處以低價買來貨品，再到別處高價拋售。可他們並不懂得思考，造物者趁子民都睡得香，便往他們的頭頂一吹，一絲絲白光便射進他們的腦袋內。於是，天一亮，子民便懂得思考了。

當人懂得思考，人便會死去。造物者發覺當子民思考夠了，他們便會死去。人死的時候，身體倒下，眼睛不會閉上，嘴巴裡卻會冒出白煙。白煙升到天上不會隨風散去，反而每一個死去的人所吐出來的白煙，都會各自合成一團，在大地上遊蕩。造物者告訴還未死去的子民，這些白煙叫做靈魂，是由祂吹到他們腦袋裡的白光變成的。可是，子民都很害怕這些古怪的白煙團，他們把這些叫作幽靈。

幽靈在大地上遊蕩，人繼續死去。造物者為了不讓人種斷絕，便開始教子民造人。祂叫子民將自己的排洩物埋在泥土裡，然後依著自己的模樣把這些泥土搓成人形。祂告訴子民，以後就依著這種植新人之法，讓人類繁衍下去吧。説罷，造物者便離開了。

可是造物者倒忘了，新種植出來的人都不懂思考，他們沒有靈魂。於是，那些擁有靈魂卻又未曾死去的人，便叫那些沒有靈魂的新人在大地上捕捉遊蕩的幽靈，收為己用。這樣，人的思考能力便開始流傳。

人死去，幽靈遊蕩，新種植出來的人捕捉幽靈。然而，人種植人的速度愈來愈快，但靈魂的總數卻沒有增多，於是有一些人開始捕捉不到幽靈，在他們死去之前，也沒有教導新人捕捉幽靈之法。這樣，在這片土地上，沒有靈魂的人愈來愈多，有靈魂的人卻愈來愈少。

造物者一直沒回來，人們開始覺得需要建立一些制度以維持人種繁衍。人們都想，大家都懂勞動、懂買賣，只要做好這些事情，制度不就定了嗎？可是這樣想的人都沒有靈魂，還有為數很少有靈魂的人，他們都不這麼想。可是，在這片少數服從多數的土地上，少數人的意見被剝削了，他們被禁止說話，被禁止思考。幸好這群沒有靈魂的人，並不知道靈魂為何物，他們無法剝奪別人的靈魂。

這樣，少數有靈魂的人也漸漸死去，更多的幽靈在大地上遊蕩，沒給任何人捕獲。

那我有沒有靈魂？我問祖宗。他的目光再次穿透我那彷彿沒有靈魂的身體，然後說：你自己找找看吧。

於是我起來，走到街上，看見一座座縱橫交錯的巨廈，卻不見任何幽靈。這時有人把我叫住。你在捕捉幽靈嗎？這人問。不，我說，我只是在尋找幽靈魂。

那很好。這是他給我的回應。然後他便告訴我，幽靈不難找，只要仔細看看那些巨廈之間的小罅隙，就能看見幽靈。果然，我好像突然得了陰陽眼，看見滿城都是幽靈，都在遊蕩著，於是我便問他：怎麼你會知道幽靈的下落？

因為我是一個詩人。這是他給我的最後回答。

2010.1

末日與X

2012年世界末日之後，我們都會化作一堆宇宙能量。當X告訴我這個驚世大預言時，我一時間沒法弄懂他到底是真心還是假膠。畢竟這個說法跟末日審判和萬物涅槃差別不大，末日之後，萬化冥合，天地同一，我居然有一剎那希望預言是真。這是我近年來唯一的一次宗教經驗。

新時代總是令人產生各種光怪陸離的玄想，但X跟我很快便將討論方向撥亂反，嘲笑的嘲笑，戲謔的戲謔，總之不再讓「宇宙能量」這一說法的嚴肅性繼續滋長，一直「理性」地把它鄙視下去。然後呢，酒繼續一杯一杯地喝著，酒精也開始發揮作用了。

就這樣，一種關乎共同感的能量便漸漸形成。朋友間的私交、共享的價值觀、一起嘲弄世情的經驗、還有酒精的決定性。我提醒X，若不喜歡說「能量」，可以改用「磁場」一詞，同樣是科學修辭，乍聽起來同樣可笑。在物理學上，兩者最大分別是，透過愛因斯坦，能量可轉化成質量，但磁場卻是四種基本作用力之一，不生不滅……慢著，據說量子力學已把這四種作用力統一起來了，喚作什麼「大統一理論」。如此的宗教修辭，差點又為我製造另一次宗教經驗。

最後我並沒有把「能量」和「磁場」的分別告訴X。因為只要我一說，便會出現以下兩個後果：一、X會以自己的無知，嘲笑我的博學；二、X馬上把話題岔到別處，以防止我繼續掉書包。酒精的決定性也因而突然失效，而我亦會從醉意中清醒過來：共同感從未永恆，我們都是孤獨的。

直至很久以後，我才敢以無比的真心告訴X，我是孤獨的。那是一個肅殺細雨的寒夜，淒清的街頭注定是表達孤獨的絕佳場景，可是X那張半帶恥笑的臉，卻令我愈加陷入深淵。他說：你的孤獨如何證明？當然，他並不打算得到任何回應，他只是想告訴我：孤什麼獨？別裝酷了！

於是我跟X之間的能量也徹底中斷了。當我所學過可以用來裝酷裝孤獨裝無情的文藝修飾，都通通耍過了，到頭來仍然無法跟別人分享那份拋擲性和遺世感時，孤獨便是我的全部。

X一定會讀到這篇文章的。在我所認識和不認識的人中，有誰不是我的X？相對於他們，還是那「末日能量說」來得貼心。火星太近，不回也罷，還是回到宇宙好，這樣我逃離孤獨的行星，好好跟宇宙跳探戈。

（好吧，今天裝孤獨裝夠了，明天請早。）

2011.2

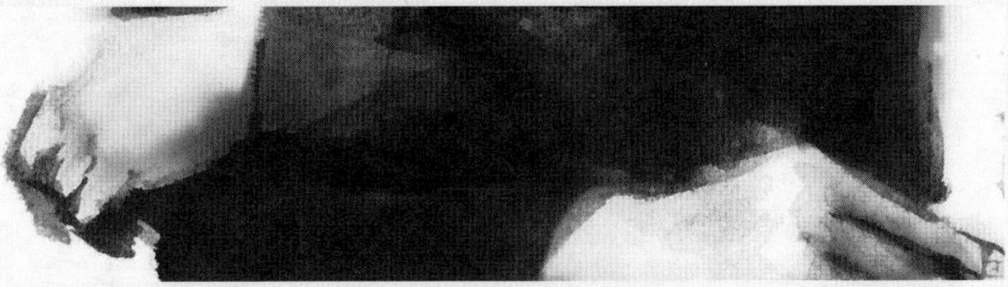

附錄：孩子的事

詩三首

我要跟我未來的孩子說

我要跟我未來的孩子說
有些風景所費不菲
綿藍的長空出奇地短
像眯著小眼睛，在街上畫水墨線
是唯一許可出走的通道
黑衣管理員肩膀高聳
貼心地規訓，包括房間裡的微塵
開始的時候，你已嗅不到泥土香了
他們一直在圈地，以絲網為界
以文件、以證書、以一個
關於潔癖和假道學的理由
空間稍為發脹，在陣痛中
急遽收縮、偷偷從合約上刪去
你即將學到的幾何公式
孩子，我得把你軟柔的身子平躺
在玄關樑上簽字，押下籌碼
直至你剛好長大了
跳格遊戲還繼續糾纏下去

我要跟我未來的孩子說
大廣場是鐵一般的空，沒有茉莉花

也沒有像你那樣肉滑無瑕的人
那婦人幽幽倚著窗上裂痕
電視新聞播放片段，即時的
血狀的坦克引路，輾過
你原本要讀的中史教科書
輾過那道本來不甚明朗的河岸邊界
她不是你的媽媽，因為她
一心想著那所遙遠的白壁產房
紅燈亮起。她再次幽幽哼著
某地的國歌，是日不落國、星條旗
或是無名海島，還有火星？
我跟你的媽媽亦曾經年輕過，直至
真誠的史冊編纂者逐一死去
遺下冷冷的墓誌銘，青苔悄悄生長
而你也不用牙牙學語了
這一年不是1989，而是1984

我不要跟我未來的孩子說
賣掉靈魂，換來紫荊花芯的銅圓
投進啞灰色的鐵孔，扭一下
一隻裝著白色恐怖的扭蛋
咚咚滾到微暖的功夫茶杯中
爆破，稀釋至味蕾麻痺
像一齣悲鬧劇，山狼虎步上街。
我現在打算學習說好謊話
放開瞳孔，孤獨而媚惑
任由鐵馬倒臥、胡椒黏滯

昭昭晴空下大談什麼和平理性
靜待，時日曷喪的日子，和諧得很了。
好些年過去，你已懂得挺著腰枝
迎向回南之地，木棉花墜
我才送你一支寫中國字的
兔毛筆，吸飽藍色硯墨，寫上
一首苦詩，獻給你不曾存在的祖先：
「這裡一切安好，就是
沒有紅色墨水。」

孩子，讓我跟你好好說吧
沉厚的夜鐘響起，嬰兒哭累而醒
其實對你責罵，並非如我所願
理論上說，教育是一場回望夜鶯的成人禮
人別要半睡思索，蛛網結出了蘋果
戒尺揮打，敲碎一個自由意志
我要靜心為你削尖鉛筆
認真地，剔出一個無重的空格，然後
保持長久緘默。只聽得，風
在發愁、在篡改國歌譜上的星宿
冷然按下鍵盤，逕往
那個無望的大千宇宙，廣傳去了
卦象說，停筆的時間已到
面具和鐮刀都可以拿走
我告訴你媽，這孩子
將來是要死的
皺紋便在盤根錯節的主旋律中

暴長。她開始飲泣起來

我要跟我未來的孩子說
人的存在不是一張漂過的白紙
陽台上繁花正盛，在八九點鐘
驕陽拂拭牆角撲落處，螻蟻橫行鼓躁
殺出一條不歸的歧路
與其說，所謂幸福都只是修飾語
一封家書隻字未寫，信仰
隨著花沫，飄泊至社會底層的荒原
你終於離家遠走了，關上家門
遇見三千個仗義的人，和幾個
深諳犬儒之道的知識份子
依然不肯問我：
「所謂道德，終究是怎樣一回事？」
或該如是說：你會聽見機器踩動的轟隆
推土機如巨獸，暴然鏟毀廢書堆上的
公義，想像。以及一瓢酸水
囚徒的苦澀是一種適中的從容
而家的大門上，總有微量體溫。

2012.4

五更攏孩
——給子笠

鑼更聲慢，牛皮雨衣在輕笑
我哼著流浪者的旋律，來回踱步
而孩子驚哭漸收，似野花，一點晚露
髒髒的尿尿輾出浪蕩的軼痕

騎著單車穿過，夜貓跟城市一同醉倒
是乳白色的伏特加，遠方的腥騷
孩子舔香嘴角，像幼虎，柔柔的吼
奶瓶倒臥，恍若花火盛世，是書卷、俠劍

那是一個仗劍狂歌的雨夜
手風琴低眉，呢喃。我把一疊稿子寫好，
作柴燃燒，暖暖的襤袍中的吟唱詩人
沉沉的吞雲吐霧，籬笆把世界隔得很遠

然後一支地下探戈，手指與雙腿緊扣
踢踏，蹓躂，厭厭的嗝嗝也止住了
搖籃曲聲更慢，直至燈滅，如貓步潛行
又聽到一霎晨霧的啓示，閃過

晚安吧，日光！
（長夜就要膩到憂鬱的盡處）

2012.12

子如仲謀
——給次子卡

臨睡前雕好一首織夢詩
我聽見牙月滴水，兒恐龍快樂唱歌
孩子跟著嗒咔，嗒咔，往下沉去，
沉睡。沉去，沉到爹夢的邊陲。

我用溫水，化開半壁歷史地圖
伯符引槍渡江，仲謀奶醉卧床
兩小兒指點江山，客廳易手，斑爛的
惡童時代。老孫堅捋鬚微笑。

如是者下個晚秋盡頭。孩子雙腳踩好地
又是一隻哪吒了，又是一隻紅孩兒了
腳踏七色火輪，騰雲追月去。踢踏，踢踏
八萬六千幾碎步蓮花，把童謠敲斷成藕

其實啊，這是個深眠無望的尋常尋常夜
孩子奶騷散逸塵網，羽手亂揮。門縫
裂開，半道夜得很夜的光。他吟唱：
「男兒心如鐵。」哥要教他唸辛詞。

臨睡前砌好一首詠童詞
近枕處，幼虎鼾吱吱。夜奶漸冷。

2016.1

你將要面對一個怎樣的世界

——給兩歲孩子的信

孩子：

現在你還不知道，你將要面對一個怎樣的世界。昨晚，我在一片腥風血雨中沒法睡好，一早醒來，便見睡飽了的你。你提起稚嫩的嗓子，叫我一聲：「爹爹，早晨！」便轉身去玩你心愛的玩具巴士。我看著你不足一米高的小身子，卻心繫著那群堅守街頭的香港孩子們。世界於你如此遼闊，如此吸引，也如此無法預知，而你仍然可以心無牽掛，在這片我為你準備的瓦片之下，肆意玩樂，撒驕，學習，直至某日你終於懂得這封信上的每一個字，你會走出家門，去看看這個或者已成荒漠的城市。那時候，我便開始老了。

你生於這個最壞的時代，我應該慶幸。我這一代人，生於七、八十年代的安逸，沒真正受過九七的末世焦慮和身份危機所感染，我作為香港人的認同感是如此理所當然，卻又如此脆弱不堪。在我跟那群街頭上的香港孩子差不多年紀的時候，我總慨嘆錯生年代，沒有遭遇到波瀾壯闊，經驗的貧乏感總叫我把人生想像得太輕，或者太重。在我長大以後，香港經歷了一個荒誕的十年，我跟很多人一樣，見證著香港的高速墮落，卻又同時發現，我這一代人的經驗也開始不再貧乏，我們更清楚世界的不公義，也更明白應當如何思考公義的問題。有人會說，這叫「啟蒙」，但像我這樣一個活過這十年香港的年輕人來說，這種所謂啟蒙的經驗還嫌少？一個人不需要過多啟蒙，卻需要在啟蒙過後，找到好好生活的勇氣。

直至我有了你，看著你以我從未想像過的速度長大，我才知道這種勇氣可以從何而來。在這幾個令人繃緊的晚上，當我看著街頭的香港孩子們，以激情和焦慮再為我們開展另一波的香港啟蒙運動，我心裡卻總是記掛著他們的父母。這些父母，大概是四五十歲，或五六十歲吧？他們比我長半輩，卻還不到我父母的年齡。對於這群涉世未深的孩子們的想法和行為，他們會如何想呢？孩子們又會如何看他們的父母呢？很多別人的經驗都告訴我，這個抗爭時代，一方面撕裂了很多父母子女的關係，另一方面卻造就了更多的代際和解。人長大了，老了，不一定變得保守，但會為愈來愈多的包袱而變得自私。而紛亂的時代卻逼使父母不得不面對兒女的叛逆， 兒女到底是一面最清澈的鏡子，在他們熾熱眼睛裡，父母看到的不是衝動的孩子，而是懦弱的自己。

這陣子我沒有走到最前線，頂多只是站在遠處旁觀，其餘時間都在過我的日常生活，照舊工作，和照顧你的成長。但其實我恨不得你馬上長大，代我來到這個歷史現場，為理想和真理而戰。就在你仍在襁袍之中，你早就提醒過我：我不再年輕了，我的自私和懦弱正隨著閱歷和縐紋緩慢地滋長，卻幸好尚未去到保守的程度。我得告誡自己，為了你，我必須堅韌地守護著敞開的心思和清醒的腦袋，靜待未來世界的新思維和新想像。我最不願看到的，是有朝一日要你要來反對我，是因為我那張保守因循的臭臉。

孩子，我還是禁不住用長輩的口吻跟你說：世道蒼涼，你還沒準備好。但試問，今天仍在街上的香港孩子們，又有誰已準備好？我老是想，我要為你準備什麼呢？我要教你什麼呢？我要怎樣做，才能讓你在這前路茫茫的時代裡好好生活呢？我是讀文化研究的，文化研究裡的批判理論教導我，如何質疑幻象，如何揭露真相，可是當是非黑白已顛倒得難以逆轉，批判理論好像也失去了它的效力。我不是說你不用去質疑幻象，揭露真相，我只是在問：你怎樣才得獲得抗拒歪理、捍衛真理的力量呢？

我不知道，我實在不知道。

最近我受時代感召而去讀一本舊書，是捷克前總統哈維爾的《無權力者的權力》。如果到你讀得懂的年紀，還能找到這本書的話，你應該好好去讀。書裡提到一點，就是在面對極權的時候，人民所能夠發揮的最大力量，並不是社會運動，而是真誠磊落地生活。孩子，就在我寫信給你的時候，我們所生活的城市正處於前所未有的艱難時刻，政府欺騙人民，警察再不能保護我們，社會不公處處，極權時代或者就在眼前——但這些都不是最可怕的。你知道嗎？當一個社會有好一部份人甘於對不公義視而不見，那就是一種集體虛偽，或者用一個更當下的說法是：犬儒。集體犬儒，才是最可怕的時代癥兆。或者當你讀到這封信時，你還沒有真切體會到「犬儒」的可怕，那不要緊，你只需要明白一點就夠了：真誠磊落地生活，就是不說謊，不自私。行有餘力的話，你還可以學習抱不平，把你看到的一切不平事，理直氣壯地說出來。

我真想馬上就教你去讀魯迅，或者卡繆。

你差不多兩歲了，很快你便開始上學，進入這個不完美的教育體制，你馬上會成為一個學生。學生，是現代我們所知道最真誠的反抗主體，所以我和你媽媽冒著人潮和酷熱，仍要帶你去看看金鐘那百年一遇的街頭盛景。那天我把你抱得老高，你的身子又重了，你看著前方的人群和標語，臉上一點疲倦，也有點茫然。我當然知道你還不懂得，但以後你總會問起今天的事。孩子，我應承你，那時我一定會毫不猶豫地告訴你，這一場在多年後看來只是多年前的雨傘運動，絕不是與你無關的歷史，只因你曾經在場，意義亦不再一樣。而我所能為你準備的，就只有我所知道的故事和真相，是非成敗，承傳與否，你自己一定懂得判斷。

最後還要告訴你一件事。有天我問你媽媽：「如果有朝一日，你的兒子堅持抗爭，你會阻止他嗎？」她淡淡然跟我說：「到時候，難道我們可以阻止他嗎？」孩子，你要好好長大，我別無他求，只想你做兩件事：一、做一個正直的人；二、好好保護自己，別讓你媽媽擔心。我知道這些說法實在老土，但如此當下，卻竟又是如此椎心。

你的爹爹

2014年10月4日

在時代的懸崖上

道旁兒

鄧正健評論集

作者　　鄧正健
出版　　文化工房

香港九龍青山道 505 號通源工業大廈 6 樓 CI 室
電郵 clickpress@speedfax.net
電話 5409 0460 傳真 3019 6230

香港發行　香港聯合書刊物流有限公司
香港新界大埔汀麗路 36 號中華商務印刷大廈三字樓
電話 2150 2100 傳真 2407 3062

台灣發行　遠景出版事業有限公司
220 台北縣板橋市松柏街 65 號 5 樓
電話 02 2254 2899

印刷　　約書亞創藝有限公司

出版日期　2017 年 3 月 初版

國號書號　978-988-77845-4-8

版權所有 翻印必究

上架建議 香港文學：評論